Un novice au long cours

Publié avec l'aide de l'Institut culturel
de Bretagne/Skol Uhel ar Vro (conseil régional de Bretagne)

ISBN 2-909 924-88-2

Georges Tanneau

Un novice au long cours

Sur *Le Robert Espagne*

COOP BREIZH
KERANGWENN
29540 SPÉZET

ÉTATS-UNIS
BOSTON
NEW-YORK
PHILADELPHIE
NORFOLK
OCÉA
ATLANTI
L'itinéraire du novice
1er voyage :
aller : Brest → Matadi
retour : Matadi → Dakar → Boston
2e voyage :
aller : Boston → Dakar → Matadi
retour : Matadi → Dunkerque

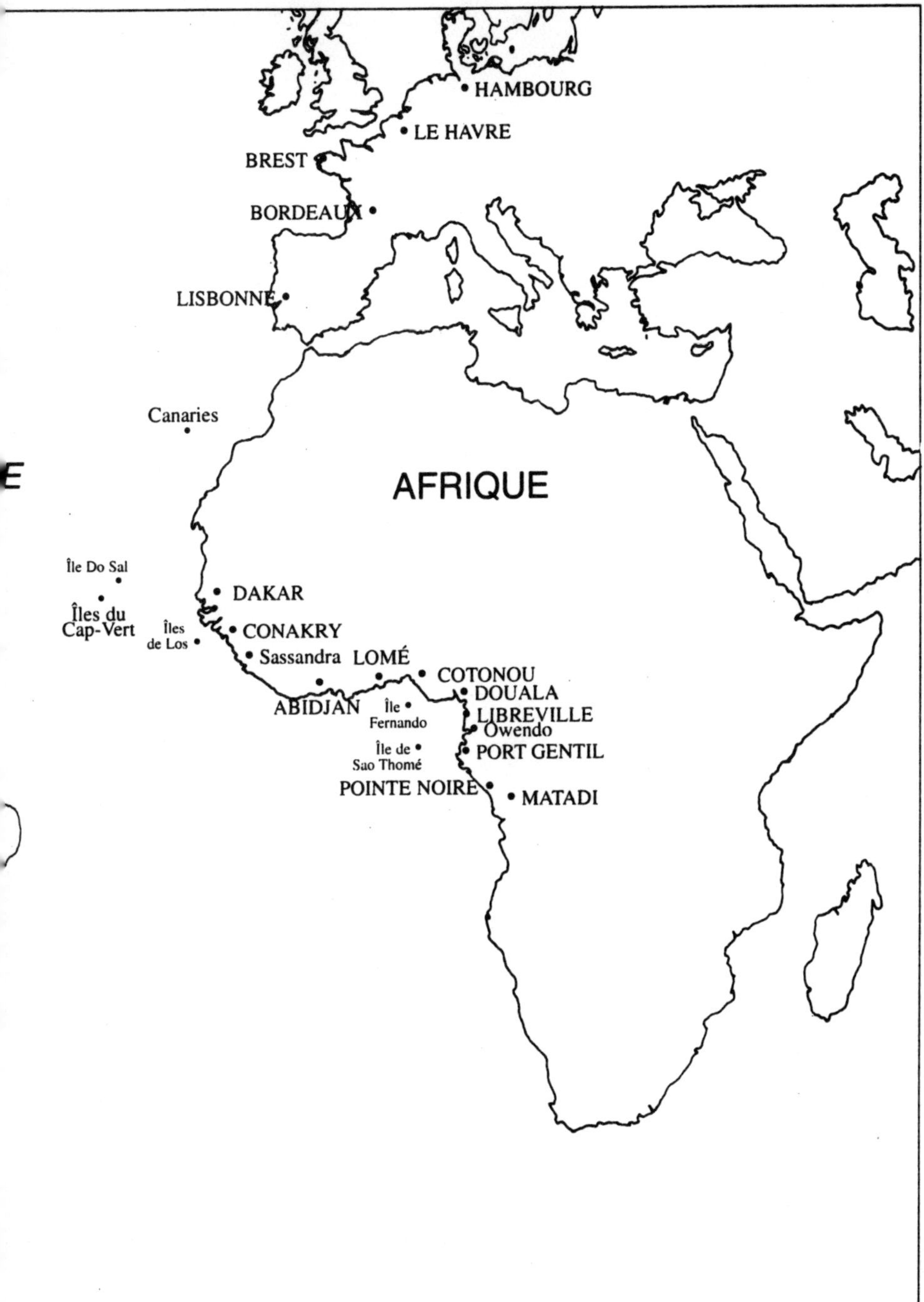

HAMBOURG
LE HAVRE
BREST
BORDEAUX
LISBONNE
Canaries
AFRIQUE
Île Do Sal
Îles du Cap-Vert
Îles de Los
DAKAR
CONAKRY
Sassandra
LOMÉ
COTONOU
DOUALA
ABIDJAN
Île Fernando
LIBREVILLE
Owendo
Île de Sao Thomé
PORT GENTIL
POINTE NOIRE
MATADI

PRÉFACE

Ce *Novice au long cours*, que j'ai eu le privilège de découvrir avec autant d'étonnement que de bonheur, peut se lancer hardiment dans l'océan littéraire et maritime sans autre secours que sa propre valeur et les mérites de son auteur. Georges Tanneau effectue ici une entrée remarquable dans le trop petit monde des marins écrivains dont Joseph Conrad fut le grand ancêtre. Ceux-là ont navigué longtemps avant de témoigner avec sûreté, vérité, et cette inimitable vision professionnelle doublée d'une perception authentique de tout ce qui existe ou vit à la surface de la mer.

Cette autobiographie de jeunesse, la plus éloignée dans le temps, est aussi la plus nette dans la mémoire. Ne sommes-nous pas toujours fortement impressionnés par le nouveau, l'inconnu, l'inattendu, au point d'en conserver à jamais le souvenir ? Le novice du *Robert Espagne* possédait des yeux vifs et neufs ; il était prêt à imprimer des mondes dans la cire vierge de sa mémoire. Ayant acquis la sagesse des années, il nous offre aujourd'hui cette richesse, fidèle, ornée, ordonnée, mêlée de couleurs – j'allais dire de sons et d'odeurs – mais jamais altérée, jamais falsifiée. Quel historien pourrait accomplir la même tâche avec autant de vérité ? Quel ethnographe pourrait, mieux que le novice du *Robert Espagne*, étudier et décrire les us et coutumes des marins des liberty-ships ?

L'auteur emprunte une langue enrichie d'adjectifs sonores et colorés. Il est souvent tenté par le bon mot, l'incisive réplique, la conclusion inattendue. L'humour, qui fuse naturellement à chaque page, illumine la stricte narration des faits. Qui pourrait s'en plaindre ?

Le texte suit la vérité de près, et cette vérité ne peut être contestée. Cependant, à maintes reprises, la tentation romanesque saisit l'auteur et nous vaut un surplus de détails dans le décor, un surplus de pittoresque dans la peinture des personnages, un surplus d'ombres et de lumières dans le déroulement de la vie à bord du liberty-ship. Quant à la mer, l'auteur s'abstient de nous montrer qu'elle est seulement et banalement belle ou sévère ; il ajoute qu'elle est autre et que cette altérité du large comporte mille nuances.

Alors que les Français oublient souvent que les marins ne sont pas seulement de course ou de plaisance – les média se chargeant d'alimenter largement cette fallacieuse rumeur – il est remarquable et important qu'un auteur compétent et talentueux clame fort du haut de sa passerelle, comme à bord des cargos de notre jeunesse : « Chacun son poste ! Chacun son bout(te) ! », renvoyant ainsi chaque marin à sa juste place et à son humble besogne.

Tout homme de mer possède, dans quelque coin secret de sa tête, un inestimable trésor, dont une grande part sera perdue par la faute du silence, d'un certain silence qu'il convient de respecter sans le condamner ; la paix se raconte, alors que la souffrance se tait, et entre l'une et l'autre ne se trouvent parfois que l'espace d'un drame, que le temps d'un jour ou d'une seconde…

Ne faut-il pas rappeler cependant que la mémoire écrite, celle que les adolescents recherchent pour meubler leurs rêves, et que les anciens savourent avec nostalgie, est la seule capable de faire revivre les choses passées et d'en prolonger l'existence, durablement, aussi durablement que l'encre et le papier qui en sont le support.

Grâce au novice du liberty-ship, les lecteurs vont entreprendre un merveilleux voyage. Merci à Georges Tanneau, chantre au sens littéral, depuis de nombreuses années, de la mer, des navires et de leurs équipages, et au sens littéraire aujourd'hui, merci de nous faire découvrir, de nous permettre de conserver une part du trésor.

Commandant Alain Arbeille

CHAPITRE I

L'embarquement

Un navire qui passe, c'est un destin qui vient et s'en va, avec des hommes qui veillent, travaillent, dorment ou rêvent.

Alain Arbeille,
Capitaine au long cours

Ce jour-là, le *Marcelle et Joseph* avait dû traîner son chalut à quelques milles dans le suroît de Penmarc'h et rentrer, comme à l'accoutumée, aux toutes premières heures de la vente. Tirant ou poussant notre charrette pleine de caisses de poissons, nous avions en un temps record fait la tournée des magasins à marée pour livrer nos merluchons, limandes, langoustines et autres variétés encore frétillantes. Dernier sorti, premier rentré, notre équipage de vieux chiqueurs ne s'en portait pas plus mal ; cela lui permettait d'occuper les meilleurs tables du bistrot pour étaler et déchiffrer les petits bouts de papier, les reçus, que les mareyeurs nous donnaient en échange de notre pêche.

C'était le travail du mousse de faire ainsi l'évaluation de la journée pendant que les anciens devisaient devant un verre de vin. Peu de commentaires sur le métier, les vieux préféraient parler du temps lointain, des visages disparus, des récits cent fois répétés qui nous faisaient voyager et guerroyer de Dixmude aux Dardanelles.

Le brouhaha et la fumée s'épaississant au fur et à mesure de l'arrivée des autres équipages, il devenait souvent utile de céder un peu de place, mais nous restions assis. Nous restions assis car il nous fallait attendre, comme dans un rituel, que notre patron vidât son verre, se levât calmement le premier en se torchant les lèvres du dos de la main pour déclarer, après avoir interrogé sa montre de poche :

« Ben warc'hoazh vitin, da bidiv eur antar ! »

Puis il ajoutait, pour moi seul, doutant peut-être de ma compréhension de son breton à la sauce bigouden :

« Demain matin, à quatre heures et demie ! »

Le panier à cotriade suspendu à l'aviron et l'aviron sur l'épaule, je prenais alors le chemin de la maison familiale en sifflotant, le cœur léger. J'aimais bien ce métier et ces vieux compagnons aux visages burinés, aux manières bourrues et rocailleuses. J'ignorais en les quittant ce soir-là que ce rendez-vous du lendemain matin serait le dernier que nous aurions entre nous.

La maison, d'ordinaire pâle et discrète comme une vieille dame, m'attendait incroyablement éclairée a giorno. Elle clignait de l'œil vers une voiture mal garée sur le trottoir et semblait me dire :

« Dépêche-toi, nous avons de la visite ! »

Que faire ? Je devais sentir le poisson. La maison n'était pas assez grande pour me permettre de contourner ce danger inopiné et le bruit de la porte allait me trahir. Murmures et éclats de voix m'arrivaient, confus, chuchotements de vagues que couvrait parfois l'exclamation d'une corne de brume. La curiosité l'emporta et je franchis le seuil. Bizarre, personne ne m'avait encore repéré, je pouvais cueillir au passage les mots qui dégringolaient pêle-mêle dans l'escalier :

« Avantage..., salaire..., congés..., avenir... ! »

La dernière marche crissa, ce fut comme un bruit de frein, et les mots s'arrêtèrent, se tamponnèrent chaise contre chaise. Derrière la porte de la cuisine, qu'il me fallut ouvrir dans un calme soudain angoissant, se tenait un personnage filiforme dont la silhouette au nez proéminent avait dû s'échapper d'une affiche de Toulouse-Lautrec.

« Monsieur le directeur ?... »

Ma mère n'avait pas besoin de me le présenter ce mathurin. Je venais de reconnaître monsieur Criou, le directeur de l'école d'apprentissage maritime du Guilvinec. Que venait-il faire chez l'un de ses anciens élèves ? Me laissa-t-il seulement le temps d'ouvrir la bouche ?! Il semblait tellement pressé de répondre lui-même à chacune de ses questions qu'il lâcha tout son paquet jusqu'à l'étalingure :

« Comment ça va ? C'est le métier qui rentre !... La pêche ? On a vu mieux !... Pourquoi je n'essayerais pas d'embarquer sur un cargo ? Un C.A.P. de la marine marchande c'est fait pour ça !... Naviguer, voir du pays ?... Avoir un salaire convenable et des congés payés, de l'ambition aussi ? Insouciante jeunesse !... »

Heureusement, il veillait au grain, lui l'ancien capitaine !... Il nous avait formés pour devenir des marins du large, pas des pêcheurs de civelles ou d'épinoches !... Il y avait un temps pour tout, un temps pour sortir de l'enfance, un temps pour saisir sa chance !... La chance ? Justement, il la tenait là, entre ses mains !...

Et il exhiba sous mon nez quelques lettres aux en-têtes pavoisés. Tout un programme : des armements aux noms prestigieux proposaient des embarquements de novices à d'anciens camarades de classe qui avaient écrit à plusieurs compagnies à la fois ; alors que moi, le « chef de nage » de la dernière bordée je me contentais de ramer dans la saumure. Je me donnais bien quelques raisons :

« Oui mais !...

— Aucun problème ! Préviens ton patron dès demain, je m'occupe du reste et, pour commencer, voici une lettre que tu remettras au commandant du cargo.

— Du cargo ?... Quel cargo ?

— le *Robert Espagne* ; escale à Brest dans trois jours. Tu as le temps de préparer tes valises, n'oublie pas des vêtements légers pour les pays chauds. »

Il n'y avait sans doute pas à discuter. Ma mère semblait plus intéressée que moi et n'arrêtait pas de souligner :

« Écoute bien ce que te dit monsieur le directeur ! »

L'affaire avait été conclue, avant même que je puisse faire valoir mes préférences, mon attrait ou non pour ce métier. J'avais seize ans, mon père, marin-pêcheur, était mort lorsque j'en avais dix. Depuis, ma mère gouvernait ma destinée à grands changements de cap, faisant semblant de n'y mettre aucune autorité mais, se pliant aux conditions intransigeantes de la vie, elle m'invitait à en faire autant : « Celui qui apprend à obéir, apprend beaucoup ! »

Tout un ensemble d'habitudes et d'obligations me tenait lieu de morale. Je me souviens particulièrement de ce refrain qui berça ma plus tendre enfance et revenait sans cesse comme un leitmotiv :

Avant d'être capitaine,
Il faut être matelot,
Porter la chemis' de laine,
Le béret de son bateau,...

Mon père étant plus souvent sur son bateau qu'à la maison, c'est davantage le souvenir d'une voix que celui d'un visage qui m'accompagna dans mes premiers pas de mousse. « Je ne cherche pas à t'influencer !, semblait me dire cette voix. Tu trouveras suffisamment de réflexions et de grains de sel dans la mer ! »

La mer ? Incontournable celle-là ! On devenait marin dans la famille depuis quelques générations, non par choix mais par routine, par fatalité et, dans un passé qui n'est pas si lointain, sans doute par misère.

Comment trouver le sommeil maintenant ? Le *Robert Espagne* m'emportait déjà vers des pays qui n'existaient que dans les livres d'école ou les romans de Jules Verne, et j'ai rêvé tout éveillé.

À quatre heures et demie, quand je rejoignis mes compagnons au lieu de rendez-vous sur les quais, je rêvais encore.

Le patron approuva mon choix :

« Reste à terre aujourd'hui. Je rentrerai plus tôt pour te débarquer du rôle et tu viendras chercher tes bottes et tes cirés. N'oublie pas les reçus des mareyeurs. »

La passation de l'aviron se fit presque dans le silence. Eugène, le plus jeune de mes compagnons redevenait mousse à plus de cinquante ans. Seul, Tonton Jacques lança sans desserrer les dents de sa chique :

« Marine marchande, hum..., marins de commerce, humhum... ! Ce sont encore des marins ces gens-là ?... »

Je suis resté longtemps à regarder mes vieux pêcheurs s'éloigner de la cale, tous debout dans l'annexe comme des bougies sur un gâteau d'anniversaire. Ils me tournaient le dos bien sûr, à l'exception d'Eugène qui ronchonnait sur sa godille. Ils ont rejoint l'ombre d'un bateau au mouillage, allumé le fanal à carbure et, parmi le concert des moteurs des autres chalutiers en partance, j'ai reconnu la quinte de toux du *Marcelle et Joseph* qui se raclait la gorge pour me dire :

« Au revrrr, au revrrr, au revoirrrr !... »

La flottille des « malamoks » s'est alors échappée du port comme un long fleuve de lumière et, dans le bruit décroissant, je me suis tout à coup senti seul, si seul, le cœur vidé, comme inutile.

* *
*

Le jour du départ pour Brest arriva enfin. Ce fut une véritable expédition familiale :

« Je t'accompagne ! Brest, c'est encore la Bretagne, je n'aurai pas besoin de quitter ma coiffe, et puis tante Corentine sera du voyage ! », décida ma mère. C'est donc en cortège couleurs locales que je vins présenter mes lettres de créance au commandant du *Robert Espagne*.

Mon cœur battait la chamade. Sur ce bateau tout me semblait si étrange et démesuré : « Était-ce encore un bateau que ce machin énorme ? », aurait probablement souligné un certain Tonton Jacques. Cela m'apparut sans fioritures, comme le sont les liberty-ships : Une masse imposante et noire dont j'eus un peu de mal à distinguer l'avant de l'arrière avant d'apercevoir ce qu'il est d'usage d'appeler une hélice. Cette constatation ne calma pas toutes mes inquiétudes, bien au contraire ; cette hélice riquiqui, enfoncée comme un clou de girofle dans le croupion d'un gros canard, était-elle appropriée pour entraîner le poids d'un tel chaland ? L'échelle de coupée vertigineuse, les cales béantes, les secousses et les bruits occasionnés par le déchargement des billes de bois me poussèrent sans ménagement au paroxysme de la crainte et de l'étonnement.

L'ahurissement devait se lire sur mon visage car le pilotin, appelé par le commandant pour me guider, prit un malin plaisir à essayer de m'égarer par je ne sais quel dédale de coursives avant de s'arrêter devant une porte qu'il martela. « Basta, basta ! », répondit la porte avant de s'ouvrir et de laisser échapper une insoutenable bouffée chaude et moite aux odeurs de serre tropicale. Il faisait noir dans cette cabine. On y distinguait à peine, derrière un régime de bananes vertes, le disque blafard et sale d'un hublot ; puis, au fur et à mesure que l'œil s'accoutumait, la pénombre finit par libérer un casque colonial, deux couchettes superposées, des placards, une autre couchette et enfin, un sourire d'adolescent chétif et portant des traces de cambouis… le novice machine.

« Pessac, je te présente le nouveau nono ! », claironna le pilotin avant de s'éclipser.

« Bonjour ! c'est quoi ton prénom ?… Le mien c'est Auguste. Pessac, ce n'est pas mon nom. Je suis de là-bas, en Gironde. Tu connais ?… Par contre, tu as vu le pacha ? Lui il s'appelle bien Fouillensac, ça ne s'invente pas ! il fait avec, et nous aussi !… C'est ta mère que j'ai vue tout à l'heure avec un grand chapeau pointu ? Comment dis-tu, "bigouden" ? Ah, bon !… La chaleur ? Tu sais, on revient de Dakar, alors je pousse le radiateur. »

Les présentations continuèrent encore quelque temps. Il m'enivrait l'Auguste, avec son accent pétillant qui empanachait et enrubannait de quelques faveurs et autres fanfreluches tous les noms exotiques qu'il ramenait de ses fabuleux voyages. Puis, constatant que j'avais décidément tout à apprendre, il me demanda de le suivre jusqu'à la cabine de l'écrivain. Comme mon identité ne correspondait pas à celle du novice-pont attendu, je ne pus embarquer ce jour-là malgré la lettre du directeur de l'école d'apprentissage : il fallait attendre l'autorisation de l'Armement. Auguste m'expliqua que le *Robert Espagne* appartenait à la Compagnie des transports océaniques mais était exploité par les Chargeurs Réunis dont il portait les étoiles rouges sur la cheminée. Nous visitâmes la passerelle, le pont des embarcations, les réfectoires, le réfrigérateur et revînmes à la cabine des novices, après avoir passé deux fois devant une grande cage où deux ou trois espèces d'ours blancs n'arrêtaient pas de rugir et semblaient prêts à s'étriper.

« Ne t'inquiète pas, c'est la cuisine ! Les gargouilloux sont toujours plus ou moins échauffés. Tu manges où ce midi ?

— Manger ?... Je ne suis pas seul et... »

Je réalisai soudainement que j'avais perdu ma mère et ma tante dans ce labyrinthe.

N'était-il pas légitime que cette situation me causât quelques tourments ? Elle sembla pourtant amuser toutes les personnes que nous interrogions, à l'exception toutefois d'un géant noir qui venait de jaillir des entrailles de la machine comme un diable de la fournaise de l'enfer.

« Mamadou !, lança Auguste, avec un brin de malice, tu n'aurais pas vu une Bigouden ?

— Ti dis quoi ?

— Une Paimpolaise avec un minaret sur la tête. »

J'allais protester lorsque, contre toute attente, Mamadou répondit en souriant comme un piano :

« Si, je vu lui en bas, près chaudières !

— Quoi ???... Tu galèjes ! »

Il disait vrai le Mamadou. Il y avait par hasard sur ce bateau d'autres parents qui visitaient. Ma mère avait dû les suivre d'autant plus facilement qu'elle connaissait le guide, un matelot du pays, un certain Montfort plus connu sous le sobriquet de « comte de Montfort » à cause de ses grands airs de seigneur.

Le lendemain, ce fut le grand jour. « Chacun son poste ! », appela un porte-voix du haut de la passerelle. Le comte de Montfort m'ayant expliqué succinctement comment je devais me servir de la manette du treuil qui rembobinait les aussières, je rejoignis mon poste à la manœuvre arrière. On imagine souvent des départs de bateaux avec des mains ou des mouchoirs se faisant de grands signes. Moi mon premier geste utile de novice au long cours me fit disparaître de la scène avec fracas et dans un grand nuage de vapeur. Quand celui-ci se dissipa nous étions déjà loin des quais aux mains tendues que le crépuscule passait lentement au fusain. Je ne voyais plus la coiffe blanche qui m'avait jusque-là servi d'amer. Un phare qui s'allumait me montra ma nouvelle route, elle s'ouvrait désormais vers le grand large. C'était le soir du 31 octobre 1953 et je partais pour neuf mois.

* *
*

La mer du Nord ne fut tout d'abord qu'une série de bouées plaintives et de bateaux-feux hurlant leur détresse comme des cyclopes enchaînés. Nous allions de chenal en chenal, d'estuaire en estuaire dans un incessant et lancinant concert de sirènes. Des fleuves gris dévoraient des berges grises et nourrissaient des bancs de vase ; mais au cœur de cette fange mouvante fleurissaient des villes magnifiques : Anvers, Amsterdam, Brême, Hambourg, des ports et des bouquets de cathédrales jaillis de la brume et de marais mythiques et glacés.

Je n'ai peut-être pas bien visité. Tout était si nouveau pour moi et les matelots qui m'entraînaient à terre le soir, troupeaux impavides ou braillards, ne se souciaient que d'une chose : savoir s'il restait encore quelques abreuvoirs ouverts et quelques serveuses accueillantes.

Les allées et venues des péniches, le manège des grues et des palanquées, le travail des dockers, les intonations gutturales et germaniques qui se bousculaient autour des hiloires des cales, me donnaient le vertige. Étant fréquemment surpris en flagrant délit de rêves, j'avais droit à de multiples remontrances :

« Nono, magne-toi un peu, arrête de planer, regarde où tu mets les pieds ! »

Je n'étais certes pas très efficace. Les ordres semblaient provenir d'un monde parallèle. Je n'arrivais pas à trouver l'équilibre entre ces deux tendances contradictoires qui dominaient ma pensée ou mes gestes. Ce que Ping-Pong, le maître d'hôtel laotien, appelait le roulis de mon yin et le tangage de mon yang.

Le découpage de la journée de travail me désorientait aussi quelque peu. En dehors des manœuvres, je devais mettre bas les marteaux, avec ceux de la bordée « roulante », vers seize heures trente, même quand le travail n'était pas fini. Cela me parut absurde les premiers jours, mais par la suite je compris qu'il ne pouvait y avoir de place sous la douche que pour les plus rapides ou les plus malins. Après avoir mis le couvert et pris mon repas au réfectoire, je n'eus bientôt qu'une idée en tête, aider à faire rapidement la vaisselle pour pouvoir revenir près de la cale quatre ou le plateau de la coupée, là où la vie se déroulait de la façon la plus pittoresque et au rythme de l'heure locale.

Vêtements noirs et bouffants resserrés à la taille, les dockers d'Amsterdam ressemblaient à de grosses fourmis à bicyclettes. Nous les regardions arriver de loin en colonnes convergentes ou divergentes. Quand ils ne pédalaient pas, ils se déplaçaient en gros sabots et sortaient de leur musette une bouteille de lait et quelques sandwichs au poisson fumé.

« Ce sont tous des occasionnels, expliquait un contremaître, ils deviennent, suivant la saison, pêcheurs d'anguilles, marchands de tulipes ou dockers. »

À Hambourg, nous demeurions loin des quais, isolés dans un bassin, comme entre parenthèses. Nos amarres rejoignaient des ducs-d'Albe sur échasses. Cette situation n'était pas très aisée pour descendre à terre ; mais si nous n'allions pas en ville, la ville venait à nous. Notre contact avec elle était un certain marchand de souvenirs qui allait de bateau à bateau avec sa boutique flottante. Mi-trafiquant, mi-proxénète, il proposait ses menus services et sa camelote à des prix imbattables, hors taxe.

On me déconseilla d'ailleurs fortement d'aller à terre dans ce port où la luxure et le stupre souillaient chaque pavé : « Tu es encore trop jeune ! », argumentait le bosco. Pourtant, le quartier de Sankt Pauli, que l'on voulait m'interdire en me le décrivant comme un lieu de perdition et l'antichambre de l'enfer, brillait là-bas, le soir venu, de tous ses néons, avec des clochers lumineux comme des sapins de Noël. Je restais donc à regret, luciole aux ailes immatures, à regarder s'envoler l'équipage en goguette qui emportait dans son sillage de puissants effluves de phéromones à base d'eau de Cologne.

De temps en temps, le père Moullec, un vieux chauffeur, montait de la salle des machines pour prendre le frais. Lui non plus ne sortait pas ; non parce qu'il était trop vieux, mais parce qu'il voulait économiser le moindre centime pour s'acheter une fermette quelque part près de la pointe du Raz. Alors, il s'inventait d'autres excuses :

« Tu sais, tu as tort de soupirer. Les Allemands ne sont pas des gens très fréquentables. Après tout ce qu'ils nous ont fait de 1940 à 1944. À moi le premier…

— À toi ?

— Ouais, ils m'ont volé des pommes de terre, plusieurs sacs. Et puis, ils ne parlent pas le même breton que nous, on dirait qu'ils font exprès de baragouiner n'importe quoi pour mieux nous rouler. »

Étonnant raisonnement ! Quelqu'un m'expliqua par la suite qu'il ne fallait pas trop écouter ce vieux radoteur car, sans avoir vraiment collaboré, il avait tout de même fait un fructueux commerce avec les troupes d'occupation.

« Il ne sort pas, le pingre, par crainte de rencontrer quelques-uns de ses anciens clients en ville !… Et ce n'est pas tout. On raconte dans son village que, pour le punir, quelques résistants de la dernière heure lui avaient, en une nuit, proprement nettoyé son poulailler en ne laissant sur son perchoir qu'un pauvre coq tout déplumé et épais comme un sansonnet. Ce coq, devenu muet, probablement en état de choc après la perte de son harem, portait, suspendue à son cou, une pancarte sur laquelle on pouvait lire la première phrase d'une chanson à la mode : “Je suis seul ce soir, avec mes rêves...” »

De manœuvre en manœuvre, j'avais fini par me familiariser avec le treuil à vapeur. Je ne devais surtout pas oublier de purger les tuyaux pris de soubresauts avant qu'ils n'explosent sous la pression, faire des pansements en toile de prélart pour colmater provisoirement quelques fuites et préparer plusieurs ballons de défense, dont le moins sale me servait de siège. Ma responsabilité s'étendait aussi au lovage des toulines. C'était là un travail fort délicat dont je ne pus acquérir la subtile technique qu'après de nombreuses leçons et quelques coups de casquette. Je devais donc disposer soigneusement les lance-amarres en deux ronds de cordage presque identiques mais en faisant bien attention à ce que le rond destiné à la main droite du lanceur ne soit pas trop chargé. Question d'équilibre, variable suivant les utilisateurs, le temps, le vent, la distance. Si par hasard la trajectoire de la ligne se transformait en signature arabe, le matelot lanceur ne perdait jamais la face :

« Bordel de bordel, novice ! C'est quoi ce sac de nœuds ? T'es donc pas fichu de lover une touline comme il faut ? »

Le dernier rondin de bois exotique débarqué, les matelots descendaient à fond de cale pour y balayer les écorces aux senteurs lourdes et âpres. Ils les entassaient dans des élingues de toile et, à l'aide des mâts de charge, nous les déposions en grands tas sur le pont afin de pouvoir les jeter par-dessus bord une fois au large. Je n'avais pas encore le droit de descendre dans les cales. Après avoir aidé à pousser les palanquées d'écorces contre le pavois, mon travail consistait à réunir et rapprocher au maximum les quatre coins des élingues par une bosse cassante faisant un peu l'office d'un cordon de bourse. Plus tard, les élingues suspendues par un seul de leurs coins, en abord et à l'extérieur du pavois sous le vent, il suffisait de couper la bosse cassante et la bourse s'ouvrait d'un seul coup pour répandre son chargement dans les flots.

Cela se passait généralement ainsi et sans problème. Qu'avait donc besoin ce jeune lieutenant de changer de cap, un beau matin, brusquement et sans prévenir ? En réalité, le vent m'ayant ramené de la poussière d'écorce dans les yeux, je n'ai pas très bien compris ce qui s'était passé au début. Entendant l'élingue de toile faseyer, j'ai baissé instinctivement la tête pour éviter la gifle. Quelqu'un de plus téméraire que moi aurait probablement essayé de maîtriser ce foc ballon improvisé qui a fini par se décrocher du croc du cartahu pour partir à la rencontre du second capitaine. Qu'avait-il besoin, lui aussi, de se trouver sur le pont à ce moment précis ? La toile l'a aussitôt emporté, les bras et les jambes écartés comme un écureuil volant. Il y a des jours comme celui-là où tout va de travers. L'appontage de notre second, à cheval sur quelques galiotes, ne fut pas non plus une réussite ; d'aucuns prétendirent même qu'il s'était fait très mal… au train d'atterrissage.

Le jeune lieutenant Vandaeger en aura peut-être pris pour son grade aux étages supérieurs, mais devint dès lors éminemment sympathique aux yeux des matelots qui le baptisèrent « Vent Arrière » ou « Vent Léger ».

Dunkerque, Rouen, Le Havre, des escales très attendues par ceux qui partaient en congés. Un autre voyage commençait, un autre second capitaine embarquait.

Et, tandis que le ciment et les fûts allaient à fond de cale, les menus colis et les voitures en entrepont, la ferraille en pontée, un novice tout ébaubi ne se lassait pas d'admirer des dockers braillards et resquilleurs se succédant port après port, shift après shift, accent après accent, mais toujours avec les mêmes gestes rapides et précis. Il ne se lassait pas de la découvrir cette faune portuaire si pittoresque, ces « p'tits frè'es poquant les ouagons » à Dunkerque, ou ces « carabots du Hac grattant à la cal'quat' ».

Ce métier, si riche en événements divers, commençait à lui plaire. Il se passa cependant quelque chose d'étrange au Havre qui laissa planer un doute quant à la sérénité des temps à venir sur ce bateau. À la vue du nouveau second, monsieur Triton, alias « Bonjour », deux ou trois des matelots remplaçants refusèrent d'embarquer et il fut impossible de retenir ceux qui s'en allaient et qui avaient, comme le comte de Montfort, plus d'un an de bord. Avons-nous alors vraiment assisté à ce qui serait commun d'appeler un shanghaïage ? je ne saurais le dire. Toujours est-il que nous avons vu, de nos yeux vu, alors que le pavillon de partance était déjà hissé, le lieutenant Vent Léger et le bosco ramener en louvoyant, bras dessus, bras dessous, quelques bambocheurs fortement désemparés. Ils avaient probablement dû être agrippés au hasard et au fond des bistrots du quartier de l'Eure. Un quart d'heure plus tard, c'est la mère Pataras, tenancière de son état, qui apportait au bosco le sac de l'un de ces individus, pensionnaire de longue date.

Préoccupé par les opérations commerciales et aussi par ses rapports avec le commandant, Bonjour ne se soucia pas tout de suite de savoir si le *Robert Espagne* était ou non encombré d'un équipage. Il ne s'adressait qu'au seul bosco. La traversée du Havre à Bordeaux apportant un peu de répit, il se pencha enfin sur cet épineux problème. Nous l'appelions Bonjour à cause d'un vilain tic qui lui faisait hocher la tête à tous moments, surtout quand il s'énervait. Bien qu'il me fût conseillé de ne pas répondre inconsidérément à ses pseudo-salutations, je ne pus me résoudre à faire pareille entorse à ma bonne éducation. Bien mal m'en prit, car au troisième bonjour je fus impitoyablement chassé de la timonerie avec mon bidon de pâte à briller pour les cuivres et mon chiffon d'étamine.

« Te dresser, te frotter les oreilles moi, p'tit morveux ! »

L'escale de Bordeaux fut suave et ensoleillée. Un dimanche, la famille d'Auguste vint nous rendre visite avec un panier plein de victuailles des Landes ou du Périgord, des trucs qu'il fallait garder longtemps dans la bouche pour en apprécier toute la saveur avant d'y ajouter quelques larmes sucrées de Sauternes. Auguste rayonnait parmi les siens. Moi j'avais, pour la première fois depuis mon départ de la maison, un peu de vague à l'âme et laissais ma mélancolie descendre à vau-l'eau le cours de la Garonne, entre les barques des pêcheurs d'aloses et les filets dérivants. À quelques encablures de nous, un paquebot de la « Sud-Atlantique » pavoisait avant son départ pour Rio et semblait être le point de convergence des promenades dominicales. Une belle journée...

Le lendemain, les dockers s'égayèrent à nouveau entre les palans de garde ou les épontilles et la monotonie éclata comme un pétard de carnaval :

« Sape, sape à Bacalan qu'on te dit ! Putaing il est toujours aussi broque ce grutier. C'est quoi cette palette de peneus ? Dis Pierrot, tu l'as vu hier ce cocu d'arbitre ? Alors là-haut, tu sapes ou tu te les grattes ? Du foute-balle comme ça, ça ressemble plutôt à de la poloche. Il commence à me les gonfler ce grutier. Qu'est-ce que tu veux que j'en fasse de ta palette de peneus ? Tiens, voilà le 'pitaine qui te dis bonjour, demande z'y, bougre d'andouille ! Ouagadougou, 'pitaine, c'est kif-kif la Pointe Noire ? »

Un hochement de tête involontaire et la palette de pneus piqua à fond de cale, juste où il ne fallait pas.

Auguste embrassa ses parents, ses grands-parents, ses frères et sœurs, ses oncles et tantes, ses cousins et cousines, venus nombreux, comme pour une photo de mariage, assister au départ du steamer. Un douanier tatillon avisant le groupe endimanché, le fit s'aligner pour le fouiller et inspecta avec minutie une carapace de tortue, un régime de bananes mûrissantes, trois noix de coco et quelques plants d'avocats baignant leurs noyaux dans de vieux bocaux à cornichons. Nous étions tous à nous demander ce qui allait se passer, si l'homme au nez de furet découvrait des cigarillos dans les poches du pauvre pépé pétrifié par la peur, quand, un coup de vent farceur qui rôdait entre les docks, aperçut la scène, enleva le képi du gabelou et le fit rouler vers les matelots qui enlevaient le filet de coupée. Une hésitation, à peine perceptible, et puis la tentation fut trop forte, un noble cœur tendit un pied secourable, une péniche d'au moins quarante-sept, vers le couvre-chef en péril et l'aplatit de tout son poids.

« Vous en faites pas brigadier, je le tiens votre galurin. Il ne s'échappera plus, le drôle ! »

Et le talon écrasa chaque mot avec plus d'ardeur et de conviction qu'il n'en faut dans de telles circonstances. Pauvre képi ! À sa mine plutôt chiffonnée, on reconnut celle de son maître qui accourait l'oreille basse. La famille de Gustave profita de la diversion pour s'éparpiller et disparaître.

Quelques heures plus tard, le *Robert Espagne* appareillait en sifflant sa vapeur de tout son cœur comme un petit train du Far-West. Il salua les deux berges, une vaguelette à droite, une vaguelette à gauche, une caresse au vieux ponton de bois caché dans les roseaux, une autre au carrelet à pibales veillant comme un échassier au-dessus des eaux limoneuses. Des petites bouées rouges ou vertes dodelinaient ça et là ou faisaient d'aimables révérences sur notre passage. Les prélarts des cales bien tirés et fixés par des tringles, les mâts de charge abaissés et bridés aux colliers, les colis en pontée enchaînés et saisis par des ridoirs, nous quittâmes la France en donnant du panache blanc comme à la parade. Je humais cet instant et la brise avec délice, croyant y déceler déjà d'exaltants parfums d'odyssée.

* *
*

La houle longue et verte du golfe de Gascogne nous souleva bientôt et nous emporta sur ses épaules dans un mouvement souple et lent comme si nous chevauchions un énorme félin. Le surlendemain, sous un ciel d'étoupe, des caps et des monts crevèrent la surface de la mer, arrêtèrent la course des nuages, déchirèrent des rideaux de pluie et bavèrent leurs noms à fleur d'écume, Ortégal, Sisargas, Finisterre. Contournant alors la Galice et ses rivages taillés à coups de hache, notre liberty-ship, telle une baleine dans un banc de sardines, se fraya un passage parmi d'innombrables barques de pêche.

Notre arrivée à Lisbonne fut comme une immersion à travers le miroir du temps et de l'espace. Étions-nous encore en Europe ? Ces grandes voiles qui nous escortaient dans le goulet du Tage ou sillonnaient la mer de Paille étaient-elles réelles ou simplement le reflet des galions et des caravelles d'antan ? Le soleil de décembre diffusait sa moire et son vieil or sur les collines environnantes et les toits de tuiles ocres, patinées par le temps.

Attelage après attelage, le chargement se fit au pas des mules et au son des grelots et campanules qui décoraient leurs colliers. Il n'y avait pas de grue le long du quai. Certains des dockers travaillaient pieds nus, vidant les tombereaux et les haquets, roulant devant eux des ballots de laine ou des barriques de vin pour les déposer à l'aplomb des mâts de charge. De temps en temps, une gabare ventrue et lourdement chargée venait, après avoir tiré de difficiles bordées à contre courant, accoster notre muraille extérieure. La manœuvre était fort délicate et le nautonier devait prendre soin de se présenter bien parallèle à la coque du cargo pour ne pas engager l'antenne de sa voile latine dans les palans de garde.

Lequel d'entre nous aurait pu demeurer insensible à la féerie de ce Portugal aux charmes désuets ?... À quelques pas du bord, la ville s'animait, nous attirait et exhibait ses atours les plus séduisants à la lueur des quinquets de tavernes. Les « taberneiros » nous attendaient de pied ferme, une serviette sur l'épaule et les bras appuyés au comptoir.

« Vinho tinto senhores ?

— Comme tu veux mon pote, mais du bon ! »

Un mélange d'odeurs indicibles descendait des solives entre les jambons, les chapelets d'ail et les queues de morues séchées. Cela finissait par nous donner vraiment soif ! Alors nous avons bu !...

Nous ne fûmes pas les seuls ce soir-là à interroger la transparence du vin. Un pochard, qui pleurait dans son verre et dans les nôtres, insistait pour nous débiter des psaumes en lusitanien. Nous lui avions bien donné quelques escudos pour qu'il aille réciter sa messe dans d'autres chapelles, mais rien n'y fit, il voulait absolument nous convertir. Il nous suivit ainsi, en titubant, durant une bonne partie de la soirée. Arrivés sur les quais, quelqu'un eut l'idée de piquer un cent mètres pour décramponner notre rémora. Ce fut, au signal, une véritable envolée de moineaux dans toutes les directions. Soudain seul, l'ivrogne décontenancé arrêta son prêche, fit deux pas vers la ville, puis s'arrêta longuement comme pour réfléchir. Tapis dans l'ombre, nous l'observions chacun de notre côté, tout en espérant qu'il n'eût pas la riche idée d'essayer de nous rattraper pour nous suivre jusqu'au bateau. Nous le vîmes, contre toute attente, faire brusquement demi-tour et, avec l'aisance d'un pingouin sur la banquise, se diriger résolument vers le bord du quai où, il plongea.

« Mazette ! comme s'il n'avait pas assez bu ce dingue ! »

La bande de moineaux se reforma rapidement au bord du quai.

« On n'y voit que dalle ! »

Arthur, le matelot léger, alluma une lampe-torche. Il y avait une échelle. Hélas, quelques barreaux plus bas, nous n'apercevions que les eaux noires et bouillonnantes du Tage. L'homme avait bel et bien disparu dans le courant.

Le bruit du « plouf » nous martelait les tempes. Que faire ? Demander de l'aide ? À qui ? Il n'y avait bien sûr plus rien à faire et pourtant nous avons essayé. Un promeneur qui baragouinait un peu le français tenta en vain de nous expliquer :

« Desesperado comme ça ! Português beaucoup miséria… »

Étions-nous encore en Europe ? Le crépi masquait l'usure de la pierre et le fard le ravage des larmes.

Le lendemain, alors que le récit du drame que nous venions de vivre circulait sur toutes les lèvres, le doigt infâme de l'injustice vint soulever brusquement et en pleine lumière un coin du voile qui masquait encore par pudeur cette misère latente. Quelques colis étaient tombés à l'eau entre le bord et le quai. Un jeune élégant, peigné à la gomina, fit miroiter bientôt, sous les yeux de deux ou trois loqueteux, quelques billets de banque avec lesquels il s'éventa les moustaches. Il consentirait apparemment, lui le collet monté, à descendre de sa Rolls, pour donner un généreux pourboire à celui qui lui repêcherait ses précieux colis. Aidés de temps en temps par ceux de l'équipage qui n'étaient pas de service, quelques-uns des va-nu-pieds les plus crottés de Lisbonne se mirent alors à draguer le fond vaseux à l'aide de chattes et autres grappins prêtés par le bosco. Ce travail harassant, et parfois dangereux quand il fallait passer sous les charges, dura toute la journée, sans succès et sans rémunération. À dix heures du soir, peu avant notre départ, de pauvres bougres cherchaient encore.

Coup de tangage ! La mer nous libérait enfin du poids de cette escale. Le *Robert Espagne* s'ébrouait déjà sous les embruns. Moi, le novice, ébranlé dans mes convictions, je recherchais inconsciemment la consolation d'une voix familière, le murmure et le bercement de la vague, l'oubli, le sommeil.

CHAPITRE II

Kroumen et Popos

De Lisbonne à Dakar, une semaine de traversée, une semaine d'alizés, ou presque ; des vents, bien établis au nord-nordet, nous rattrapaient et rabattaient notre plumet de vapeur sur l'avant. La houle soulevait notre poupe avec irrespect, lâchait prise un moment à cause de l'humeur de l'hélice qui, n'aimant pas ce petit jeu, s'énervait en sortant hors de l'eau. Mais le geste inconvenant reprenait alors de plus belle, en s'additionnant parfois d'une véritable fessée au ras du trou de jaumière. La routine des quarts réglait la vie du bord. On ressortait les grattes et les marteaux à piquer, les vieilles moques de peinture et de minium, les paumelles et le fil à voile. La corvée de potasse, qui n'est pourtant pas la moindre des besognes, était invariablement l'affaire du novice. Un seau de lessive, un seau d'eau claire, un escabeau et deux fauberts faisaient la chasse à la grisaille, à la poussière et au sel qui s'étaient déposés un peu partout.

« Tords bien ton faubert, castor ! Tu nous mets du blanc partout ! », grognait le bosco.

Était-ce ma faute à moi si le mélange alcalin préparé par le magasinier était trop décapant ? Il me brûlait les mains et les gerçait, la peau des poignets devenait rugueuse et se craquait.

Le sort d'Auguste me paraissait bien plus enviable. Armé d'un petit pinceau et d'un pot de graisse, qu'il promenait avec ostentation, il accompagnait pas à pas, tel un enfant de chœur un célébrant, le graisseur extérieur qui saisissait l'occasion de cette traversée ensoleillée pour inspecter et bichonner chaque treuil. Comme il y avait douze stations, ils appelaient cela « faire le chemin de croix ».

Les matelots et les nettoyeurs mettaient généralement à profit les traversées de plusieurs jours, comme celle-là, pour observer une sorte de rite : « la corvée de charbon ». Il s'agissait, en l'occurrence, de ravitailler la cuisine en combustible. La réserve de charbon étant stockée à l'air libre, sur la dunette, il fallait en ramener régulièrement une certaine quantité, avec des seaux, jusqu'à la soute de l'arrière du château qui communiquait avec la cuisine. Cette corvée intéressait tout l'équipage car elle donnait droit à une prime ou, plus exactement, à ces fameuses allocations spéciales généralement concédées pour un travail sortant de l'ordinaire. La corvée pouvait durer plusieurs heures afin de relayer les hommes de quart et de faire profiter chacun d'entre eux, au maximum, de cette manne. Jusqu'à la chienne du bord, Fifi, qui, se doutant que nous ne pouvions être ainsi rassemblés que pour de bonnes raisons, ne manquait jamais d'être assidûment présente à cette procession. Elle suivait les porteurs de seaux en tenant fièrement son écuelle dans sa gueule. Au bout du chemin, le cuisinier la récompensait d'un os à moelle. C'était là son allocation spéciale, bien méritée.

Puis vint le soir où le charpentier nous demanda de l'aider à installer un tangon et des lignes à l'arrière pour la pêche au thon. Nous venions déjà de traverser deux ou trois mattes de ces gros poissons et, d'après le Bout de Bois, ceci nous laissait augurer quelques belles captures.

« Novices, venez voir, on aperçoit l'île de Sein !, nous dit ce soir-là notre maître compagnon.

— L'île de Sein ? Quelque chose ne va pas ?

— Pourquoi, quelle forme vous lui trouvez à cette île ? »

C'était Tenerife ! Et il avait bigrement raison le gaillard ; avec son pic de Teide enneigé, l'île impudique dessinait, là-bas dans le lointain, le mamelon d'une énorme sirène.

La nuit venue, nous aperçûmes aussi une masse noire constellée de paillettes et puis un long collier de perles. À la tête du monstre, ainsi couché sur les flots, il y avait enfin l'œil clignotant d'un phare. J'ai dû rester éveillé une bonne partie de la nuit pour ne rien perdre de cette première rencontre avec Las Palmas de Gran Canaria.

Jour après jour, le beau temps gagnait des ris. On enleva quelques tringles de panneau et les capots des manches à air, on aéra les baleinières qui sentaient terriblement le moisi et on aéra aussi, mais pour une toute autre raison, l'entrepont de la cale trois. Quelque chose faisait du bruit dans cet entrepont, cela semblait rouler et résonnait en venant frapper au coup de roulis la cloison mitoyenne qui séparait ce compartiment de la cambuse. Intrigué par ce bruit, Bonjour descendit avec le charpentier pour une tournée d'inspection et découvrit un bel épissoir d'acier, un épissoir du bord, qui avait de toute évidence servi à fracturer quelques caisses de vin de Bordeaux. La nouvelle de cette découverte fusa comme une traînée de poudre. Il était urgent de se débarrasser de ces bouteilles devenues brûlantes et qui encombraient les placards des matelots. Heureux poissons qui nagiez « entre deux mers », saviez-vous ce que représentaient ces belles bouteilles rubis qui se mirent à descendre tout d'un coup et en grande quantité vers les profondeurs ? Je ne sus jamais si l'enquête qui suivit avait réellement abouti. Ce que j'appris par la suite, c'est que le magasinier n'osa jamais signaler la perte de son épissoir et que Bonjour constata que la porte étanche qui donnait sur la coursive de la cambuse n'était pas si étanche que ça. Il y fit souder d'énormes pattes de fixation.

Pour me donner le temps de soigner mes crevasses aux mains, le bosco me confia le nettoyage des pinceaux ; le gas-oil qui adoucit la peau ne pouvant avoir que des vertus thérapeutiques.

J'aidais aussi le magasinier à faire des inventaires et à confectionner des fauberts et des vadrouilles. L'odeur de l'huile de lin et des manoques de lusin m'imprégnait les poils du nez comme de l'étoupe de calfat. J'aimais cette odeur forte des magasins à toile et cordage ; plus tard, j'aurai maintes fois l'occasion d'y revenir pour faire des épissures. Il y avait dans ces lieux comme une intimité, un échange entre moi et la matière à matelotage et j'ai gardé pour eux la vénération des sanctuaires.

« Aux lignes !... » Le cri venant de la passerelle me surprit comme un signal d'alarme. Bonjour nous avait déjà rodés à réagir à de nombreux exercices d'abandon. Ma première réaction, en entendant ce cri, fut donc de bondir vers ma cabine où se trouvait ma brassière de sauvetage.

« Qu'est-ce que tu fabriques ? Ramène-toi vite, on attrape du thon derrière ! », me lança Auguste en me bousculant.

En effet ! J'arrivais juste à temps pour voir le dernier poisson se ferrer et bondir dans le sillage. La ligne halée main sur main ramena à bord un magnifique thon albacore, brillant, métallique, avec des reflets dorés sur les flancs. Le charpentier lui assena aussitôt un coup de mailloche sur le crâne et l'envoya encore vibrant rejoindre trois autres poissons qui baignaient dans leur sang, sous la surveillance déterminée de Fifi.

« Va falloir me laver cette peinture ! », grommela le bosco en me cherchant des yeux. Mais le Bout de Bois répliqua malicieusement :

« Il vaut mieux que le nono reste avec moi ! C'est un ancien pêcheur. On va réparer les lignes cassées. »

Nous approchions du cap Blanc. L'air chaud nous chassait le soir de nos cabines et nous rassemblait autour du panneau de la cale quatre. Là, je me désaltérais des récits fabuleux que les plus vieux déversaient à pleine cascade. J'écoutais avec avidité les histoires du Grand Galipétan ou de l'Oiseau Béligou sans tenir compte des moqueries qui fuşaient ça et là quand mes yeux devenaient aussi brillants que ces milliers d'étoiles qui tanguaient au-dessus de nos têtes. La soirée se terminait généralement par un tour de chant durant lequel le graisseur extérieur nous démontrait sa virtuosité et l'étendue de son vaste répertoire. Combien de fois n'avons-nous pas repris en chœur sous la voie lactée :

Tous les marins ont une étoile
Qui les protège dans les cieux,

Quand à leurs yeux, rien ne la voile,
Le malheur ne peut rien contre eux...

* *
*

« Le matin du septième jour, Dieu se reposa... » Ce fut loin d'être notre cas ! Même si ce jour avait été un dimanche, il nous aurait quand même fallu travailler ; nous arrivions à Dakar. La porte de l'Afrique était là derrière un mince rideau de brume de chaleur. Des contours escarpés, un cap, des îles, des pirogues sous voile et puis cette odeur étrange, la transpiration d'une ville se mêlant à la fermentation des « seccos » d'arachides.

« Novice, regarde ce que tu fais ! »

Regarder ?... mais je ne faisais que ça ! La rumeur qui venait des quais couvrait le bruit du treuil de manœuvre et le grincement des aussières. J'avais l'impression que nous accostions une marée humaine. La dernière amarre n'était pas encore tournée que déjà ils étaient là, autour des cales, ces géants noirs, torréfiés, avec leurs boubous amples et leurs « serrouals » bouffants. Ils parlaient fort et vite, un torrent de paroles avec des clapotis dans la voix. Tout ici leur était déjà familier. Ils envahissaient chaque parcelle du pont, démaillant, remaillant des queues de palans, des crocs de cartahus, se ruant sans hésitation vers le travail ou l'objet qu'ils semblaient avoir quitté la veille.

« Novice, regarde où tu mets les pieds ! »

Tout devenait confus. Les bruits et les voix s'embrasaient et crépitaient autour de moi. Une lumière impitoyable inondait l'espace et me poursuivait, chaque objet devenait réverbération et j'avançais les yeux mi-clos, comme ivre, assommé par une overdose de soleil et d'évasion exotique.

Le soir venu, j'ai marché le long des quais, pas très loin, une sortie timide, un premier pas vers ce monde si étrange, si fascinant. Dans un ciel pâle, trop lumineux pour être bleu, de grands rapaces planaient mollement en décrivant de larges cercles. De temps en temps, l'un deux effectuait une chute acrobatique pour venir saisir d'un coup de serre un fruit pourri, un cadavre de poisson ou tout autre déchet de nourriture flottant à la surface du bassin.

« Toujours aussi habiles ces charognards, comme ceux du bord, mais en plus sympathiques. Qu'est-ce que t'en dis ? »

Le Bout de Bois venait de me rejoindre et m'expliquait que ces élégants volatiles étaient protégés à cause du service de nettoyage qu'ils rendaient aux villes africaines.

« Charognard, c'est leur véritable nom ?

— Je n'en connais pas d'autre, mais je crois que Vent Léger les appelle des milans. »

Il devisait encore sur l'utilité et la grâce de ces oiseaux, quand l'un d'eux, ouvrant ses serres, laissa choir au ras de notre nez, et en gage d'amitié, un morceau choisi de charogne.

« Espèce de mange-merde !... N'a-t-on pas idée de bestiole aussi puante ! »

Tout en marchant, nous arrivâmes jusqu'au port de pêche où il fut convenu que je parlerais en breton aux équipages des thoniers qui, sous ces latitudes, ne pouvaient qu'être des pays à moi. Le but de la manœuvre était de se lier d'amitié avec ceux d'entre eux qui pourraient, par la suite, nous procurer des hameçons et du crin pour nos appâts artificiels. Pas de chance, le premier pêcheur breton auquel je m'adressais dans sa langue natale avait l'air d'être sourd comme un pot, ou alors idiot. Il me laissa parler pendant une éternité avant de me répondre calmement en curant sa pipe :

« Arrête de te fatiguer, je suis Basque !...

— ???... »

Il nous invita quand même à visiter son bateau, un « canneur » à l'appât vivant, et nous offrit généreusement ce que nous recherchions.

Le lendemain matin, l'intendant me réquisitionna pour être le portefaix de ses achats au marché indigène. Tomates, salades, oranges, que m'importait si les fruits et légumes vers lesquels allait son choix ressemblaient à ceux de nos marchands des quatre saisons, mes yeux lorgnaient avidement vers d'autres paniers garnis de mangues, de citrons verts, de fleurs ou de poissons multicolores. Plus loin, des Mauritaniens enturbannés et drapés de bleu proposaient des bijoux en argent et des petits marchands de cigarettes et de journaux se déplaçaient d'un angle de rue à l'autre en interpellant les clients potentiels :

« Attends toubab, journal français, attends !... »

Le retour à bord se fit par le chemin des écoliers, par la « Petite Corniche » bordée de filaos et de bougainvillées et d'où l'on pouvait apercevoir l'île de Gorée au mouillage.

De Dakar à Abidjan, les poissons n'hésitèrent pas à faire l'essai de notre nouveau matériel. D'abord ce fut une grande carangue qui découpa le sillage en zigzags avec ses nageoires. Malgré son combat acharné et spectaculaire, ce poisson reçut peu de considération de la part des matelots qui l'appelaient « hirondelle ». Il avait un museau busqué et son corps donnait l'impression d'avoir été comprimé par une paire de cymbales. On l'aurait probablement rejeté à la mer si Mamadou ne s'était trouvé là par hasard, à ce moment précis, avec son tapis à prière sous le bras. Les voies d'Allah sont impénétrables.

« Attends, poisson-là c'est bon ! À Kaolack, quand tu veux marier, tu donnes poisson comme ça à la belle-mère !

— Pour l'empoisonner ?

— Non, tu peux manger avec le riz. »

Mamadou emporta son poisson, repéra dans l'espace et dans sa mémoire l'orthodromie de La Mecque, et se mit en prière sans plus attendre.

Heureusement pour les amateurs de pêche fraîche, ce ne fut pas la seule capture de cette traversée. Nous pûmes, sans nous croire obligés d'en remercier Allah et la belle-mère de Mamadou, goûter à la chair délicieuse des coryphènes. Petit à petit la brise s'essoufflait, la chaleur se faisait lourde et la mer épaisse. Alors que nous étions occupés à fixer les toiles des cagnards et les tentes du pont des embarcations pour le protéger des ardeurs du soleil, les coryphènes signalaient leur présence par le pétillement de la surface de l'eau, puis le jaillissement en bouquet d'argent d'une myriade de petits poissons volants. Sitôt prises à l'hameçon, elles bondissaient à la verticale en hachurant l'air comme des sabres. C'est peut-être pour cette raison que les Africains leur donnent souvent le nom de poissons machettes. Nous, nous les appelions plutôt « poissons caméléons » car, une fois sur le pont, elles prenaient rapidement, en agonisant, une variété incroyable de couleurs qu'animaient des reflets ondoyants.

* *
*

Si je n'avais pas été aussi passionné par ce qui se passait à l'extérieur du bateau, je me serais peut-être méfié du leurre que l'écrivain allait bientôt agiter devant ma bouche grande ouverte. Je venais de voir, en peu de temps, des poissons qui volaient, des poissons qui se gonflaient et d'autres qui changeaient de couleur, j'étais prêt à tout gober, à tout accepter de ce monde fantastique.

« Novice !, me dit ce jour-là le bidel, tu veux bien monter illico à la passerelle pour demander au lieutenant la date et l'heure à laquelle nous arriverons à la bouée postale ?

— La bouée postale ???

— Oui, tu lui diras qu'il me faut ces précisions assez rapidement afin de signaler à tous l'heure de la dernière levée du courrier. »

Une fois là-haut, le premier lieutenant m'invita à le suivre dans la chambre des cartes, lieu sacro-saint où je n'avais encore jamais mis les pieds. Il calcula devant moi la distance qui nous séparait d'un point minuscule au large de la Sierra Leone et me répondit :

« Demain matin, dix heures ! »

Qu'y avait-il de vrai dans cette histoire de bouée postale ? Une bouée à mi-route entre Dakar et Abidjan ? Elle existait, nous devions passer à proximité ! Le lieutenant me l'avait montrée du doigt sur la carte et les lieutenants sont des gens sérieux et respectables ; qui oserait mettre en doute leur parole ? Des placards furent affichés dans chaque réfectoire et sur la boîte aux lettres du bord pour signaler le nouveau tarif postal en vigueur et l'heure de la dernière levée. Arthur, le matelot léger, écrivit à sa fiancée et l'intendant déposa une grosse enveloppe dans la boîte. Tout le monde avait l'air d'y croire ; que pouvais-je faire d'autre ? je crus. Le soir même je postais ma lettre.

Le lendemain matin, le bosco m'envoya vérifier le matériel de la baleinière qui était susceptible d'être mise à l'eau pour la circonstance. Le taud bien enroulé, toute la drome dessaisie, sans oublier la gaffe et la barre franche, les bosses, les tirveilles, les dames, le safran, tout était bien à sa place. L'événement qui se préparait stimulait mon zèle.

« Tu es sûr de lui avoir bien mis son nable à ton canot ? », me lança le matelot Loiseau.

Un farceur celui-là ; la veille encore, il me racontait l'histoire de ce sous-marin belge qui n'avait pas fait longue carrière car, le jour du lancement, l'amiral avait tout bonnement oublié le nable au fond de sa poche. Non, je n'avais rien oublié, et j'avais envie de lui répondre : « Me prends-tu pour un Belge ? », quand il ajouta : « La voilà ! Voilà la bouée !... »

Quelque chose en effet, là-bas, très loin, à environ un quart bâbord, la bouée était exacte au rendez-vous, elle nous attendait. En levant la tête, je pus apercevoir le commandant, le second capitaine, le lieutenant et même le radio qui observaient la mer depuis l'aileron de la passerelle. C'était du sérieux. Je mesurais alors toute l'importance de la situation et guettais avec impatience le bruit du chadburn. Le *Robert Espagne* avançait, avançait, sans fléchir et la bouée, toujours un quart bâbord, grossissait, grossissait. Nous distinguions bientôt son étrange forme de presse-citron. Qu'est-ce qu'il attendait ce chadburn pour prévenir ceux d'en bas ? L'ogive du presse-citron était blanc et portait un voyant noir.

« Loiseau, on ne va pas un peu vite ?

— Te casse…, le pacha connaît son affaire ! »

Le pacha ? Où était-il en ce moment crucial ? Je ne le voyais plus !… Là-haut, il n'y avait désormais que le lieutenant qui se cramponnait au taximètre comme un servant de mitrailleuse. Le chadburn demeurait toujours silencieux. Je n'entendais que le halètement de la machine et les battements de mon cœur.

« C'est sûr, on est déjà trop près, on ne pourra pas s'arrêter à temps ! »

Le voyant noir s'envola, c'était un cormoran. Il lâcha un peu de lest pour mieux s'élever, mais son envol fut aussi lamentable que mon atterrissage. Sa fiente alla blanchir un peu plus le sommet de son perchoir flottant et je m'en sentis honteusement éclaboussé. La bouée postale n'était qu'une sinistre farce.

Le *Robert Espagne* changea de cap en serrant au plus près ce truc dégueulasse sur lequel on pouvait encore distinguer sous le badigeon de guano : « S. ANN ».

De la bouée Sainte-Anne au cap des Palmes, nous avons ensuite longé, d'abord au large, puis de plus en plus près, une côte uniforme, presque rectiligne ; une étroite plage de sable blond surmontée d'un épais manteau de verdure. De temps en temps un petit promontoire ou l'échancrure d'une rivière venaient interrompre la monotonie de ces rivages et des pirogues glissaient sur l'eau comme ces frêles insectes aquatiques que l'on voit à la surface des eaux dormantes. À quelle distance étaient-elles de terre ces légères pirogues à peine plus larges que des hamacs ? Six milles, huit milles ou plus ? Quand, craignant pour leur sécurité, les piroguiers voulaient attirer l'attention du cargo qui passait, ils se levaient et agitaient leurs bras et leurs pagaies dans tous les sens ; sémaphores dérisoires, à peine détectables au ras des flots.

* *
*

Notre première escale dans le golfe de Guinée s'appelait Sassandra. Était-ce bien une escale, ce mouillage ouvert à la houle qui venait mourir en impressionnants rouleaux sur une plage déserte ? Un village se dissimulait à l'ombre d'une futaie et un petit wharf téméraire avançait deux pas dans les lames déferlantes dont le bruit sourd nous parvenait. En principe, cette pseudo-escale ne devait durer que quelques heures.

Trois longs coups de sirène ! Un signal convenu ! Le *Robert Espagne* saluait les autorités portuaires de Sassandra et appelait ses Kroumen.

Kroumen, marins-dockers, j'ignorais encore ce que signifiait ce vocable, ce qu'il y avait derrière ce nom. Bonjour avait demandé au bosco de faire installer une ceinture le long de la muraille bâbord pour l'amarrage des boats et des échelles de corde pour l'embarquement des Krous. Il ne disait pas Kroumen mais Krous, et dans la bouche de notre second cela ressemblait à quelque chose d'insultant, de dégradant. Nous avions dû prendre notre mouillage vers huit heures, il n'était pas loin de midi quand nous vîmes se détacher du rivage les premières embarcations.

« Triton, voilà vos Nègres ! », lança la voix gouailleuse du chef mécanicien. Bonjour voulut sourire mais ne réussit qu'à faire une grimace qui déclencha aussitôt une série de ces sursauts mécaniques dont il avait le secret. Il est vrai que, dite sur ce ton, la phrase du chef mécanicien ne pouvait être que la conclusion d'une longue discussion dont nous aurions aimé connaître le fond et la raison. N'arrivant plus à contrôler son tic qui s'amplifiait, Bonjour préféra s'éclipser. Les boats s'approchaient en agitant leurs pagaies et leurs rames comme des pattes de crustacés. Un chant monocorde rythmait l'effort des rameurs. Chaque boat avait deux grands avirons à l'avant, puis trois à quatre paires de pagaies qui encadraient les passagers assis sur des bancs ; à l'arrière enfin, le timonier se tenait debout et appuyait de toutes ses forces sur le manche d'une longue rame faisant office de gouvernail. À bord du cargo, les trois-quarts de l'équipage s'étaient rassemblés près des pavois et des bastingages pour assister à l'embarquement de nos futurs commensaux de logis. De part et d'autre les regards se croisaient, s'échangeaient, s'interrogeaient. Au moment d'agripper la ceinture ou une échelle de corde, un grand noir en casquette interrogea d'une voix forte les têtes penchées au-dessus de lui :

« C'est qui capitaine bateau-là ? »

Bien qu'il maîtrisât encore difficilement ses hochements de tête convulsifs, Bonjour se présenta :

« C'est moi, cacatois ! Dépêchez-vous de monter ! »

La réponse se fit attendre. Il y eut d'abord un long murmure qui devint très vite grogne et protestations. Le noir à la casquette, que le second avait appelé cacatois, échangeait avec ses compagnons des propos auxquels il eût probablement été indécent de ne pas répondre : « Hanhan ! » La nouvelle se répandant, les quelques maillons manquants de notre équipage abandonnèrent qui son quart, qui sa table, qui sa couchette, pour venir voir ce qui se passait. Le commandant, qui s'impatientait, consentit à descendre lui aussi de sa passerelle.

« Alors c'est pour aujourd'hui ou pour demain ?

— Attends !

— Attends quoi ? Nous sommes pressés, bordel ! »

Enfin le cacatois, s'adressant au second, lança :

« Toi capitaine trop palabre, toi pas aimer Kroumen, toi pas bon, beaucoup Kroumen pas vouloir venir avec toi ! »

Et, avec un ensemble parfait, les boats s'écartèrent vivement du bord et les pagayeurs frappèrent de nouveau la surface de l'eau en cadence, en chantant et en rythmant :

Bateau pressé, bateau pressé !
Bateau pressé, bordel, bordel !
Bateau pressé, bateau pressé !
Bateau pressé, bordel, bordel !...

Le commandant eut beau crier, menacer, gesticuler, actionner le sifflet, rien n'y fit. Les boats s'éloignèrent et disparurent en emportant leur chant jusqu'au cœur de la forêt. Le soir nous étions toujours à ce mouillage d'où il nous semblait parfois entendre comme la voix lointaine du tam-tam qui répétait à l'infini : « Bateau pressé, bateau pressé, bateau pressé... »

Quatre jours plus tard nous attendions encore.

Il fallut bien sûr trouver une solution, lancer des avis sous tous les grands arbres à palabres de Sassandra et des villages de brousse environnants pour essayer de recomposer le plus rapidement possible une équipe de soixante-dix hommes. Ce recrutement fut en principe l'affaire de l'agence des Chargeurs Réunis, mais elle ne semblait pas particulièrement préparée à affronter un événement aussi imprévu ; aussi, malgré de nombreux cadeaux et quelques promesses, le *Robert Espagne* ne put embarquer ce voyage-là que cinquante Kroumen et encore ce ne fut, d'après les connaisseurs, qu'un ramassis de bric et de broc, quelques couvées de caïmans de la pire espèce, et un appoint de crabes de cocotiers mal équarris. Seuls Gnépa Gabriel, le premier cacatois, un vieux sage arraché à sa thébaïde et Tibère, son fidèle second, surnageaient avec aisance au-dessus du lot. Le bidel fit l'appel des nouveaux venus et, comme le cargo n'avait pas d'aménagements appropriés, les Kroumen s'installèrent dans l'entrepont de la cale cinq qui fut équipé d'un grand escalier de bois et surmonté d'un taud. Pour le confort et le moral de la troupe, il fut également urgent de construire des latrines bien aérées. Ce fut à nouveau le travail du charpentier qui édifia ce chef-d'œuvre à la poupe, en encorbellement. Le choix de cet endroit ne parut pas judicieux aux matelots de la manœuvre arrière. Il y eut même des protestations car les mâchicoulis de cette échauguette leur semblaient trop près des chaumards et par conséquent des aussières. Le Bout de Bois ne tint pas compte de ces récriminations et continua à fignoler son travail en habillant ces tartisses plus sérieusement que des isoloirs. Comme il s'était servi pour cela d'un morceau de prélart tout neuf marqué du sigle de l'Armement : C.T.O., un petit malin compléta ces initiales et les transforma en cabinets très océaniques. Toutes difficultés enfin surmontées, le *Robert Espagne* reprit sereinement sa route.

« Depuis l'ouverture de la lagune les navires ne vont plus à Port-Bouët, et c'est tant mieux !, m'expliqua le père Moullec, alors que nous attendions le pilote sur rade d'Abidjan. Là-bas, la houle étant encore plus forte qu'ici, disait-il. Les transbordements de marchandises sur des boats ou des allèges ne s'y passaient pas toujours dans les meilleures conditions. Ce mouillage a englouti une quantité incroyable de colis divers, à tel point qu'il est presque impossible aujourd'hui de ne pas y accrocher son ancre dans une locomotive ou un camion. »

Le canal de Vridi était en service depuis environ deux ans lorsque nous l'avons emprunté. Cette saignée de près de trois kilomètres dans le sable du cordon littoral ouvre la lagune Ébrié sur l'océan. Il y eut un moment d'émotion quand, poussé par la houle, le liberty-ship rapprocha dangereusement son étrave de la berge ouest du canal, hésita, puis se redressa comme un ivrogne qui retrouve son chemin. À tribord une armée de cocotiers, en rangs serrés, attendait les assauts du ressac de pied ferme. Celui-ci s'élançait en grondant, secouait sa crinière, labourait le sable de ses griffes, mais la pente le faisait patiner, déraper et retomber sur la vague suivante qui s'arc-boutait déjà pour préparer elle aussi son terrible assaut et s'élancer à son tour sans plus de succès.

Sur les eaux calmes de la lagune il y avait déjà de nombreux bateaux au mouillage. Nous dûmes nous faufiler pour trouver une petite place encore libre dans ce parking. Non pas que la lagune ne fût assez grande pour tout le monde, bien au contraire, mais il semblait important, pour faire comme ces courtisans qui recherchent les faveurs du prince, de se rapprocher le plus près possible du palais, en l'occurrence celui du gouverneur qui se distinguait avec son pavillon français largement déployé. Les paquebots et les bananiers avaient préséance mais nous ne fûmes pas les plus mal lotis ; notre cheminée aux couleurs des Chargeurs Réunis devait y être pour quelque chose.

Abidjan était encore loin d'être cette grande ville et ce grand centre économique que je connaîtrai plus tard. Des routes en latérite quadrillaient un plateau où les arbres disputaient aux toits en tôle ondulée ou en fibrociment le droit à la pluie et au soleil. Il n'y avait pas de quai. L'île de Petit-Bassam, qui était reliée au centre par un pont à charpente de fer et de bois, n'abritait qu'un modeste village de pêcheurs aux cases sur pilotis.

Le déchargement s'effectua dans les normes, le cacatois avait son équipe bien en main. On le voyait, entouré de ses boys, se promener d'une cale à l'autre, drapé dans ses draps de lit comme un tribun romain dans sa toge, et transmettre ses ordres calmement à son prétorien Tibère.

L'effectif réduit avait contraint Gnépa à diviser ses Kroumen en quatre équipes au lieu de cinq. Cela ne devait pas porter à conséquence étant donné qu'une partie de la cale cinq était provisoirement transformée en dortoir. Les deux cacatois étaient épaulés par quatre patrons-boat, quatre chefs-panneau et un cuisinier-riz, le reste n'était que piétaille, corvéable à merci. Bien que le travail fût pénible, il avançait dans la bonne humeur, soutenu par des chants et des cris d'encouragement aux sonorités fortes et claires comme celles des cascades ou comme l'écho des forêts dont ils devaient s'inspirer.

« Aho, miké virez boudo !

— Falez assaye, li naboueo !

— Falez a ouin, lago, lago ! »

Sous le soleil pesant, les cales ouvertes exhalaient ces cris auxquels se mêlaient des nuages d'air chaud et de poussière de ciment.

Le soir venu et le travail des Kroumen terminé, la lagune s'endormait, bercée par le gémissement plaintif et profond d'une pompe.

« Tu l'entends ce pleurnichard ?, commentait alors le père Moullec en préparant un cargo-light et une ligne pour la pêche aux plats-plats. C'est le Weir ! Il ne faut pas le stopper car il alimente les chaudières et, s'il lui arrive de s'arrêter tout seul, je peux encore descendre dans la salle des machines pour lui donner un coup de marteau sur la tronche et l'obliger à repartir. »

Avec ses hameçons disposés en turlutte, le père Moullec faisait un carnage de ces petits plats-plats que l'on appelle aussi poissons-médailles et qui se pressaient sous les flaques de lumière des cargos pour échapper à quelque prédateur dont les nageoires bouillonnaient dans l'ombre. De temps en temps, une aiguillette bondissait et venait s'assommer contre la coque, et un crabe nageur étirait ses longues pinces en ciseaux vers la surface de l'eau. Je demeurais ainsi des heures à rêver, à humer et écouter la nuit tiède et bruissante, à imaginer la distance qui me séparait déjà de mes anciens compagnons, de ma maison en Bretagne, de ma mère.

* *
*

En route vers Cotonou, nous ne fûmes pas mécontents de rencontrer la pluie, une douche tiède peut-être mais qui nous donna une impression de fraîcheur. La mâture avait dû accrocher et crever au passage un nuage bas et plein comme une outre car il y eut, en même temps que le craquement de l'éclair, un bruit de déchirure et puis, aussitôt après, une véritable cataracte. L'eau ruisselait de partout, descendait à plein seau du pont des embarcations, remplissait les coursives extérieures et transformait les parcs à treuils en piscines. Le bosco, en ciré noir, nous bousculait des battoirs et du ventre comme un phoque, nous rameutait pour étarquer les ralingues des tauds de cales et patauger jusqu'au coude à la recherche des dalots engorgés. Des graisseurs et des nettoyeurs trempés jusqu'aux os s'ébrouaient en jappant après le touriste de lieutenant qui n'avait pas prévenu à temps pour fermer les claires-voies de la machine.

L'averse fut cependant de courte durée. Le soleil transforma la douche en bain de vapeur et le *Robert Espagne* en grande gamelle fumante.

« Novice, prends un balai de cantonnier et vide-moi les poches d'eau sur les tentes ! »

Je n'étais pas certain d'avoir bien saisi les paroles du bosco, mais je pris tout de même un balai en me disant que tout le monde serait peut-être trop occupé pour venir vérifier si j'exécutais convenablement l'ordre reçu. Sous le poids de l'eau les tentes présentaient des panses énormes qu'il était urgent de soulager. J'allais y planter la tête de mon balai lorsque le commandant arrêta mon geste : « Attends, ne touche à rien, je reviens tout de suite ! » Il revint en effet, mais... en tenue de bain ! Je ne connaissais de lui que son crâne de bonze, je découvrais un corps parcheminé d'ascète tibétain ou de fakir.

« J'espère que tu as un couteau ? », me dit-il.

Bien sûr que j'avais un couteau ! bon sang, où était-il ?... Pas dans cette poche, ni dans celle-là... Loiseau m'avait pourtant enseigné qu'un marin sans couteau c'était comme un paysan sans charrue, un curé sans goupillon, un taureau sans... bon, ça va ! Chacun pouvait garder ses attributs. J'avais simplement oublié que depuis quelques jours je rangeais mon canif dans ma poche de revolver.

« Voilà commandant !

— Parfait ! maintenant écarte-toi, j'opère. »

Il opéra, et ses gestes libérèrent la toile gonflée de son hydropisie. Ce fut une étrange cérémonie durant laquelle le pontife, en extase, laissa se répandre sur son corps décharné les libations du sacrifice. Puis il passa d'une tente à l'autre, et ne consentit à me rendre mon couteau qu'après avoir vidé de son eau la moindre turgescence.

Comme je m'inquiétais du comportement bizarre de notre pacha, Auguste se voulut rassurant en m'expliquant :

« Tu vois, ça c'est la phase douce du coup de bambou, et c'est signé : Fouillensac !

— Il est dingue ?

— Pas tout à fait, seulement un peu sonné. C'est le résultat de vingt ans de côte d'Afrique.

— Il se soigne ?

— En se rafraîchissant le crâne, comme tu l'as vu.

— Et c'est efficace ?

— Cela dépend de la taille du turion de bambou qui lui ronge les méninges.

— ???

— Tu comprends, la phase finale c'est quand la tige se développe et que le malade finit par entendre un air de pipeau sous son crâne. À ta place, j'expliquerais au bosco pourquoi il y a maintenant plein de trous dans les toiles de tente. »

L'escale de Cotonou permit au graisseur extérieur de reprendre son tour de chant :

Bercé par la houle,
Ah ! qu'il fait bon rêver.
Le temps qui s'écoule,
Nous semble plus léger...

Et le temps s'écoulait, palanquées après palanquées ou attente après attente, car le travail n'était pas régulier. Les quelques boats, que le wharf voulait bien nous céder pour nos transbordements, arrivaient tirés deux par deux par de petits remorqueurs poussifs. Chaque boat pouvait recevoir six à huit élinguées suivant la taille, et pour les colis trop encombrants ou trop lourds il fallait relier deux de ces embarcations bord à bord avec des madriers. Les Kroumen appelaient les servants des boats, et les Dahoméens en général, des Popos. Vent Léger, qui lisait dans les encyclopédies comme dans les instructions nautiques, avait un jour expliqué à ses matelots de quart qu'il ne s'agissait pas d'une insulte à proprement parler, mais que cette appellation venait du fait que deux localités maritimes du Togo et du Dahomey s'appelaient ainsi : Grand-Popo et Petit-Popo. La rivalité entre Popos et Kroumen était impayable et attirait de nombreux spectateurs.

« Popos caïmans, attrapez filet chargement !

— Caïman toi aussi !

— Sauvage la brousse ! »

Et alors si Bonjour s'en mêlait cela en devenait croquignole.

« Regardez-moi cette bande de cons, pas un seul ne réagit.

— Bande di cons toi tout seul !

— Hé vous deux ! Au lieu de dormir, saisissez-vous des garants de la locomotive.

— ???

— La locomotive bordel !

— Bande de locomotive bordel toi aussi ! »

La manœuvre de la bigue de cinquante tonnes, avec sa caliorne à cinq réas, ses brasseurs dont les câbles étaient renvoyés jusqu'aux poupées de guindeau, était fort délicate. Mais, après quelques cris, sueurs et convulsions, la locomotive finissait quand même par arriver sur ses accons entre deux coups de roulis et les Popos reprenaient leur sieste.

Pour aller à terre ou en revenir il fallait descendre dans les boats à l'aide d'une « chaise », sorte de nacelle en bois dont l'intérieur était muni de bancs, ou alors profiter d'un filet à chargement. L'affaire était assez scabreuse surtout avec les treuils à vapeur d'un liberty-ship. Un matin, le commandant dut rester prisonnier de sa « chaise », suspendu entre ciel et mer, à cause d'un treuilliste qui, n'ayant pas surveillé l'enroulement du cartahu, l'avait laissé mordre en paquet sur le tambour du treuil. Impossible de dévirer. Le commandant se balança ainsi dans son encensoir durant une bonne demi-heure avant que le bosco pût le sortir, avec mille précautions, de sa position fâcheuse.

Une fois les boats accostés au wharf, la marchandise et les passagers repartaient pour un petit voyage aérien tout aussi acrobatique. le câble d'une grue à vapeur les soulevait brutalement ou plus calmement, au hasard du mouvement ascendant ou descendant de la houle, avant de les déposer sur l'appontement.

Le soir enfin, tout s'arrêtait. Les grues remontaient les boats et leurs remorqueurs sur la plate-forme du wharf, puis éteignaient les foyers de leurs chaudières en rejetant à la mer le charbon incandescent.

CHAPITRE III

Baptême de la ligne

La ligne noire du front pluvieux barrait l'horizon au sud de Cotonou ; nous la traversâmes en mettant le cap sur Pointe-Noire. Il y eut alors un sérieux coup de vent, une tornade, qui faillit nous arracher un prélart mal coincé de la cale trois et surtout le taud de la cale cinq qui servait de double toit au dortoir des Kroumen. Le nez dans la plume, il nous fallut amener le taud, le carguer et le saisir comme une voile carrée, et puis la pluie calma le vent. Une pluie en barreaux de prison, on se sentait enfermé là-dedans comme dans une cage. L'horizon avait disparu, le ciel avait disparu, la mer avait disparu. Nous marchions à l'aveuglette avec de l'eau plein les yeux et les godasses, et toujours à rouscailler pour faire passer la tisane.

« C'est encore Vent Léger qui est de quart à c't heure. Il doit le faire exprès, le maudit pharmacien !

— Nous prend pour des "guernouilles" !

— C'est un "faiseux" de grain !

— Tu parles, il doit en avoir une réserve au fond de ses valises !

— Eh, le Ch'timi, on t'a reconnu ! Tu peux sortir de cette pissotière, et n'oublie pas de refermer la porte ! »

Vent Léger avait-il entendu ? Toujours est-il qu'il dirigea le *Robert Espagne* vers un coin de ciel qui commençait à virer au bleu. La pluie diminua d'intensité, s'égoutta, cessa. La brise et le soleil se disputaient déjà des lambeaux de nuages pour les faire sécher et les matelots s'apprêtaient à rejoindre leurs cabines pour en faire autant de leurs frusques, quand quelqu'un cria :

« Aux lignes !

— … !

— Bon sang, le tangon !

— Quoi, le tangon ?

— Il doit se prendre pour l'arc-en-ciel ! »

Il se courbait en effet, mais en grinçant. Il devenait urgent de le soulager avant qu'il ne se transforme en casse-noisettes ou en trombone. À trois, puis à quatre, nous eûmes bien du mal à tirer vers le bord une forme fuselée qui fendait l'eau comme une torpille et s'obstinait à garder notre ligne dans sa gueule.

« Un "Jean-Louis" ! On a dû ferrer un "Jean-Louis" ! », s'était écrié le Bout de Bois.

Pas de chance mon vieux, ce n'était qu'un waho ! mais un énorme waho, une sorte de thon-brochet de deux mètres et pesant au moins ses soixante kilos.

Il était assurément aisé de m'attirer hors des locaux en criant : « Aux lignes ! » La pêche au gros était devenue ma grande passion, d'autant plus que la capture de cette faune tropicale et étrange apportait chaque jour son lot de surprises ; et je fus effectivement très surpris ce jour-là, en franchissant la porte d'une coursive, de recevoir le contenu d'un seau d'eau froide sur la tête. Qu'avait-on crié au juste : « Aux lignes ! » ou « La ligne ! » ? À vrai dire, je n'eus pas le temps de me poser cette question avant d'être saisi par des pandores en bicornes et d'être traîné devant un tribunal régalien.

Bien que je fusse tenu à l'écart des préparatifs, je savais pertinemment que la tradition du baptême de la ligne serait respectée ce voyage-là. Les Kroumen avaient aidé les matelots à construire une large piscine sur le pont, entre l'hiloire bâbord de la cale quatre et la portion de pavois correspondante. Des panneaux de bois, cloués sur des madriers et bridés par des câbles et des ridoirs, offrirent à l'ouvrage la solidité nécessaire, plusieurs couches de prélarts tout neufs lui donnèrent une étanchéité irréprochable. Quelques jours auparavant, le magasinier avait rafistolé, sans prendre la peine de les dissimuler, de burlesques instruments en bois, trident, sextant, rasoir et épées, ainsi que des couvre-chefs de carnaval, toque de juge, couronne, mitre et bicornes.

Ce jour mémorable, je ne fus pas le seul à me présenter comme catéchumène devant leurs seigneuries Neptune et Amphitrite, divinités tutélaires et éphémères de l'équateur océanique. Il y avait à mes côtés le novice machine, un pilotin, le garçon de carré et un passager. On nous aligna devant une foule curieuse et avide. Pour ne rien perdre du spectacle, les Kroumen s'étaient entassés un peu partout, sur la maison-mât, les treuils et les derniers colis en pontée, laissant les balcons et mezzanine de l'arrière du château aux officiers et marins qui n'étaient pas acteurs. Sur tribord, le cône vert et déchiqueté de l'île de São Tomé servait de décor à la toile de fond.

Notre jugement sommaire fut suivi d'une onction et d'une bénédiction à l'huile de graissage. Avoir une âme saine dans un corps sain était, sans doute, pour la poursuite du rite initiatique, une des conditions sine qua non. Aussi, pour ne pas souiller les eaux sacrosaintes du baptistère, un grand nettoyage s'imposait. Un barbier et un médicastre nous désinfectèrent énergiquement et méticuleusement le cuir et le poil au savon noir, à la farine et au bleu de méthylène. Il était inutile d'essayer de résister car le baptême par immersion clôturant la cérémonie de bizutage, tout geste de révolte risquait d'être gratifié d'un plongeon un peu plus salé que de coutume.

Le dernier geste purificateur accompli, Neptune, qui en avait marre de cuire en plein soleil et de suer dignement et à grosses gouttes sur son trône, se leva brusquement et sauta dans la piscine pour se rafraîchir le péplum. Ce fut le signal de la débandade générale. La lance à incendie, perdant alors toute retenue, se mit à se débattre comme un serpent entre les mains des baptiseurs et des baptisés, arrosant au passage le juge et le commandant, les Kroumen et l'évêque, le charpentier et le poisson… Le poisson ?… Co-co-comment ça le poisson ?… D'où sortait-il celui-là ?

Profitant de la pagaille, le charpentier venait, tout bonnement, de jeter une carangue, fraîchement pêchée, dans la piscine. Panique et tempête dans un bénitier, la bestiole était encore vivante !

« Eh Bout de Bois ! Ça va pas la tête ?

— …

— C'est un barracuda ?

— Mais non, ce n'est qu'un “poisson-banane”.

— Banane toi-même ! Il a bien failli me l'éplucher ! », cria Neptune en frappant l'eau de son trident.

Le poisson revenait lentement à la vie et inspectait les bords de son aquarium. Armée d'un rouleau à pâtisserie, Amphitrite, alias Vent léger, accourut pour porter main forte à son noble époux.

« C'est une carangue arc-en-ciel !

— Ça nous fait une belle jambe.

— Mais chéri, sa chair est délicieuse.

— Ah bon !… Gendarmes, saisissez-vous de ce maquereau mangeur de bananes et passez-lui les menottes !

— ????? »

Réalisant tout à coup qu'il n'avait pas été invité de bon cœur, le poisson se mit à faire des bonds dans tous les sens et finit par atterrir au milieu de l'assemblée.

Ainsi s'acheva cette joyeuse fête,… en queue de poisson.

Enfin, je venais de passer l'équateur, de changer d'hémisphère. Un rêve qui me ramenait sur les bancs de l'école où j'avais dû, plus d'une fois, marmonner : « … Enfant amoureux de cartes et d'estampes… que le monde est immense à la clarté des lampes, aux yeux du souvenir que le monde est petit… » Le bidel me remit un certificat en bonne et due forme, qui authentifiait l'exploit et que j'ai précieusement gardé, lu et relu au point d'en connaître les termes par cœur :

NOUS NEPTUNE,
Fils de Chronos et de Rhéa, Roi de la Ligne, Maître des mers, des vents et des tempêtes,
Certifions que M. …
a été admis par faveur exceptionnelle à traverser notre royaume, et requérons Tritons, Sirènes, Naïades et

Néréïdes et toutes autorités ou attractions de nos États, de veiller sur ses jours et de lui prêter main-forte en cas de besoin.

Pour S.M. Neptune
Délivré à bord du S/S Robert Espagne
Ce 7 janvier 1954.

Le soir, comme pour se faire pardonner d'avoir un peu raté son entrée, le Bout de Bois nous fit goûter religieusement à la chair délicate de son poisson-banane.

« Pourquoi lui donnes-tu ce nom ?

— Ce sont les pêcheurs bretons qui l'appellent ainsi. C'est un poisson qui doit se manger frais, il se conserve difficilement, alors les thoniers préfèrent l'échanger contre des régimes de bananes. »

* *
*

Pointe-Noire était notre tête de ligne, notre escale la plus méridionale, une vraie escale avec un vrai port, un vrai port avec des quais. Des quais enfin, où l'on pouvait marcher, marcher, sans but précis, comme ça, juste pour se changer du bord, pour se dégourdir les jambes. À l'une des extrémités de ces quais il y avait même, ô luxe suprême, une plage de sable fin qui s'enfonçait sous des eaux fraîches et limpides. Le soir, après le repas, la moitié de l'équipage se dirigeait vers ce lieu privilégié, les uns pour se baigner, les autres pour frapper dans un ballon ou mener la vie dure à une multitude de crabes coureurs. Ces crabes m'étonnaient, m'époustouflaient, ils étaient d'une incroyable vélocité et ne se laissaient pas attraper facilement. Grâce à leurs yeux télescopiques ils pouvaient détecter notre présence à grande distance et fuyaient alors vers leurs nombreuses galeries en faisant des pointes comme des ballerines. Matelots, graisseurs, cuisinier, officiers, mascotte, rares étaient ceux qui ne se sentaient pas attirés par ce bout de plage ; seul l'irascible père Moullec était encore capable de nous dire, dédaigneux :

« Moi, me baigner ici, dans une mer infestée de requins ? Faut pas y compter.

— Des requins ?

— Ouais ! et des gros. Vous pouvez me croire, c'est plein de requins-marteaux par ici.

— Tu dois confondre avec les mâchoirons. »

Il avait pourtant raison le vieux « chouff », mais lequel d'entre nous s'en souciait ? Certainement pas le matelot léger ni le pilotin qui s'ingénièrent à mettre au point un de ces vilains tours dont ils étaient coutumiers.

Le père Moullec, ce n'était un secret pour personne, préférait mouiller ses lignes de fond, à l'aplomb des trous de coque qui servent à l'évacuation des eaux « grasses » ou des eaux tièdes, ne laissant aux concurrents éventuels que les zones qu'il devait considérer comme moins attrayantes ou moins pêchantes. Les lignes repérées, nos deux lascars profitèrent certainement d'un relâchement de surveillance ou, mieux encore, ils le provoquèrent. Mais quand le père Moullec revint, il se rendit compte tout de suite que deux de ses lignes avaient été déplacées.

« Qui s'est permis ? », cria-t-il indigné.

« C'est pas étonnant, tu prends toute la place », lui répondit le matelot léger qui venait d'arriver avec une nouvelle ligne et s'apprêtait à l'amorcer avec des pattes de poulet. Intrigué, notre vieux pêcheur ne put s'empêcher de lancer tout haut :

« Que veux-tu faire avec ça ?

— Pêcher des requins !

— Avec des pattes de poulet ?

— Eh oui, Moullec ! On en apprend tous les jours. C'est le meilleur appât pour les requins-marteaux. Je ne sais pas ce que tu leur mets, mais ce ne doit pas être fameux vu les résultats. »

Piqué au vif, le vieil homme se mit à remonter ses lignes pour faire une démonstration de son savoir-faire. Entre-temps un attroupement de curieux, rameutés par le pilotin, s'était formé contre les pavois et rambardes pour assister aux exploits des deux antagonistes.

Le père Moullec enroula consciencieusement sa première ligne sur son plioir et garnit les hameçons avec un art consommé. La deuxième ligne sembla l'inquiéter un peu, il y décelait une légère différence de poids ; certainement pas un poisson, ça il le sentirait ! Un crabe peut-être ? C'était... c'était, une poignée de grosses pointes !...

« Tiens !, lança le pilotin du haut du pont des embarcations. Le père Moullec pêche le requin-marteau avec des pointes ! C'est une idée ça ! Quel genre de pointe nous conseillez-vous ? Est-ce que ça marche aussi avec des pigouilles ? »

Il y eut quelques éclats de rire, mais le pêcheur ne répondit pas et se jeta avec rage sur sa troisième ligne. Celle-ci était anormalement lourde. Nous crûmes d'abord qu'elle avait croché. Quelque chose semblait la retenir à la verticale, à la limite de la rupture. Flairant l'attrape-nigaud, le père Moullec relâcha un moment la tension du fil, mais se résigna à boire finalement le calice jusqu'à la lie. Au ras des flots apparut alors le fer d'une masse à « dépigouiller » ; le manche de cette masse était en partie enveloppé dans la peau et la queue d'un silure que nous avions capturé la veille et qui sentait paraît-il la poulaine.

« Un requin-marteau ! C'est un requin-marteau ! », cria à l'unisson le public impitoyable.

Pauvre père Moullec, pauvre pêcheur de lune ; il laissa sur le pont ses lignes en désordre, cela ne lui était jamais arrivé, pour aller s'enfermer dans sa cabine. Et, comble de malchance, lui l'adroit tailleur de fleurettes et dépouilleur d'arêtes, il se blessa la main avec l'épine dorsale du poisson-chat. Les mauvais plaisants dispersés, il ne resta bientôt sur le pont que mon ami Auguste et le cuisinier-riz des Kroumen pour m'aider à libérer et ramasser les lignes du vieux tueur de squales. Le cuisinier-riz emporta avec lui la queue du mâchoiron et quelque chose qui ressemblait à une contagieuse et infinie tristesse.

« Tu parles s'il se pose des questions le marmiteux, m'expliqua Auguste. Le père Moullec était son principal fournisseur. Tout ce qui ne passait pas à la friture pour le casse-croûte du soir allait améliorer l'ordinaire des Kroumen. »

* *
*

Le déchargement terminé, nous avons appareillé pour Loango, une rade foraine du Congo français, quelques cases et les toits d'une mission catholique dissimulés dans une cocoteraie ; tout autour, l'immense forêt. Nous avons attendu cinq ou six jours, alanguis par le rythme de la houle, scrutant inlassablement la plage, espérant y déceler, au-delà de la frange d'écume, l'ombre d'une agitation, la trace d'un simple mouvement qui viendrait rompre l'implacable monotonie des jours qui s'égrenaient. L'ennui figeait l'horizon, le temps, nos occupations quotidiennes, nos heures de repos. En blessant le père Moullec, nous avions brisé comme un ressort, le tic-tac de la pendule qui avait jusqu'ici peuplé nos soirées de récits fabuleux mais vivants ; des récits où des monstres marins pouvaient encore venir flairer la boette de nos hameçons. Le graisseur extérieur ayant rangé ses rengaines dans sa boîte à outils, nous restions maintenant, de longues heures, accoudés à la lisse ou au bastingage à sonder de nos yeux le mystère des eaux glauques d'où nous espérions voir surgir le requin-marteau mythique ou son cousin, le requin jaune qui louche.

Le premier radeau de grumes arriva un matin, vers dix heures, tiré par deux petits remorqueurs qui se dandinaient en klaxonnant. Les rondins furent alignés, puis poussés contre la coque, pendant que les Kroumen y fixaient des câbles de retenue.

Coups de masses sur les anneaux des pigouilles, roulements des treuils, raidissements et claquements des élingues et des cartahus, cris des chefs panneaux, chocs des billes de bois contre la coque, le vacarme du chargement emplissait l'espace. Les troncs d'okoumé jaillissaient hors de l'eau, comme de gros poissons arrachés à la mer par les mâts de charge, et les Kroumen, manœuvrant les moulinets des treuils, les faisaient descendre pantelants et tout ruisselants jusqu'à fond de cale.

Le léger roulis du bateau et le mouvement ondoyant des longs radeaux de bois flotté ne rendaient pas le travail des mouillés des plus aisés, mais là où la cadence des élingages nous apparaissait soutenue, Bonjour n'y voyait qu'indolence. Il harcelait sans cesse les cacatois en alléguant que l'inaction de ces derniers jours avait émoussé le dynamisme de l'équipe.

« Plus vite bande de caïmans ! Grouillez-vous un peu, nous avons assez pris de retard ! »

À qui la faute ? Pourquoi de tels propos ? Les Kroumen n'étaient tout de même pas responsables des longues attentes au mouillage. Et maintenant, alors qu'ils travaillaient dare-dare, les blancs demeuraient là des heures durant à les observer, en têtant des bocks de bière et en les traitant de caïmans. Le chef mécanicien, « gros caïman bien même », torse nu et flasque dans un fauteuil d'osier, les rabrouait, aussi sévèrement que le second-capitaine, depuis l'avant du pont des embarcations. Il cachait bien son jeu, lui le placide, le débonnaire, en caressant nonchalamment sur un ventre adipeux une mandoline, d'où s'échappaient de temps en temps quelques tristes et affligeantes jérémiades. Mais ce faisant, il surveillait avant toute chose les treuils, et surtout, suivant son expression, « l'usage que ces nègres en faisaient ».

Durant leurs heures de repos, des matelots profitaient de la présence des trains de grumes pour s'en servir comme plongeoir et pour se baigner près du bateau. Un midi, alors que le père Moullec semblait regarder, l'air absent, indifférent, le matelot léger et le pilotin qui s'attardaient à faire leur trempette à quelques brasses des billes de bois, quelqu'un cria :

« Au requin ! »

Les mouillés grimpèrent aussitôt, lestes comme des singes, aux échelles de corde, mais les deux nageurs apercevant le vieux chauffeur au-dessus de leurs têtes s'esclaffèrent d'une seule voix :

« Salut Moullec ! » Et l'un d'eux rajouta : « On fait des blagues à des amis ? »

Mais la voix qui avait crié : « Au requin ! » redescendit des pinacles de la passerelle avec plus de force et de courroux, comme la voix de Dieu le Père.

« N'êtes pas un peu marteaux tous les deux ? Sortez de là en vitesse au lieu de faire les guignols ! »

Mince, c'était la voix du commandant.

« Marteau, marteau ! Nalou klané ! (Tête fêlée) Marteau, marteau ! Nalou klané ! », scandèrent alors les Kroumen, en montrant du doigt un triangle brun qui coupait la surface de l'eau tel un couteau de bosco qui taille un prélart.

Les deux complices, pris de panique, bondirent illico et maladroitement sur les rondins. Dans sa précipitation le « pilot » perdit son slip de bain en l'accrochant à une écorce et les Kroumen, amusés, reprirent de plus belle en martelant la lisse avec des coins de panneau :

« Marteau, marteau ! Nalou Klané !

Marteau, pilot ! Nalou Klanéo ! »

C'était un énorme requin-marteau, le Moby Dick que nous attendions tous inconsciemment. Avec sa tête en forme de maillet à calfat il inspectait les bordés de la coque, allant et venant, inquiétant souverain en son domaine. Le premier instant de surprise passé, Bonjour se remit à crier pour essayer de briser la lanterne magique de nos fantasmes.

« Bon, on se remet au travail, les mouillés sur les billes ! » Comme personne ne bougeait, il s'emporta.

« Ça commence à bien faire ! Gnépa !...

— Oui capitaine ?

— Au boulot ! Et fais descendre les mouillés en vitesse.

— Requin là, je fais comment ?

— Quoi le requin ?

— Mouillé il descend pas si requin sous billes de bois.

— Quoi ?!!... »

Bonjour fut alors pris de tressaillements comme si un courant électrique passait dans les rambardes qu'il serrait à pleines mains. Il fallut l'intervention du commandant pour le calmer, mais les mouillés ne changèrent pas d'avis et ils n'élinguaient désormais les rondins que lorsque le squale se trouvait à bonne distance.

« Pourtant les requins ça ne mange que les Blancs, pas les Noirs. De quoi avez-vous peur ? » lança Loiseau en direction d'un groupe de Kroumen, histoire de prendre la température du bout du pied.

« Couillon le blanc ! Requin là, avec gueule frappée comme ça, il manger pirogue.

— Comme un éclair au chocolat ?... Té, peuchère ! Il n'est pas un peu de Marseille ton requin ? »

Cette péripétie, divertissante pour l'équipage, l'était apparemment un peu moins pour les Kroumen et elle n'amusait pas, mais alors pas du tout, le commandant et son second. Ce qui apparaissait comme une tarasconnade n'était finalement que les prémices d'un séisme en gestation, le levain d'un magma devenu difficile à contenir. Le requin partait, revenait, flanqué de ses pilotes, se moquant des vieilles grattes, des fonds de minium et des injures que nous lui balancions au ras du museau. Il fut le prétexte, le bouc émissaire, de la lassitude des uns et de l'énervement des autres. Le chargement n'avançait pas, la houle s'en mêlait et le second capitaine s'obstinait à tirer sur la corde en obligeant les Kroumen à travailler, certains jours, de six heures à minuit.

L'accident se produisit un matin. Les treuillistes de la cale quatre avaient-ils encore le poids de la nuit sur les paupières ? La bille de bois était longue, mal élinguée ; elle toucha sans doute le mât de charge débordeur avant d'avoir franchi la lisse. Il y eut un bruit de poulie qui éclate et le premier treuilliste, pris de panique, lâcha sa manette en position de levage. Ce fut alors la réaction en chaîne ; le treuilliste du mât de charge d'aplomb, suivant l'exemple de son collègue, lâcha lui aussi sa manette. Un craquement sinistre, les mâts de charge qui se brisent et tombent sur le pont dans un enchevêtrement de câbles ; la bille de bois, entraînée comme un bélier, qui décapite une manche à air, défonce une partie de l'hiloire de panneau et arrache sur son passage des collecteurs de vapeur. Des cris, des bousculades, l'affolement…

« Des blessés ?… Qui ?… Où ?… Comment ?… » Et encore ces cris, ce tumulte, ces appels mêlés au sifflement de la vapeur.

Ce fut un choc terrible, une angoisse et un malaise indescriptibles, une vrille au fond du cœur. Quelqu'un coupa l'émission de vapeur et le silence ne fit qu'appesantir cette impression de souffrance et de trouble. Des blessés, il y en avait deux, dont un assez sérieusement. Ils furent transportés d'urgence vers la mission catholique de Loango.

Il n'était plus question de chargement. Le second capitaine suggéra pourtant de faire isoler les treuils des cales arrière de l'arrivée de la vapeur et de continuer la manutention dans les autres cales, mais les Kroumen refusèrent de reprendre le travail dans de telles conditions et observèrent même une journée complète de grève. Le train de grumes fut ramené à terre et le *Robert Espagne* vira sa chaîne et mit le cap sur Pointe Noire.

« Tu vois nono, professa le graisseur extérieur, quand la pression est trop forte et que le couvercle de la marmite commence à vibrer, essayer de l'en empêcher c'est prendre le risque de le voir exploser ! »

Devais-je prendre ceci pour un axiome ? Moi, ce qui m'étonnait le plus, pour le moment, c'était de découvrir que les mâts de charge étaient en bois.

« Eh oui, en pin de l'Oregon !

— Ce n'est pas un peu léger ?

— Ils ont fait la guerre, le débarquement en Normandie !

— Ils avaient peut-être de meilleurs treuillistes !

— Surtout pas de billes de bois ! »

Terribles ces billes de bois briseuses de mâts de charge, défonceuses d'hiloire et de pavois ; ces géants arrachés à la forêt et qui, même abattus, enchaînés, trouvaient encore le moyen, si l'on n'y prenait garde, de se révolter, de se venger. Il émanait de ces rondins couchés sur le pont une impression de force et de résignation, j'avais à leur contact une certaine appréhension mêlée de respect et je sentais chez les Kroumen cette même approche, comme si l'arbre mort portait encore une âme.

« Y a pas moyen ! Le bille là il veut plus bouger !... »

Je ne savais pas encore que j'allais rencontrer ces billes de bois sur mon chemin durant près de vingt ans, mais déjà je cherchais à m'en approcher comme celui que la puissance de l'animal fascine et qui cherche à l'apprivoiser.

Nous ne fûmes pas mécontents de retrouver Pointe-Noire et le calme de son bassin ; pourtant cette deuxième escale ne fut pas aussi accueillante que la première. Des corbeaux noirs et blancs croassaient et ricanaient sur les toits des hangars et puis nous ne restâmes pas plus d'une demi-journée à quai ; le temps de débarquer nos mâts de charge estropiés, d'embarquer un peu de matériel pour soigner nos blessures et l'on nous dirigea vers un mouillage proche. Au terme d'une bonne dizaine de jours, les réparations terminées, nous avons de nouveau accosté pour récupérer nos pauvres mâts de charge dont les fractures réduites avaient été manchonnées dans des tubes de métal.

Ce contretemps avait-il modifié notre itinéraire ? Il ne fut subitement plus question de trains de grumes sur rades foraines mais de chargements divers et notre nouvelle destination fut Douala, au Cameroun.

* *
*

À nouveau le large ; mais était-ce bien le large ? La mer changeait souvent de couleur, passant du vert pâle à un camaïeu d'ocre et de safran. On aurait dit que toute la latérite des rivages lointains se diluait dans cette eau. Des débris végétaux et même des îles flottantes, vomis par de grands estuaires, dérivaient çà et là, et des sternes aux cris grinçants tournoyaient au-dessus des « mattes » frémissantes de sardinelles. Le charpentier surveillait fébrilement ses lignes.

« C'est tout plein de tazards par ici ! »

Il nommait ainsi une espèce de maquereau-bonite dont la chair blanche et fine remplaçait sans complexe les brouets parfois trop spartiates de nos repas du soir.

« Rio dos Camarões », la rivière des crevettes ! Vent Léger nous expliqua, durant notre première soirée d'attente au mouillage de la bouée « Base », que c'est à cause de l'abondance des crevettes en ces lieux que les anciens navigateurs portugais baptisèrent ainsi le confluent du Cameroun.

« Ça grouille de gambas là-dessous ?

— Bien sûr ! »

Il n'était pas besoin de plus longue exhortation. Le Bout de Bois, réagissant au quart de tour, m'interpella aussitôt.

« Viens castor, nous allons préparer une balance ! »

J'aurais préféré demeurer encore quelques instants à écouter les récits de Vent Léger ; des récits d'aventures et d'explorations lointaines qui prenaient toute leur dimension au pied de ce grand volcan, le mont Cameroun, dont le sommet se perdait dans les nuages. D'ailleurs, il y avait visiblement trop de courant. La pêche à la caudrette ne donna que de maigres résultats et encore ce ne fut, au moment de l'étale, qu'une dizaine de crabes fouisseurs à l'aspect peu séduisant. Celui que nous avons cuit avait un goût de vase et fit le bonheur du cuisinier-riz qui emporta bientôt tout notre vivier. Nous lui confiâmes finalement notre engin de pêche.

Quand il ne pleuvait pas nous pouvions apercevoir, de chaque côté de l'embouchure, la forêt qui s'étendait sur la mer et au loin, vers l'aval, les sommets de l'île de Fernando Poo. Mais le rideau de pluie voyageait sans cesse, il semblait revenir avec le flux de la marée montante ; une partie des nuages noirs et bas s'accrochait alors aux flancs de la montagne et le reste s'engouffrait dans le bassin du fleuve pour se déverser en cataracte au-dessus de la mangrove.

Douala enfin ! Des quais encombrés et humides, des pyramides de sacs que l'on recouvrait de bâches, des balles de coton que l'on empilait, des torses noirs qui luisaient de sueur et faisaient semblant d'obéir à de petits bonshommes écarlates qui criaient sous des casques coloniaux. Douala ! Une odeur d'humus, une moiteur de serre, une végétation luxuriante, omniprésente, dévorante. Des racines tentaculaires qui soulevaient et craquaient la peau des routes, ouvrant dans le bitume des plaies latéritiques, rouges et béantes. Et la pluie qui revenait sans cesse crépiter sur l'eau du fleuve, ruisseler sur les toits des hangars. Le chargement se faisait par intermittence, entre les averses. L'air humide et chaud avivait les odeurs, exaltait les fragrances qui transpiraient des sacs de palmiste, de café vert, de cacao.

La nuit venue, une pesante touffeur d'orage nous collait encore à la peau et, les bras ballants, le front halitueux, nous vaquions d'une coursive à l'autre, la chemisette grande ouverte, à la recherche d'un souffle d'air. Il nous arrivait parfois de traîner nos samaras sur les quais, faisant fuir à chaque pas d'énormes blattes que nous appelions des « matadis » et, quand les treuils du *Robert Espagne* arrêtaient enfin leur bruit assourdissant et métallique de bringuebale, tout l'espace autour de nous s'emplissait de crissements et de stridulations d'insectes, auxquels se joignait comme un concert de bulles qui éclatent, le coassement des rainettes.

Le « Château d'Eau » était le quartier des menus plaisirs que l'équipage rejoignait pour se griser d'alcool et de sensations troubles. Des bals africains aux mélopées langoureuses les entraînaient, à défaut de flirts roucoulants, dans des ondulations lascives et enfiévrées avec des beautés locales aux cheveux décrêpés. Comment avais-je pu échapper à la vigilance du bosco pour me retrouver ce soir-là, en compagnie d'Auguste, à la table de l'un de ces bastringues enfumés ? Nous ne distinguions, des danseurs qui se trémoussaient et s'écrasaient les uns contre les autres, que l'ivoire des yeux et des dents, le reste disparaissait dans les vapeurs de la nuit. Une odeur forte et obsédante de sudation se mêlait au parfum musqué des Africaines et au pétillement âpre de l'écume de nos verres de bière. Nous avions commandé des bocks bien frais ; on nous avait servi deux demi-litres d'un breuvage douteux et tiède qui moussaient autant que des extincteurs. Tout à coup, Auguste m'allongea le coude au creux de l'estomac.

« Qu'est-ce qui te prend ?

— Vise un peu la troisième table du fond !

— La troisième...? »

Et alors, qu'y avait-il de si captivant à voir à cette table ? Après avoir fouillé la pénombre, mes yeux s'arrêtèrent sur un dos voûté et un crâne chauve qui disparaissaient à moitié dans le corsage généreux d'une belle de nuit aux grâces callipyges. Un vieux broussard sans doute ! un de ces coloniaux en manque de femme et de tendresse ! Une bousculade, un remue-ménage de chaises, l'obligèrent à émerger sa tête en boule de casier du creux de cette houle ambiante.

« Merde, le pacha !... »

Que faire ? Me glisser sous la table, me cacher derrière mon demi-litre de bière ? Mes scrupules semblaient amuser Auguste.

« T'inquiète donc pas ! Il ne nous a pas reconnus ! Et de toute façon, regarde-le, il est bien trop occupé pour faire attention à nous ! »

Ces paroles ne suffisaient pas à me rassurer. Nous avions enfreint la consigne, les ordres. Cette belle escapade au goût d'école buissonnière risquait de virer en brouet d'andouille si nous n'y prenions garde.

« Je suis sûr qu'il nous a vus !

— Il n'ira pas s'en vanter !

— C'est vrai qu'il ne cherche pas en ce moment à nous apprendre les bonnes manières ! »

Et Auguste ajouta pour achever de détendre l'atmosphère :

« Tu n'as pas encore remarqué que notre pacha était le sosie d'un œuf ?

— Si, mais… ? Ce qui veut dire ?

— Ben quoi ! Il n'a de cesse de se sentir couver par les poules ! et les plus grosses de préférence ! »

La bière tiède commençant à nous révéler ses propriétés hautement diurétiques, il devenait urgent pour nous de nous éclipser vers la nature environnante. Être enfin dehors me soulagea donc doublement de mes appréhensions. Dire que le chemin du retour ne fut qu'une promenade serait cependant pure vantardise de ma part. Imaginez ces nuits d'Afrique peuplées d'ombres, de bruits, de cris étranges et inquiétants. Des routes terreuses, éclairées par un vague rayon de lune et bordées d'herbes hautes et mouvantes où grouille, rampe et se tapit une faune supposée venimeuse, redoutable. Et pire, nous avions fini par nous égarer. Encore un cul-de-sac, un quartier indigène et des chiens qui aboient. Nous n'en finissions pas d'interroger le ciel et les lueurs de la ville.

« Il nous faut pourtant aller vers le nord !

— Non vers l'ouest !

— On en vient !…

— Retrouver le "Château d'Eau"…

— Le grand escalier… »

Alors que nous partagions pour la énième fois avec les grillons notre intérêt pour la croissance de la végétation arborescente, un cri effroyable éclata dans notre dos et nous glaça le sang. Un immense Noir armé d'une machette et d'un bâton arrivait vers nous à grandes enjambées ; il était suivi d'un personnage plus petit qui essayait de maîtriser les hoquets d'une lampe torche. Paralysés de terreur et ne comprenant rien aux vociférations menaçantes du coupeur de têtes, nous étions prêts à crier mais les mots s'étranglaient dans notre gorge. Lequel d'entre nous lança : « Camarade ! », comme un ultime S.O.S ? Le géant baissa les bras et le halo de la lampe torche demanda :

« Qui êtes-vous ?

— Ma-marins français !

— Que faites-vous ici ?

— Nous nous sommes per-perdus !

— O.K. ! Je vous crois ! »

Ouf ! Nous respirions à nouveau plus calmement. Ces gens allaient peut-être nous aider. L'homme à la lampe devait être d'origine méditerranéenne avec un fort accent levantin. Il s'excusa de nous avoir fait peur, mais le colosse noir indiqua du bout de sa machette, avec un air sévère, la végétation que nous venions d'arroser copieusement quelques instants plus tôt.

« Pas payez ! Pas payez ! »

Auguste trouva le moyen de plaisanter, ce n'était pourtant pas le moment.

« Quoi, des vespasiennes payantes en pleine nature ?

— Nous vous avons pris pour des voleurs. Mongo vous montrait simplement les jeunes plants de papayers qu'il est chargé de protéger.

— Des papayers ?

— Ma parole vous débarquez ? Je vais vous montrer ! »

Nous venions de mettre les pieds sans nous en rendre compte dans une sorte de mini-plantation. Le faisceau de la lampe torche éclaira quelques bananiers, des arbres à pain, des plans de manioc, des plans de café et pour finir, un panneau envahi par les liserons et marqué « Propriété Privée ». Mongo reçut quelques ordres en pidgin et s'éloigna dans la nuit. Après avoir fait quelques pas en notre compagnie, le planteur nous invita à monter à ses côtés dans une camionnette.

« Je dois aller au centre-ville, profitez-en ! Je vous remettrai sur la bonne route. »

Il fit comme il avait promis et nous déposa à proximité de ce grand escalier qui descend sur le port et que nous avions cherché en vain. Avant de nous quitter il nous offrit à chacun un gros fruit oblong que nous ne connaissions pas encore.

« Voilà des papayes ! Mangez-les comme des melons ! »

Puis, déclinant toute invitation, notre sauveur repartit vers ses obligations nocturnes.

Là-bas, très loin, à l'autre bout du grand escalier, une chanson titubait et se déplaçait par paliers, comme la voix du coucou qui s'éloigne en marquant bien ses étapes.

Tous les marins ont une étoile
Qui les protège dans les cieux...

* *
*

Le *Robert Espagne* ne se délecta à nouveau de brises marines qu'après avoir doublé par le nord l'île de Fernando Póo. Une masse d'air chaud et humide semblait rester piégée à la surface de ce bras de mer qui sépare la chaîne volcanique insulaire de celle du continent. Santa Isabel, la capitale de la colonie espagnole, était assoupie dans sa méridienne. Vue du large, elle ressemblait à un théâtre antique dont les gradins étaient formés par les maisons blanches qui s'étageaient au-dessus de la cuvette de son petit port.

Le lendemain de notre départ, nous reconnûmes sur tribord un rivage en pointillé, fait de bouquets d'arbres et de criques. Les officiers de quart semblaient se défier de ce chapelet d'îles vertes comme d'une redoutable colonie de chenilles urticantes. Aussi changèrent-ils souvent de cap pour contourner à distance cette côte malsaine qu'ils désignaient sous le nom de Delta du Niger.

Nous retrouvâmes Cotonou, son wharf, ses boats, ses immuables Popos. Vingt-deux jours durant à nous déhancher au gré de la houle, à attendre, à charger, à attendre... Il nous fallait parfois céder la place, nos boats et nos Popos à un bateau plus pressé ou plus considéré que le nôtre, à un paquebot, à un service rapide... Et la pluie s'en mêlait. Une tornade aux nuages gonflés d'encre nous obligea un jour à dérader et cloua les boats et les remorqueurs sur le tablier du wharf où ils avaient été remontés de toute urgence. Le commandant était à terre. Il y resta toute la nuit, car les Popos ne purent ou ne voulurent remettre une seule de leurs embarcations à l'eau sous la menace de la tornade. Notre second décida, de son côté, de ne pas revenir à un mouillage rapproché avant le retour du soleil. Pauvre commandant qui, debout sous la pluie, à l'extrémité d'un wharf, regarde, impuissant, son bateau aller et venir sans lui…

L'escale de Lomé, ressembla beaucoup à celle de Cotonou. La même plage rectiligne avec son wharf enfoncé comme un gros clou. Un clou sur lequel, Auguste et moi, nous accrochions chaque soir nos rêves d'évasion en écoutant Vent Léger nous conter des histoires de Vaudou et de fétichisme.

« Ne vous aventurez pas dans ce pays, jeunes gens, c'est le royaume des puissances occultes !

— Qu'est-c'qu'i'dit ? Ça c'était une réplique du cuistot, trouble-fête à ses heures.

— Chut !…

— Ici, les divinités sont aussi nombreuses que les hommes et, le moindre souffle de vent, la moindre goutte d'eau est un présage ! »

Des éclairs de chaleur soulignaient les moments forts du récit et des génies accrocheurs d'étoiles filantes planaient avec les oiseaux de mer. Il savait y faire, le Vent Léger, pour nous impressionner, nous fasciner et semer ses histoires comme de la poussière de cauris.

« Ici, on ne peut rien faire sans les conseils du devin. C'est le royaume de l'irrationnel où les médecins, eux-mêmes, viennent consulter les guérisseurs !…

— ???…

— … Un jour, un grand médecin français, gynécologue de renom, se confia à un de ses amis, missionnaire en Afrique. Sa femme n'arrivait pas à avoir d'enfant. Elle avait pourtant tout essayé, mais les examens et traitements coûteux dans les hôpitaux les plus prestigieux de France et de Navarre, les pèlerinages répétés à Lourdes comme à Saint-Jacques-de-Compostelle, demeuraient inefficaces. Que faire ? Le missionnaire conseilla au médecin et à sa femme de venir passer quelques jours à Lomé, s'ils en avaient le temps. Mais vous savez bien comme moi, que de nos jours, en France, le temps c'est…

— De l'argent !

— Aussi, pour cette raison et bien d'autres sans doute, ils laissèrent finalement ce temps, si important, les dessécher.

Les années passèrent, dix ans peut-être, et l'espoir d'avoir un enfant s'amenuisa. Un matin, cependant, l'épouse du médecin se souvint de la proposition du missionnaire et ils décidèrent de faire ce long voyage malgré leurs nombreuses obligations écrasantes. Ils pensaient ne rester qu'une semaine, ils demeurèrent deux mois. Le dépaysement, le soleil, les coutumes, le rythme différent de la vie, leur avaient fait oublier ce pour quoi ils étaient venus. Le missionnaire les avait bien conduits, dès les premiers jours, au bord du lac Togo, chez une sorte de vieux sorcier, un marchand de vent et d'amulettes, où ils avaient bu une décoction de plantes au goût bizarre. Mais cela faisait partie du folklore. À défaut de guérison, ils ramèneraient de beaux souvenirs…

Au moment de reprendre l'avion pour Paris, la femme eut un malaise, des nausées. Le médecin comprit aussitôt. Il n'était pas gynécologue pour rien.

— Sa femme était enceinte ?

— Eh oui, elle était enceinte ! Le filtre du vieux sorcier avait fait merveille ! Retardant son départ, le docteur retourna voir le thaumaturge pour lui demander le nom des plantes qui avaient produit un tel miracle. À sa grande surprise il entendit le guérisseur lui répondre que les plantes n'y étaient pour rien. Le breuvage, que le vieux sage avait préparé deux mois plus tôt, n'était en réalité qu'une infusion de feuilles de bigaradier, pimentée et mélangée à du lait caillé. Ce n'est pas cette potion magique qui avait guéri la femme du médecin mais l'air de l'Afrique, l'ambiance, l'environnement et, surtout, cette petite dose de rêve, de griserie et de vertige au bord de l'irrationnel !…

— ???… Bon ! Eh bien ! On m'expliquera la suite demain !, répliqua le cuistot qui nous quitta d'un air maussade.

— Qu'est-ce qu'il lui prend ?

— Laisse tomber ! ça lui passera ! »

J'appris par la suite que sa femme ne pouvait pas avoir d'enfant.

CHAPITRE IV

L'oiseau fétiche

De Lomé à Abidjan, le paysage côtier changea quelque peu. Un plateau rocheux débordé par des récifs, tel nous apparut le pays que l'on appelait encore à cette époque le Gold Coast, la Côte-de-l'Or. De nombreux villages de pêcheurs, aux paillotes coniques, s'accrochaient çà et là, à la limite des embruns, comme des patelles sur l'estran. De grandes pirogues ressemblaient à des navettes, elles dévidaient leurs fils de trame, glissant en travers des vagues et déposant, sillon après sillon, leurs longs filets et leurs palangres.

« Fantis droit devant ! », criait l'homme de bossoir.

Je n'étais pas loin d'un des cagnards de veille lorsque j'entendis ce cri pour la première fois. Abandonnant alors mes seaux à potasse, je me précipitai au bastingage pour essayer de me faire une idée sur ce nouveau danger surgi des flots, mais j'avais gardé à la main un faubert humide et, une goutte tomba sur le crâne dénudé du commandant qui se penchait au même moment à l'étage en dessous.

« Quel est le con ?... »

Pris en flagrant délit, mon seul réflexe fut de faire semblant de potasser la rambarde sur laquelle je m'appuyais.

« Plus à sec, le faubert ! », se contenta alors de reprendre le « Vieux » en se lustrant le pariétal. Quelques secondes plus tard, il se trouvait près de moi pour essayer de m'expliquer, en détail, le maniement délicat et complexe du faubert que l'on doit « essorer avant usage ». Il exposait encore sa théorie sur le sujet quand deux grandes pirogues passèrent à faible distance du bord. Chacune d'elles était rapidement et habilement manœuvrée par une douzaine de solides gaillards, ruisselants d'embruns. Les pagaies qui frappaient l'eau en cadence ressemblaient grossièrement à des tridents. « Pourquoi cette forme étrange et peu fonctionnelle ?... » Avais-je exprimé mon étonnement de vive voix ? Toujours est-il que le commandant se mit tout à coup à me réprimander.

« Dis donc novice, je vois que tu m'écoutes ! » Puis il rajouta sèchement, avant de s'éclipser pour ne pas se croire obligé d'étaler davantage son ignorance : « Ce sont des Fantis, des nomades de la mer. »

Des nomades de la mer ? La formule était belle, mais le mystère s'épaississait. J'imaginais une tribu errante, allant de port en port, un peuple dont le royaume était un Sahara liquide, immense, infini. Je comptais sur le charpentier pour m'en apprendre davantage, mais ce n'était peut-être pas le moment. À l'arrière les lignes vibraient à nouveau comme des chanterelles, premiers accords d'une de ces chansons à souquer..., main sur main. Oublier la leçon de potasse, ne penser à rien d'autre. Concentrer tout, esprit, effort, vers la gueule ouverte du poisson à atteindre. Ne pas perdre son temps à parler, garder son souffle pour ahaner. Les questions devaient rester en suspens. Pourtant, c'est le Bout de Bois lui-même qui fit derechef briller ces hameçons-là, en points d'interrogation.

« Tu peux... me croire... nono..., dit-il haletant, quand... on voit... les Fantis...

— ???...

— Les bancs... de poissons... ne sont... jamais... loin ! »

Je ne sentais plus les marques cuisantes de la ligne aux pliures des doigts et des paumes. Les muscles et l'esprit tendus, j'attendais la suite, intensément.

« Merde !... des "ravils" !... on passe... trop près... de terre !

— ???... »

C'était bien le moment de compliquer les choses ! Les Fantis me posaient déjà assez de problèmes ; il me fallait d'abord les résoudre avant de me pencher sur le cas des ravils, ces nouveaux intrus. Toutes ces questions, qui me brûlaient les lèvres, finirent par s'entremêler. J'attendis cependant que nous ayons embarqué le dernier poisson avant de demander au charpentier :

« Qui sont ces Fantis ?

— Des Africains !

— Merci ! ça je m'en doutais. Que sais-tu de plus sur eux ?

— Rien !

— Sans déconner !

— Que veux-tu que je te dise de plus ? Tu les as vus. Ce sont de bons marins. Ils vivent probablement de la pêche.

— Le pacha les appelle des nomades. D'où viennent-ils ? ils n'ont pas de pays ?

— C'est vrai qu'on les trouve un peu partout le long de ces rivages, depuis le Liberia jusqu'au Nigeria, mais ils sont particulièrement nombreux par ici, autour de Takoradi. »

Le Bout de Bois m'avait dit ce jour-là tout ce qu'il savait sur ces pêcheurs. Ce n'est que quelques années plus tard que j'aurai l'occasion d'entendre un passager me raconter la vie errante de ces étonnants marins :

« ... Les Fantis se déplacent avec femmes et enfants en suivant les migrations des bancs de poissons le long du littoral ; moyennant une redevance aux chefs des villages, ils peuvent s'établir pour une saison dans des concessions où ils construisent eux-mêmes leurs habitations et hangars provisoires en tiges de palmier. Leur grand principe est de travailler en circuit fermé : les hommes capturant le poisson, les femmes l'achetant, le fumant et le revendant... »

J'aurai aussi l'occasion de constater par moi-même que toutes les pirogues des Fantis ne venaient pas de la Côte-de-l'Or, certaines étant construites sur place par des compatriotes qui se déplaçaient de concession en concession pour effectuer ce travail. Ces pirogues étaient taillées d'un seul bloc, de préférence dans les troncs d'un bois léger que l'on appelle samba, et avaient généralement une longueur de dix mètres. Les familles des pêcheurs nomadisaient durant de longues années le long du golfe de Guinée avant de retourner dans leurs villages d'origine.

Je n'ai, hélas, jamais eu de réponse satisfaisante quant à la forme en trident des pagaies.

Les « ravils », que nous avions pêchés au large de Takoradi, ressemblaient à des bonites et ne méritaient pas tout le dédain dont on les gratifiait, le plus souvent par ignorance, ou par comparaison désavantageuse avec leurs cousins, les thons. Certes, ils avaient une chair brune et moins ferme, un goût plus prononcé ; quelle importance ! Le cuistot nous en fit un ragoût et quelques marinades pas piquées des méduses. La grande variété et l'originalité des poissons tropicaux n'en finissaient pas de m'étonner. Il n'y avait pas une seule traversée, une seule escale, où je ne découvrais de nouvelles espèces : listao, liche, diodon… des poissons dont j'oubliais très souvent les noms, aussi variables qu'incertains, que nous leur donnions et il me faudra plus de dix ans pour apprendre que les « ravils » ou « rabils » s'appelaient en réalité des thonines.

* *
*

La lagune d'Abidjan étira de nouveau sous nos yeux ses bras tentaculaires, mais cette fois-ci nous ne pûmes bénéficier d'un de ces mouillages avantageux près des débarcadères. On nous relégua au fond du bras mort de la baie de Banco, à proximité des parcs à bois, où nous respirions, jour et nuit, des odeurs de vase, de palétuviers et des nuages de moustiques.

Les eaux calmes de la lagune se voulaient rassurantes. L'affaire des mâts de charge cassés s'étant un peu estompée et le nouveau matériel ayant fait ses preuves, il fut décidé en haut lieu que nous pouvions nous risquer à reprendre des grumes. Pas de gros rondins pour commencer, juste ce qu'il faut. L'agence s'ingénia alors à nous trouver des radeaux à notre mesure, « à peine plus grands que des balafons », disait Vent léger en plaisantant, et des billes de bois si minces que nous aurions pu les embarquer par fagots. Comme l'accident de Loango avait entraîné un changement de fret et d'escales, il s'en était suivi de nombreux shiftings dans le chargement, mais tout rentrait enfin dans l'ordre, les entreponts finissaient de se remplir de sacs ou de bois.

Était-ce l'idée de la prochaine grande traversée, des escales que nous imaginions, du changement d'ambiance que nous en espérions ? Il flottait dans l'air comme un besoin irrésistible d'alacrité, un besoin de communiquer sa propre gaieté. Chacun reprenait goût à vaquer, dans la bonne humeur, à ses occupations trop longtemps délaissées. Le soir venu, le père Moullec ressortait ses vieilles lignes, Fifi le regardait faire, attentivement, en promenant son écuelle, et David, le graisseur extérieur, ressortait ses meilleurs couplets :

Oh ! les gais matelots
Qui chantent sur les flots,
Quand au large la brise,
Surprise,
Ne trouve plus d'échos !...

Nous reprenions souvent en chœur, troublant dans leur sommeil les pensionnaires de la forêt invisible, mais toute proche. Quand un calao fuyait, de la profondeur de la nuit, en lançant et répétant à l'infini son cri déchirant, il y avait toujours un Krouman pour nous dire :

« Oiseau là, lui "perroquet gros bec" ; lui pas content !

— Pourquoi, il a pondu un oursin ?, demanda ce soir-là le graisseur extérieur.

— Amognigni, lui oiseau fétiche !

— Et toi, Krouman pétoche ! À chacun son oiseau Béligou mon vieux !...

Connais-tu l'histoire du sorcier de Grand-Bassam qui avait volé l'oiseau du blanc ?

— ??? »

Le cercle des auditeurs se resserra, mais notre troubadour, apercevant, un peu à l'écart, l'intendant qui n'en finissait pas de tendre l'oreille comme une manche à air qui cherche le vent, lança dans sa direction :

« Ce sera pour une autre fois car ce soir j'ai déjà trop chanté, j'ai la gorge un peu sèche. »

La manche à air vira brusquement d'un quart de tour sur bâbord, et s'y bloqua.

« Et puis, je ne suis pas sûr de me souvenir.

— À boire pour le conteur !, réclama une voix anonyme.

— Ma foi, si le cambusier, pouvait nous entendre encore malgré son torticolis…

— À boire ! À boire !, scanda la foule.

— … Et s'il voulait bien m'offrir une mousse, la mémoire me reviendrait peut-être.

— J'offre le carton de bière, si l'histoire me plaît. »

La voix, qui venait de jaillir de l'ombre, était celle du maître après Dieu, Fouillensac soi-même. Il apparut bientôt sous les halos des projecteurs du château et s'avança dignement comme le Mahâtmâ Gandhi parmi la foule.

« Alors David, votre histoire !…

— Cric, crac ! », répondit le conteur, à la manière des vieux cap-horniers. C'était sa façon à lui de prévenir qu'il prenait les choses en main et qu'il réclamait le plus grand silence.

« À Grand-Bassam, pas très loin d'ici, dit-il en étendant la main vers un horizon imaginaire, vivait un sorcier que tout le monde craignait et respectait. Grand maître des mystères, il parlait aux esprits de la forêt, invoquait les mânes des ancêtres et toutes les forces surnaturelles. Les villageois venaient le consulter pour connaître leur avenir, éloigner le mauvais sort, et obtenir une guérison ou un conseil. Pour tous ces menus services, il fallait, bien sûr, lui apporter de nombreux cadeaux. Il lisait fort bien du reste dans les entrailles des poulets et encore mieux dans celles des cochons noirs ; plus l'animal était grand et plus le livre était lisible. Mais il pouvait aussi envoyer la foudre, la maladie et toutes sortes d'événements fâcheux. À l'entrée de sa case, se dressait le totem du grand calao, l'oiseau sacré qui lui parlait, prétendait-il, au moment de la pleine lune et lui apportait la connaissance et surtout l'investiture, le droit suprême de dominer ses semblables.

Son pouvoir était immense et semblait même avoir encore grandi depuis qu'il racontait partout que c'est grâce à ses sortilèges que le vieux missionnaire français de la mission catholique souffrait de dysenterie amibienne. Il promettait d'ailleurs la même malédiction à tous ceux qui oseraient écouter l'enseignement des blancs et courroucer de ce fait l'esprit du grand calao.

Le missionnaire "chiasseux" dut finalement aller se faire soigner en France. Le sorcier jubila, augmenta ses honoraires, pris deux nouvelles épouses et agrandit sa case.

Plusieurs mois plus tard, le téléphone de brousse et les cris des calaos, l'avertirent qu'un nouveau missionnaire était en route pour Grand-Bassam. Il profita alors d'un orage terrible pour prononcer l'oracle divin et prédire que la grande pirogue, qui devait transporter le sorcier des blancs, serait avalée par la mer. Mais, le cargo qui en avait vu d'autres, refusa de se laisser avaler et arriva à bon port. Ce n'était pas normal, ce missionnaire devait être très fort ou très rusé. Le sorcier se mit à repenser à la teneur du message qu'il avait lu dans les viscères du mouton qu'il avait sacrifié. Avait-il, pour une fois, mal interprété les signes ? Sa vue lui jouerait-elle, à lui, le voyant, quelque mauvais tour ? La prochaine fois il choisirait de lire dans une chèvre ou pourquoi pas dans un vieux "bouquin". Il en était encore à se poser des tas de questions quand l'un de ses disciples vint lui annoncer que le missionnaire n'était pas à bord du bateau. Il s'était tout simplement arrêté en cours de route, à Dakar sans doute. Mais oui, bien sûr ! La voilà la raison, il y avait un post-scriptum ! Le bateau avait échappé à la colère des dieux parce qu'il ne transportait pas celui qui devait expier. Ce n'était donc qu'une affaire remise. Mais il fallait rester prudent. L'ennemi pouvait surgir à n'importe quel moment sans prévenir. N'était-il pas déjà sur la terre d'Afrique ?

Maintenant, il fallait parer au plus pressé et dans un premier temps préparer le terrain. Il décida donc de truffer le chemin qui mène du débarcadère de Grand-Bassam à la porte de la mission d'une multitude d'obstacles maléfiques. Il enterra des plumes de vautour, des lézards séchés, des queues de hyènes. Peine perdue !

Le missionnaire débarqua un beau matin, non pas à Grand-Bassam mais à Port-Bouët, et arriva ainsi par un autre chemin.

De plus en plus vexé, l'interprète du grand calao, utilisa toute sa science, tous ses pouvoirs magiques pour essayer de terrasser son adversaire. Rien à faire, les incantations, les envoûtements demeuraient inefficaces ! Pourquoi ?… »

Arrivé à ce stade de son récit le graisseur extérieur fixa attentivement son auditoire et l'interrogea avec insistance :

« Pourquoi ?…

— Oui, pourquoi ?, demanda le commandant.

— Pourquoi ?… Parce qu'il avait très soif et que personne ne lui offrait de bière. »

Éclat de rire général, décapsulages de canettes, lampées, claquements de lèvres humides, murmures, silence… le récit pouvait reprendre.

« Cric !…

— Crac ! », le public avait répondu d'une seule voix, la porte du conte était rouverte.

« Le sorcier de Grand-Bassam ne savait plus que faire, il était démoralisé. De plus, l'affaire s'ébruitant, il commençait à perdre des clients. Pour vaincre le blanc, il fallait connaître son secret. Des hommes de main s'emparèrent un jour du sonneur de cloches de la mission pour l'interroger :

» Toi tu parler ou c'est casser ton gueule !

— !!!…

— Ton marabout français là, il "merder" nous trop !

— Lui c'est pas Français !

— Tu dis quoi ?…

— Le blanc là, il est "Souisse" !

— "Souisse" ?…

Voilà qui faussait les calculs. On jette des sorts à un Français qui n'est pas Français ; comment voulez-vous que ça marche ? Et puis, c'est quoi un "Souisse" ?… Allez savoir. En tout cas ça n'a pas l'air d'être très catholique, pensa le sorcier.

» Le "Souisse" là, il fait magie ?
— Il a fétiche oiseau !
— "Perroquet gros bec" ?
— Non oiseau le blanc, c'est petit trop.

Voilà la clé du mystère, un fétiche ! Le missionnaire avait un fétiche contre lequel le grand calao ne pouvait rien. Un fétiche aussi puissant, il vaut mieux l'avoir avec soi que contre soi ! Fini la guerre ouverte ! Il va falloir utiliser la ruse. Changeant subitement d'attitude, le sorcier offrit une pleine calebasse de vin de palme au sonneur de cloches et lui proposa un marché.

» Je vais donner toi le "poisson assan" (capitaine), pour le blanc. Tu dis c'est cadeau Thôgo Kocumbo. C'est moi bien-même.

Puis il laissa son prisonnier partir après avoir convenu avec lui d'un autre rendez-vous.

La semaine suivante le sonneur revint chez le sorcier chercher sa ration de vin de palme et un régime de bananes pour le missionnaire. Et encore la semaine après, et ainsi de suite... Une fois par semaine le carillonneur sortait de chez le grand Kocumbo avec un cadeau sous le bras et une bonne muflée dans la musette. Cela dura ainsi de longs mois avant que le curé ne s'inquiétât de l'existence de son généreux donateur. On ne peut pas dire que le sonneur fut très scrupuleux dans la remise des cadeaux, et ce pour la raison évidente qu'il serait insensé de tarir une source providentielle dont on est le principal bénéficiaire. Le plus étonnant c'est que le sorcier était au courant et qu'il laissa faire...

Il laissa faire jusqu'au jour où le sonneur tomba malade ; le vin de palme y était peut-être pour quelque chose. Notre rusé sorcier se présenta donc un matin à la porte de la mission en prétextant qu'il venait prendre des nouvelles de son parent le sonneur de cloches. Le missionnaire le reçut et le conduisit au chevet du malade.

» Je ne suis pas certain qu'il puisse vous reconnaître, dit le prêtre.

Kocumbo fit semblant d'observer le malade et déclara :

— Lui c'est manger "poisson caoutchouc" (baliste). Moi connais homme-médecine ; lui c'est guérir mon frère bien-même.

— Vous êtes sûr ?

— Moi chercher pour mon frère bon médicament.

Et il partit pour revenir quelques instants après avec l'antidote qu'il avait bien sûr préparé depuis longtemps. La tisane du sorcier eut des effets miraculeux, presque immédiats. Mis en confiance le missionnaire laissa le guérisseur aller et venir à sa guise. Au bout d'une semaine le malade était à nouveau sur pied et le sorcier n'avait découvert rien d'anormal dans cette mission. Où était donc caché ce fétiche ? Il y avait bien la chapelle avec ses statues de Blancs et sa grande croix, mais ça il connaissait. Elles étaient là du temps du vieux missionnaire, et les prophètes "harristes" de la lagune avaient les mêmes. N'y tenant plus, il questionna le convalescent.

» Moi pas voir fétiche oiseau.

— Pourquoi toi vouloir fétiche ?

— Regarder lui seulement.

— Hanhan !!!

— Toi montrer moi fétiche, ou moi dire le blanc toi garder cadeaux.

Le fameux fétiche était dans la salle à manger du missionnaire. Mais le sorcier n'aperçut en réalité qu'une étrange boîte accrochée au mur. Cette boîte avait la forme d'une petite maison.

» Fétiche oiseau il est dedans son case, expliqua le sonneur de cloches, quand lui sortir, lui parler au blanc.

— Fétiche parler ?

— Hanhan !!!

— Oh ! là ! là ! dis donc !

La curiosité l'emporta sur la crainte et le sorcier alla proposer au missionnaire de lui montrer, sans plus attendre, comment il fallait préparer les herbes qui pourraient guérir son serviteur, en cas de rechute. Mais pour cela il lui fallait des récipients, de l'eau, du feu, du pili-pili, du sel, de l'huile, de…

» Allons dans la cuisine !, finit par dire le prêtre.

La préparation de l'élixir était longue et laborieuse. Il manquait toujours quelque chose, une pincée de ceci, une goutte de cela. Mais il y avait surtout une chose qui manquait terriblement dans cette cuisine, où il faisait très chaud. Le sorcier avait de plus en plus soif et il réclama… »

« Une bière ! une bière !, s'exclama l'assistance.

— J'allais vous le dire. »

Nouvelle lampée, fraîche et salutaire. Et puis, de nouveau :

« Cric ?…

— Crac !… »

« Et "patatrac" ! Le sorcier fit semblant d'être maladroit pour pouvoir recommencer le dosage. Le missionnaire prenait des notes sur un cahier. Mais là-bas sur le mur, le fétiche demeurait désespérément enfermé, silencieux. Bon, ça ne doit pas être le bon jour, pensa Kocumbo, il me faudra revenir.

Il allait sortir en passant une dernière fois sous la petite case mystérieuse, quand tout à coup :

» Coucou ! Coucou ! Coucou ! Coucou ! Coucou !… Le sorcier fit un bond en arrière et faillit renverser le missionnaire. L'oiseau fétiche venait de sortir de sa case.

» Zut !, s'écria le curé en regardant sa montre, j'allais oublier la messe du soir ! Merci coucou !

C'était donc vrai, l'oiseau fétiche parlait ! Il venait même de donner un message au marabout blanc pour lui rappeler quelque chose.

Encore sous le choc de l'émotion, le sorcier se retrouva dehors en train de dire au revoir au missionnaire.

» Revenez me voir quand vous en aurez envie, et merci pour tout ! que Dieu vous protège !

Revenir ? Bien sûr qu'il reviendrait, mais ce sera en cachette.

Quelques jours plus tard, le missionnaire suisse, se demanda qui avait bien pu lui voler sa vieille pendule. Il y tenait un peu, c'était un souvenir d'enfance et comme un écho frais du pays lointain.

Enfermé dans sa case, Thôgo Kocumbo priait jour et nuit devant la petite boîte. Oubliant de dormir et de se nourrir, il dépérissait. Il attendait inlassablement le bon vouloir du petit oiseau fétiche qui, malgré les offrandes, refusait maintenant de se montrer. Il attendit, longtemps, longtemps,...jusqu'à ce que les esprits de ses ancêtres viennent le chercher pour l'ultime voyage.

On prétend cependant qu'avant de mourir le sorcier tendit une dernière fois ses mains suppliantes vers l'objet de sa convoitise et qu'il agrippa alors, à bout de force, la chaînette du remontoir. Les voisins, épouvantés, entendirent dans la nuit :

» Coucou ! coucou ! coucou ! coucou ! coucou !...

Il était minuit, le sorcier venait d'expirer... »

Au moment de finir son conte, le graisseur extérieur leva la main comme pour imposer le silence et nous obliger à écouter la nuit. Un cri de calao traversa l'espace et nous comprîmes alors que ce ne pouvait être que la voix d'une âme inconsolée, comme celle de Thôgo Kocumbo.

Quelques Kroumen ayant suivi l'histoire depuis le début, le bosco en profita pour s'adresser à tous ceux dont les yeux brillaient autour de nous, dans le noir.

« Voilà ce qui arrivera aussi à tous les Kroumen qui essaient de voler les toulines ou la peinture des blancs !

— Des problèmes bosco ?, demanda le pacha.

— Quelques chapardages ! »

La soirée se termina par d'autres chansons et d'autres historiettes émaillées de lazzis savoureux ou acerbes, mais c'est surtout l'image du sorcier qui allait s'imprimer le plus profondément et jusqu'à l'obsession dans un recoin de ma mémoire.

Avant de rejoindre ma cabine il me restait à jeter un coup d'œil sur la pêche du père Moullec. Incroyable, il avait déjà rempli deux pleins seaux de friture ! un seau pour lui, un seau pour Fifi. La chienne savait reconnaître ce qui lui revenait. La truffe enfoncée dans son trésor elle surveillait attentivement l'agonie des « poissons médailles ». Cela rappelait tellement un tas de piécettes d'argent que l'on était tenté d'y plonger la main, mais le museau avare de Fifi était là pour repousser toute tentative de grappillage.

« Fais gaffe, elle a déjà tout compté !, prévint le père Moullec.

— Tiens, ce poisson-là ne ressemble pas aux autres !

— C'est un "Mussolini".

— Un quoi ?...

— Regarde-le bien... »

En effet ! ce profil abrupt, ce front haut et dégarni, cette moue arrogante, c'était bien là l'image du Duce. J'ai longtemps cru que cette façon de nommer ce poisson n'appartenait qu'au père Moullec, mais j'aurai l'occasion de constater, bien plus tard, qu'il se vend à Abidjan plusieurs variétés de petits sélènes sous cette appellation surprenante.

« Ils ne sont pas très épais tes poissons. Tu es sûr qu'il y a quelque chose à manger entre les arêtes ?

— Faut demander ça à Fifi, on partage. Moi je me contente des aiguillettes et des balaous de l'autre seau. Si le cœur t'en dit.

— Non merci, il se fait tard. »

Et puis, c'était sans intérêt. Ces derniers poissons, je les connaissais, il s'en pêche aussi en Bretagne.

* *
*

Le chargement traînait ses billes avec lenteur. Bonjour s'ennuyait et pour combattre son inaction il faisait travailler les autres dare-dare. Peinture, potasse, peinture, potasse, le pinceau devenait pesant, le faubert s'assoupissait. Nous dessinions nos petits carrés de minium avec plus ou moins d'inspiration et d'adresse.

« Pas de fantaisie nono, m'avait prévenu le bosco, nous ne sommes pas chez les Indiens ! Contente-toi des formes géométriques et surtout pas de "larmes" ni de "dimanches". Les unes sont de trop, les autres sont de manque. »

Bonjour voyait de la rouille partout, il allait la chercher sous les cornières les plus inaccessibles. Il avait lui-même sa petite gratte et son petit pinceau coudé qu'il maniait comme un artiste sur les ailerons de la passerelle ou autour des hublots ; en reculant de temps en temps, pour mieux admirer son œuvre. Il la reniflait, cette satanée rouille, autour des portemanteaux des baleinières et dans nos moindres gestes.

« Bosco, il faut me dégripper tout ça ! Ça m'a tout l'air de manquer d'exercice !

— Exercice ?, répéta le bosco sans réfléchir.

— Pourquoi pas ?... Ça tombe bien ! Dimanche prochain, à la place de la sieste, exercice d'abandon et promenade en lagune. Cela fera le plus grand bien au matériel et aux hommes. »

Ce fut la grande affaire. Le lendemain matin, on me demanda de vérifier si tout était conforme dans l'inventaire de l'embarcation choisie : la drome, les dames, les cordages, le petit matériel et la provision d'eau potable.

Le jour de l'exercice arriva. Tous les participants étaient caparaçonnés, engoncés, dans des brassières de sauvetage qui leur donnaient l'allure de footballeurs américains. C'est Vent Léger qui fit l'appel des hommes et dirigea les opérations de la mise à l'eau. La baleinière débordée, les deux brigadiers embarquèrent ; Loiseau à l'avant, le magasinier à l'arrière.

« C'est O.K. ! Vous pouvez amener ! », cria le magasinier après avoir jeté un rapide coup d'œil sur ce qui l'entourait, et il rajouta : « Tu as tout bien vérifié nono ?

— Oui !

— L'écope ?

— Oui !

— Le nable ?

— Oui !

— Où ça ? Je ne le vois pas !...

— Sous le deuxième banc, retenu par un bout !

— Mais bordel ! Il fallait... Stop ! Stooop !!!...

La baleinière touchait déjà l'eau.

— Espèce de patate ! Il fallait le mettre en place ce nable. »

Je bafouillais que l'on m'avait simplement demandé de faire l'inventaire deux jours auparavant, pas de disposer le matériel. Mais cet argument n'était probablement pas assez convaincant pour me disculper car je sentis converger et peser sur mes épaules tous les regards noirs et réprobateurs de l'assistance.

« Bon, pas d'panique ! On fait quoi maintenant ?, demanda Loiseau à son collègue.

— Aide-moi, je n'arrive pas à larguer le bout de ce putain d'minable.

— T'énerve pas, coupe-le !

— En attendant, demande-leur de nous remonter un peu, la flotte commence à rentrer.

— Tu parles d'un sarcophage !

— Revirez un chouïa !, insista le brigadier arrière.

— J'ai rien demandé moi !, protesta le brigadier avant. Ça commence à me plaire votre histoire. »

Loiseau ne fut pas écouté. Obligé de se cramponner, il beugla à nouveau : « les deux palans ensemble, bande de biffins ! »

Il y eut un tel cafouillage d'ordres et de contrordres que la baleinière finit par se retrouver de guingois ; l'avant bien plus haut que l'arrière et les brigadiers en position plutôt précaire.

« Redescendez-moi bordel ! Je crois savoir nager, mais j'ai pas encore appris à voler », n'arrêtait pas de crier Loiseau, pas très rassuré malgré sa gouaille.

« Qu'est-ce qu'on fait du pingouin, chef ? On le redescend ?, demanda un plaisantin.

— Le nable est en place !, répondit le magasinier. Vous pouvez y aller ! »

La baleinière retrouva la surface de l'eau un peu brutalement.

« Vous savez ce qu'il vous dit, le pingouin ?, reprit Loiseau, en fulminant.

— Arrête de brailler et montre-leur que t'es pas manchot pour autant ! Largue ton palan !...

— Dites, vous êtes sûrs qu'elle est étanche votre caisse à savon ? C'est plein d'eau au fond.

— C'est la flotte qu'on a embarquée tout à l'heure par le trou de nable !...

— On vous envoie le nono. Pour sa peine, il va écoper à sec et vous pourrez partir dans un quart d'heure », conclua le bosco.

Vent Léger acquiesça, que pouvait-il faire d'autre ?

Quand tout fut rentré dans l'ordre, et après avoir constaté que la baleinière flottait toujours, Vent Léger embarqua avec son équipage. Comme j'avais l'air de m'incruster, on me pria instamment de céder la place et de remonter sur le pont du cargo.

« Nous sommes assez nombreux, me dit le lieutenant, six rameurs costauds et un bon brigadier à la gaffe, c'est largement suffisant. »

Il s'installa, quant à lui, au gouvernail et fixa la barre franche sans plus attendre.

L'embarcation s'écarta en gesticulant des avirons dans un désordre indescriptible.

« Deux !... deux !... deux !... », s'appliquait à scander Vent Léger en appuyant de tout son poids sur la barre. Il avait cependant bien du mal à corriger l'embardée car les larges coups de pelles des bâbordais, visiblement plus musclés ou plus aguerris que les tribordais, avaient tendance à faire tourner énergiquement l'embarcation sur la droite.

« Que font-ils ? Mais que font-ils ?, s'inquiéta le commandant qui observait la scène.

— Ils tournent en rond !

— Pas étonnant, ceux qui savent se servir d'une rame sont tous du même bord ! »

Il y avait, en effet, d'un côté trois matelots et de l'autre les deux nettoyeurs et le garçon de cuisine.

Sur le *Robert Espagne*, chacun y allait de son commentaire. Les « y a qu'à dire », les « y a qu'à faire » et les « y a qu'à dire de faire » n'en finissaient pas de brasser. Certes, la prestation de nos rameurs n'était pas un modèle à encadrer, elle eut cependant le mérite de détendre complètement l'atmosphère. Nous avons même, grâce à elle, sans nous l'avouer, partagé avec les Kroumen un peu de cette joie franche et spontanée, dont ils ont le secret. Éclats de rire, cris et applaudissements, nos marins-dockers réagissaient bruyamment, comme des enfants devant un castelet. Ils vivaient l'instant présent avec exaltation. Je ne pense pas avoir été le seul, ce jour-là, à savourer cette façon qu'ils avaient de s'émerveiller. Leur enthousiasme était contagieux. Le spectacle qui nous avait rapprochés, ne dura hélas qu'un moment, car sur la baleinière, Vent Léger avait très vite donné l'ordre de mâter.

Peu de temps après, nous vîmes la grand-voile, hissée comme une serpillière, claquer au vent sans trop savoir ce qu'on lui voulait ; mais elle se décida quand même à tâter la brise du bord de la ralingue et obligea la baleinière à lofer. Après quelques hésitations, elle proposa même au timonier la meilleure route à suivre pour fuir, au grand largue et rapidement, nos regards indiscrets.

Nos argonautes s'éloignèrent enfin et disparurent par-delà les trains de billes et les autres bateaux au mouillage. Il était un peu plus de quinze heures.

« Quand doivent-ils revenir ?, demanda le père Moullec au bosco.

— Vers dix-sept heures, un peu plus tôt s'ils le peuvent.

— J'espère pour eux qu'ils ne laisseront pas trop porter vent arrière, pour ne pas être obligés de revenir uniquement à l'aviron. »

Le vieux chauffeur ne pensait pas si bien dire. Vers seize heures le vent tomba complètement et le ciel commença à se noircir comme un buvard qui boit de l'encre. Trente minutes plus tard le grain était là : une tornade courte et violente échappée d'on ne sait où, des giclées d'eau blanche qui brossaient la surface de la lagune et puis de nouveau le calme lourd et tiède.

« Ils ont dû en prendre plein la gueule ! », me dit Moullec. L'image eût été plaisante s'il n'avait aussitôt enchaîné : « Pourvu qu'ils aient pu accoster quelque part avant le grain !... »

Pourvu que..., il était en effet plus de dix-sept heures.

Nous commencions à nous poser des questions. Le temps, qui s'était échappé de nos montres à une incroyable vitesse, n'en finissait pas maintenant de ressasser : « Pourvu que... pourvu que... ».

Vers dix-neuf heures, alors que nous scrutions en vain les ombres lointaines, Fouillensac décida d'envoyer une vedette de l'agence à leur recherche. Il fallait faire vite, la nuit ne tarderait pas à tomber.

Pas d'écho de fête ce dimanche soir, le cœur n'y était plus. De grandes chauves-souris envahissaient le ciel crépusculaire de leurs vols cotonneux. Elles s'en allaient toutes dans la même direction vers je ne sais quel rendez-vous funeste. Messagères, augures ? Jusqu'à présent nous ne les avions jamais vues sous cet aspect. Ce soir-là, la nuit s'avançait derrière elles en se propageant rapidement dans l'espace.

« Sales bestioles ! Ne dirait-on pas qu'elles se nourrissent des dernières gouttes de lumière ?, murmura mystérieusement David. Pourtant…

— Pourtant ?…

— Ce ne sont que d'inoffensives roussettes.

— Tu peux nous expliquer ?

— Des chauves-souris mangeuses de fruits !… Elles s'en vont toutes les nuits faire des ravages dans les bananeraies. Le jour elles s'accrochent par les pattes, la tête en bas, dans les grands arbres d'Abidjan. »

Il pouvait être aux alentours de vingt-deux heures lorsque nous entendîmes l'appel éraillé d'un Klaxon. Un point lumineux palpitait là-bas, cherchant à s'échapper du noir profond qui l'entourait. Depuis l'aileron de la passerelle, quelqu'un, dirigea vers cette lueur vacillante, le faisceau laiteux d'un projecteur et nous pûmes distinguer, forme encore évanescente, fantomale, une sorte de nef à la Bruegel que remorquait une chaloupe à pigouilles.

La nouvelle s'était répandue, « radio coursives » avait une fois de plus fonctionné à merveille.

« Les v'là ! les v'là !… »

On se bouscula jusqu'au pavois pour assister au retour des rescapés. Des mains secourables déroulèrent l'échelle de corde et attrapèrent les bosses. Tout alla ensuite très vite et l'embarcation fut bientôt accrochée aux palans des bossoirs. Elle passa ainsi la nuit à s'égoutter, suspendue à un mètre au-dessus de l'eau.

Au réfectoire, nos héros d'un jour racontèrent leur aventure tout en se sustentant. Comme ils ne pouvaient se contenter des plats réchauffés et de quelques rogatons grappillés par le garçon de cuisine, le père Moullec leur apporta ses délicates et appétissantes fritures. Fifi apporta son écuelle et moi je me mis un couvert : Les émotions ça creuse !... Pour ne pas avoir l'air d'arriver les mains vides, le graisseur extérieur apporta aussi sa chanson : « Tous les marins ont une étoile... »

« Au début, nous expliqua Loiseau, nous avons filé comme des bécasses, sans réfléchir, juste pour éviter le tir croisé des jumelles que nous sentions braquées sur nous. Vent Léger, lui, n'avait qu'une idée en tête : "explorer". Un gugusse de l'agence lui avait parlé d'un village lacustre.

— Vous l'avez trouvé ?

— Tu parles ! Il espérait peut-être découvrir Venise dans ces marais. Chaque fois que l'on apercevait une case sur pilotis, on faisait un crochet. Et puis le vent s'est levé.

— La tornade ?

— Si tu veux ! Un grain de par ici. Quand le ciel a commencé à noircir, nous avons tout de suite pensé : Ça y est, c'est encore la faute du "faiseux de grain" ! Il doit les attirer ce mangeur de nuages. Je suis sûr qu'il n'a pas plu par ici !

— Si, quand même !

— Heureusement que nous l'avons senti venir cette bourrasque ; nous étions sous le vent d'une île que nous avons pu rejoindre à temps pour frapper nos bosses sur des racines de palétuviers et mettre la voile en cabanage, comme un taud. Ce toit de toile ne nous a pas empêchés d'être trempés comme des soupes et il a fallu, en plus, écoper durant toute l'averse. Lorsque la pluie a cessé, nous avons d'abord essayé de repartir à la voile, mais cette fois il n'y avait plus un pet de vent. Il ne restait plus qu'une solution : ramer, ramer, ramer..., sur une eau que la tornade avait jonchée de feuilles et de débris végétaux. Nous pataugions là-dedans aussi à l'aise qu'un cafard dans un plat de purée. Après une bonne heure d'effort nous avons quand même fini par arriver à l'extrémité de l'île

Boulay, à l'endroit où nous avions repéré, à l'aller, un village de pêcheurs. Ce n'est qu'après une longue discussion, que Vent Léger accepta d'aborder la plage, entre les pirogues échouées. Nous étions crevés !...

Notre arrivée devant ce village fit sensation. Nous avions à peine eu le temps de mettre le grappin à terre que la baleinière était entourée de toute part. Une nuée de gosses qui piaillaient comme des étourneaux, et puis des femmes ; il en venait de partout, des jeunes et des vieilles... "Eh, les mecs ! laissez m'en un peu !..." »

J'étais si bien suspendu aux lèvres du conteur que je n'ai pas réalisé, sur le coup, que cette requête était hors du récit et s'adressait uniquement aux mangeurs de fritures.

« Dépêche-toi ! Ça refroidit !

— Un interlude ? », proposa David. Il semblait guetter l'occasion. Sa voix suave d'artiste de rue s'éleva bientôt en trémolos pathétiques.

Ils sont partis sur la barque légère,
Les petits gars.
Ils sont partis, se disant que leur mère
Ne saurait pas...

Personne ne demeurait insensible au charme désuet de ces couplets, mais j'étais chaque fois surpris d'entendre les voix graves des vieux marins, celle du père Moullec, celle du bosco et aussi celle de Mamadou reprendre en chœur :

Maman ! maman !...

Même Fifi, qui avait certainement entendu ce refrain des centaines de fois, dressait très haut les deux oreilles au moment le plus émouvant. « Qui pouvait bien en vouloir au père Moullec pour qu'il appelle ainsi sa mère ? », devait-elle sérieusement se demander.

... Petits enfants,
Perdus dans les flots bleus !...

Les dernières notes arrivaient toujours en traînant, comme cette sonnerie aux morts que suit une minute de silence. Elles nous déposaient, émus, impressionnés, au bord d'un océan de mélancolie.

Après une telle complainte, le conteur, la gorge serrée, avait bien du mal à reprendre le fil de son récit.

« Hem ! bon ! Où en étais-je ?...

— Tu étais entouré de jolies filles, sacré veinard !

— Des jolies filles ? Tiens, demande aux autres ce qu'ils en pensent. Il y avait au moins dix masques édentés pour un frais minois. Pas de quoi être ébloui non plus par ces poitrines pendantes en formes d'aubergines ou d'oreilles de cocker.

Un quart d'heure plus tard nous avions de nouveau débordé notre baleinière et : "Deux !... deux !... deux !...", nous souquions sur le bois mort comme des galériens. La nuit commençait à tomber, il nous fallut allumer une lampe à pétrole et essayer de nous écarter le plus possible des berges mal éclairées. Hélas, nous dérivions autant que nous avancions et le courant nous poussait tantôt d'un côté et tantôt de l'autre. Attirés par la lumière des cargos au mouillage nous avancions par sauts de puce. Quand la chaloupe de l'agence nous a aperçus, nous étions dans la baie de Banco et quasiment tirés d'affaire, mais les derniers cent mètres étant toujours les plus pénibles nous avons accepté sa remorque de bon cœur.

— Ça vous fera toujours des souvenirs, lança le père Moullec.

— Pour nous pas de problème, la fatigue ça s'arrangera ; mais d'après les éclats qui nous arrivent de là-haut, Vent Léger doit, en ce moment, se faire rectifier les épaulettes par le pacha.

— Il est jaloux, le vieux. Il doit penser que vous avez passé la journée dans un bastringue.

— Une belle escapade quoi ! la plage, le soleil, les nanas.

— Et en plus, fit observer David, avant d'être repris en chœur, ça s'est passé un dimanche.

Ça s'est passé un dimanche,
Un dimanche au bord de l'eau... »

Le lendemain, la routine avait repris ses droits, la baleinière avait retrouvé son chantier et ses saisines ; quant à moi, je remettais, avec zèle et constance, mes mains dans la potasse ou la peinture.

Le chargement touchait à sa fin et les Kroumen finissaient d'arrimer les rondins dans les entreponts en les serrant au maximum. Suivant l'expression en usage, ils barrotaient.

« Carayou boudo ! carayou boudo ! », criait le chef-panneau de la cale quatre, en accompagnant sa rengaine d'un signe de la main qui voulait dire : « Vire un peu ! »

Ces billes de bois rejoignaient souvent leur emplacement à grands coups de bélier contre les cloisons, mais les craquements sinistres qui en résultaient ne faisaient sursauter que moi. Pour les initiés ce n'était là qu'un message codifié qui voulait probablement dire : « À poste ! » Le nombre d'échelles de fer tordues, de poulies éclatées, de fils d'acier arrachés, de morceaux de vaigrage ou de fardage sacrifiés, n'impressionnait pas davantage tous ceux qui me rabâchaient : « Affaire dc routine, novice, affaire de routine… »

Pour les Kroumen, le retour au village était proche, cela les rendait fébriles, la tête ailleurs. Certains se débrouillaient même pour partir en ville faire quelques achats pour la famille, le retour au pays sans cadeaux ne pouvait se concevoir. Ils partaient de bonne heure, avant le lever du jour, pour ne pas être surpris par Bonjour, et ne rentraient que la nuit suivante. Difficile de savoir s'il en manquait un ou deux sur le nombre. Le piroguier qui faisait office de passeur connaissait les habitudes de ses clients et venait jeter l'épervier à proximité du bateau pour donner le change. Il suffisait d'attendre le moment propice pour le héler. Fifi était généralement complice de ces allées et venues et n'aboyait que forcée par l'arrivée d'un intrus, ce qui donnait le temps aux fugueurs de se tapir dans l'ombre.

Ses cales enfin fermées, bâchées, bridées de fils d'acier et de tringles, le *Robert Espagne* n'embarqua qu'une modeste pontée de rondins, entre les hiloires de panneau et les pavois. Durant la traversée d'Abidjan à Sassandra, le bosco occupa tous ses hommes disponibles à entraver les grumes de lourdes chaînes, comme des prisonniers dont les plaies rougeâtres suintaient encore par endroits aux portages des anciens fers. Les fentes de ces troncs qui avaient longtemps flotté en lagune, libéraient de nombreux petits crabes qui se dépêchaient de rejoindre les dalots engorgés de débris d'écorce. Auguste s'amusait à les ramasser dans des récipients qu'il remplissait au préalable d'eau de mer. Je me suis souvent laissé tenter, par la suite, par ces élevages en bocaux, mais les petits crustacés ainsi capturés ne résistaient généralement pas aux changements de température ou de salinité auxquels nous les soumettions.

CHAPITRE V

Le Nouveau Monde

Il n'y a que douze à treize heures de route entre Abidjan et Sassandra ; c'est donc sitôt franchi le canal de Vridi que les Kroumen durent passer l'un après l'autre devant le bidel pour recevoir leur maigre salaire. Bonjour était là également, avec les cacatois, pour la distribution des primes et des cadeaux aux bons éléments ou pour répondre à d'éventuelles revendications.

« Kambo Koubé, patron-boat cale trois !

— Pézent !

— Lui c'est barroter bien même sans faire palabre, c'est donner lui un peu plus l'azent et aussi bouteille de rhum !

— Hanhan !...

— Tafa Blagnon, treuilli cale cinq !

— Voilà moi !

— Voilà toi caïman ! C'est toi toujours merder liétenant avec ton cabiné trop ou cabiné pas assez. Voilà ton paye !

— Pélez suivant !

— Kouya Diabaté, mouillé cale une !... »

... Et les cinquante Kroumen défilèrent ainsi devant la porte du bureau de chargement, transformé à l'occasion en « bureau des pleurs », avec Bonjour comme grand juge inquisiteur. Les bons d'un côté, les mauvais de l'autre. Ceux qui s'étaient fait des relations parmi l'équipage n'oublièrent pas d'aller faire leurs adieux de-ci delà, en espérant recevoir en gage d'amitié une vieille chemisette ou quelques morceaux de savon. Le boy cacatois, qui n'avait personne à qui réclamer, vint nous saluer dans la cabine des novices.

« Pouly Pouly c'est quitter ses frères !... »

Il avait environ notre âge. Comme il apprenait à lire, nous lui avions prêté La *Vie et les étranges aventures de Robinson Crusoé* et nous l'appelions Vendredi. Nous lui offrîmes ce livre et quelques illustrés. Auguste sortit de sa valise un vieux passe-montagne en laine des Pyrénées, et moi, pour ne pas être en reste, une paire de grosses chaussettes soigneusement reprisées. Cadeaux royaux que voilà ! Notre ami n'hésita pas à s'en attifer illico pour avoir fière allure en débarquant.

Quelques heures avant l'arrivée à Sassandra, les Kroumen commencèrent à rassembler leurs bagages hétéroclites sur la pontée et dans les parcs à treuils. Il y avait là des bidons d'huile de palme, des dames-jeannes, des cartons ; chaque objet minutieusement enveloppé de vieille toile et dc fil de caret. Il y avait aussi des caisses peintes comme des jeux de cubes et qui devaient rappeler au magasinier les deux ou trois fonds de moques, « vert fanal » et « jaune tango », demeurées un soir sans surveillance devant la porte du magasin, et disparues avec leurs pinceaux. Des sacs, des baluchons, des nattes et des paniers pouvaient encore cacher de menus larcins, mais aussi le riz, les ignames, le taro, les noix de kola que l'on se devait de ramener du Cameroun ou du Congo. D'autres colis occasionnels remplaçaient ceux qu'on n'avait pas eu l'opportunité d'acheter : des paquets de bois provenant du fardage, des ronds de filin provenant... Tiens !... D'où sortait-il ce filin ?... Il sera probablement trop tard avant qu'un matelot ne se rende compte que les bosses de la manœuvre arrière avaient disparu et qu'un palan de garde avait été raccourci au ras du taquet.

Sassandra enfin ! Les trois coups de sirène d'usage ou de convenance. L'arrivée des boats et l'effervescence d'une tribu de fourmis allant et venant avec des provisions. Des bousculades, des disputes, des colis qui tombaient à l'eau ou sur les rameurs, des patrons boats qui refusaient de prendre plus de passagers, d'autres qui réclamaient un peu de vin. Sassandra enfin ! Un au revoir pas vraiment sincère. Des Kroumen qui nous quittaient en murmurant des « Amognigni naprouo ! » et des « bateau la guerre, restez la France ! ». Un commandant qui s'impatientait et demandait à son second de faire larguer les derniers boats.

« Attends ! Commandant pressé ! Je connais toi, tu donner jamais cadeau pour le boat ! Bordel, bordel ! », cria un des patrons.

C'était dit sans appel et ce n'est pas Bonjour qui aurait pu y changer quelque chose.

Fouillensac donna cependant l'ordre de virer la chaîne, mais dut s'arrêter avant la fin. Les boats se détachèrent alors un par un et se laissèrent porter, comme des feuilles mortes, au gré du courant. Des pagaies frappèrent le dos de la mer avec rage et un chant lourd et rythmé, lancé par un rameur et répété par les autres, traîna comme un moteur qui s'éloigne :

« Y a pas cadeau ?
— Y a pas cadeau !
— Commandant salaud !
— Nabouéo , nabouéo !
— Y a pas cadeau ?
— Y a pas cadeau !
— Nabouéo ! Oooo !... »

Le silence tomba de toute sa masse. On aurait dit qu'un couvercle venait de se refermer sur notre microcosme, nous isolant de tous ces bruits qui nous semblaient, hier encore, familiers. Ce fut comme une sensation de vide autour de nous. Le *Robert Espagne*, sans ses Kroumen, nous donna l'impression d'une chaussure à présent trop grande et dans laquelle nous flottions mal à l'aise.

La plage arrière fut nettoyée à grands jets d'eau, le cabinet de planches et de toile démonté, tout un farrago d'objets crasseux balancés à la mer, les quelques paillasses et couvertures aérées. Les matelots n'aimaient pas cette séance de décrottage. « On y attrape toujours des quantités de morbaques ! », disait Loiseau en se grattant machinalement. Fifi gémissait d'impatience. Elle attendait que le charpentier eût fini de clouer sur la pontée arrière les marches et la passerelle en bois de fardage qui lui permettraient d'aller faire elle aussi son inspection.

Nous remontions, nous remontions ! On appelle cela remonter lorsque l'on fait route vers le nord, qui est supposé être en haut ! Nous remontions vers Dakar avec le sentiment de nous diriger vers une porte de sortie, la porte de l'Afrique.

La mer était d'huile, l'atmosphère étouffante, le *Robert Espagne*, lourdement chargé, peinait dans cette ascension. Les mécaniciens avaient ouvert en grand les claires-voies et les portes de la salle des machines et l'on pouvait apercevoir les énormes bielles qui s'essoufflaient et transpiraient dans leur inlassable mouvement alternatif. Le graisseur de quart tendait la main vers ces articulations géantes et « tâtait les têtes des bielles ». Un bon graissage devait, suivant l'expression, « savonner blanc ». Le graisseur reconnaissait ainsi, rien qu'au toucher, le degré de lubrification des coussinets et, pour obtenir l'émulsion *ad hoc*, il lui fallait verser à la juste dose un peu d'eau, un peu d'huile à l'aide de deux godets. Il émanait de cette belle mécanique une impression de puissance et de majesté qui forçait l'admiration et la crainte.

Des bribes d'alizés nous parvinrent à partir du cap Roxo. Ce n'était encore qu'un vent coulis qui cherchait sa route par petites risées, mais une légère et agréable sensation de fraîcheur nous collait déjà à la peau et annonçait notre émergence de l'implacable étuve tropicale.

Notre deuxième escale à Dakar fut très différente de la première. Pas d'opérations commerciales trépidantes ; c'est dans un calme contrastant que le *Robert Espagne*, amarré à l'un des môles déserts et ventés de la digue nord, effectua son ravitaillement en fuel. Relié à la terre par un flexible noir, ressemblant à une grosse sangsue, il se laissait transfuser un jus épais et visqueux, dont les odeurs fortes et écœurantes pénétraient jusqu'aux réfectoires et gâtaient la saveur de nos repas. D'anciens et fréquents débordements ayant copieusement maculé et imprégné le ciment et le sable de l'appontement, ces vapeurs rémanentes de naphte nous harcelèrent durant toute l'escale. Seuls les aides-pompistes de la station, emmitouflés dans leurs lourdes capotes kaki, vestiges de quelque régiment de tirailleurs sénégalais, ne semblaient pas incommodés par ces émanations et, leurs gestes essentiels accomplis, ils traînaient inlassablement derrière eux des morceaux de palmes tressées ou de cartons qui leur servaient à l'occasion de tapis à prière ou de couche pour la sieste.

Nous étions isolés, séparés de l'agglomération vrombissante et klaxonnante par le large plan d'eau des bassins. Les rumeurs citadines étaient sous le vent et elles ne nous parvenaient qu'avec peine, comme étouffées.

Sur le quai, un marchand de souvenirs alignait sa camelote : des colliers de cauris et de graines, des cornes de zébus montées en patères, des mortiers à épices dont nous faisions des cendriers et de petits tam-tams en bois rouge.

« Adieu Dakar, nous n'irons plus... », fredonnait David en enroulant le long ruban d'acier de la sonde qu'il venait de plonger dans un « deep tank ». Il surveillait la montée du carburant dans les soutes. De temps en temps, il criait un chiffre que le troisième officier mécanicien transcrivait sur un petit carnet.

Adieu Dakar !... Le grand flexible, soulevé par des palans différentiels, lâchait prise en rejetant par sa bouche monstrueuse de sangsue quelques filets de ce sang chaud, noir et gluant au musc bitumeux.

Adieu Dakar !... La chanson de David glissait entre les jetées, frôlait et obligeait une petite bouée rouge marquée « Tacoma » à se déhancher comme un « culbuto », saluait l'île de Gorée et faisait un clin d'œil au cap Manuel. Adieu Dakar !... Adieu l'Afrique ! Le *Robert Espagne* entamait la seconde partie de son « Voyage Triangulaire » en mettant résolument le cap sur l'Amérique.

Ce fut une longue traversée. Deux semaines à mesurer l'étendue de l'océan, deux semaines à suivre la course du soleil. Un soleil qui n'en finissait pas de traînailler d'un horizon à l'autre et nous contraignait à retarder, d'une heure tous les deux jours, la grande aiguille de nos montres.

Le lendemain de notre départ nous avons aperçu une île ; une île perdue, jaillie de nulle part, formée comme un nuage de poussière, une île couleur de cendre. Je n'étais certainement pas le seul à m'interroger sur cette île, à trouver cette apparition insolite, mais mes compagnons ne semblaient pas y attacher autant d'importance, ou alors, n'en laissaient rien paraître. Ma curiosité dévorante me poussa cependant à les harceler de questions, jusqu'à en devenir casse-pieds.

« Ce ne sont pas les îles qui manquent dans la mer !, me répondit le magasinier, tiens, moi qui suis du golfe du Morbihan, il me suffit d'ouvrir la fenêtre...

— Mais ici on est en plein océan !

— Raison de plus ! S'il n'y avait pas d'eau...

— Il n'y aurait pas d'île ! Cette blague ! »

Remarquant alors le premier lieutenant qui sortait de la timonerie et braquait ses jumelles vers l'île mystérieuse, je lançai à pleine voix, à la cantonade :

« Elle a forcément un nom, cette île ! »

Surpris de mon audace, je m'apprêtais aussitôt à battre en retraite quand la réponse arriva comme un boomerang.

« Qu'est-ce qui lui prend à ce castor de brailler comme un putois ?

— Je, je demandais...

— Le nom de cette île, je ne suis pas sourd !

— Euh ! c'est-à-dire...

— Tu veux savoir ce nom , oui ou merde ?

— Plutôt oui que..., enfin, ça ne presse pas, et...

— L'île Do Sal !

— L'île d'eau sale ?

— Ben oui, l'île Do Sal ! C'est qu'il me prendrait en plus pour un menteur, ce morveux ! »

Je flairais l'attrape-nigaud, un truc du style de la bouée postale. Mieux valait prendre le large pour éviter d'autres sarcasmes. « Bien fait pour ta gueule ! », semblaient me dire en ricanant les témoins de cette scène. J'emportais alors, tout penaud, accablé sous le ridicule, mon île d'eau sale dans mon seau à potasse.

Je m'étais juré de ne plus y revenir et pourtant je retrouverai bientôt cette île sur ma route, nous y ferons même escale, et ce ne sera qu'à ce moment-là que je réaliserai, mais je ne serai sans doute pas le seul, la raison du quiproquo. Il s'agissait en effet de l'île de Sel, « Do Sal » en portugais, un de ces cailloux arides de l'archipel du Cap-Vert.

Bien que le temps demeurât assez clément durant la première partie de la traversée, les captures de poissons devinrent très vite moins intéressantes, voire nulles. Aussi, le Bout de Bois décida-t-il, un beau matin, de remiser les lignes et le tangon jusqu'à notre prochain retour vers l'Afrique. Il déclara même, à qui voulait l'entendre, que le milieu de l'océan était un véritable désert et qu'il n'y avait vraiment de poissons et d'oiseaux qu'à proximité de la terre. J'aurais volontiers partagé ses convictions si nous n'avions eu, ce jour-même, la visite de deux ou trois magnifiques oiseaux blancs auxquels de curieux empennages, prolongés par de très longs et fins rubans de plumes, donnaient des allures de cerfs-volants. Ils tournoyèrent deux ou trois fois au-dessus de nos têtes avant de se diluer dans le ciel bleu en poussant des cris aigus.

L'effet de surprise passé, un matelot décocha dans ma direction :

« Les voilà les oiseaux "Béligou" ! Les oiseaux de la Mer des Sargasses ! Ceux qui pondent leurs œufs sur des nids flottants, à la surface des eaux calmes !... Regarde-les bien nono, ils ont un œil unique au milieu du front !... »

La légende de l'oiseau « Béligou » était peut-être née comme cela, de la première rencontre des anciens navigateurs avec les sargasses et avec ces étranges oiseaux qui leur sont souvent associés et que nous appelons aujourd'hui « pailles en queue » ou encore « oiseaux des tropiques ». Bien sûr, je n'aurai de cesse par la suite d'essayer de me documenter sur les migrations océaniques de ces superbes voiliers ; mais leur véritable nom, « phaéton éthéré », étant déjà à lui tout seul porteur d'une mirifique légende, chaque nouvelle apparition ne pourra que me remettre en mémoire cet instant fabuleux où, en plein océan, je les ai vus naître de la lumière et de l'espace et s'y perdre à nouveau tout aussi mystérieusement.

Quelques jours après cette énigmatique rencontre, nous en fîmes une autre tout aussi remarquable.

« Baleines à bâbord ! », s'était écrié l'homme de bossoir, et quelques instants après, la mer entière sembla bouillir autour du *Robert Espagne*. L'équipage assista alors, penché aux bastingages, à un immense ballet nautique. Des centaines, un millier peut-être, de geysers fusaient de chaque vague que venaient écrêter les dos ronds et luisants des énormes cétacés. Il y en avait partout, en rangs serrés et à perte de vue. Cette incommensurable armada écumait les flots à grands coups de nageoires en se dirigeant avec obstination vers un point précis de l'horizon, une sorte de rendez-vous d'escadre. Parfois, lorsque nous leur coupions la route, quelques éléments d'une flottille séparée pouvaient nous escorter un moment, avant de se rendre compte que le *Robert Espagne* n'était pas un des leurs. Une fois l'erreur reconnue, ils se dépêchaient de rejoindre le gros de la troupe. Ce spectacle dura une bonne partie de l'après-midi.

« Le Bout d'Bois doit regretter d'avoir enlevé ses lignes trop tôt !, ironisa le matelot léger.

— Wouaf !, répondit Fifi qui allongeait, à ce moment-là, sa truffe par un chaumard ; elle venait d'apercevoir un des monstres.

— Tiens, même la chienne ça la fait saliver !, reprit Arthur, tu parles d'un os à moelle qui lui passe sous le blaze !

— Wouaf ! et re-wouaf ! » Cela en valait sans doute la peine, car Fifi n'est pas d'ordinaire si bavarde.

Les longs jours de mer avaient aiguisé mes sens. Je veillais chaque matin le fait nouveau qui m'annoncerait l'approche du continent. J'imaginais les hommes de la *Santa Maria* découvrant avec moi ces noddis ou ces sternes aux cris grinçants, picorant la surface de l'eau parmi quelques rameaux dérivants ou se lançant dans de vertigineux loopings et autres numéros de voltige au-dessus de petits calmars qui fuyaient par ricochets un danger montant des profondeurs. J'imaginais les doutes, les angoisses, les attentes, et « ... chaque soir... », j'espérais, tout comme ces hardis routiers, « ... des lendemains épiques..., au bord mystérieux de ce monde occidental... » que je rêvais à mon tour de conquérir.

Un jour enfin, nous abordâmes un banc de brume compacte, dressé comme une falaise au teint crayeux, maladif, et il y eut tout aussitôt une chute brutale de la température.

« Le Gulf Stream nous a lâchés !, constata le bosco.

— Nous avons fini de le traverser !, corrigea le bidel. »

Le lendemain, la brume était encore là avec ses fines gouttelettes froides, insidieuses, avec sa crinière de buée semblable à cette vapeur glacée qui nous accueille et nous pénètre lorsque nous ouvrons les portes des frigos. Elle montait en fumerolles de la surface de la mer, courait le long de la lisse et, telle une écharpe de mousseline, s'accrochait, en mouvement enveloppant, aux ridoirs des haubans, aux poulies des palans de garde, aux ombres des hommes qui se déplaçaient. Elle écartelait et isolait chaque bruit, chaque voix, comme des îlots perdus dans un océan de silence. Nos battements de cœur écoutaient, anxieux, la respiration de la machine se faire plus haletante après chaque mugissement de la corne de brume.

Le *Robert Espagne* n'avait pas de radar. La veille fut doublée : un homme au bossoir d'ancre, un autre au cagnard ; le nez et les oreilles à filtrer l'air humide.

Pourtant ce brouillard n'était qu'un rideau de théâtre, un voile sur un monument. Il ne pouvait masquer indéfiniment ce qu'il y avait au-delà. Il se déchira brusquement, au premier souffle de vent. Il était un peu plus de midi, et nous découvrîmes... l'Amérique !

En réalité, nous ne distinguâmes tout d'abord que quelques grands immeubles posés sur l'eau, et puis, de tous côtés, une multitude de bateaux ; des traversiers surtout, des voiliers, des bateaux de pêche, des cargos, de tous gabarits, de tous tonnages. Ils longeaient le banc de brume sans y pénétrer, comme s'ils s'étaient trouvés sur un large fleuve dont la rive opposée était formée par ce littoral encore incertain vers lequel nous nous dirigions.

* *
*

L'estuaire de la Chesapeake était comme l'entrée d'une ruche. Les navires accouraient de partout, se pressaient sous l'immense pont, puis se dispersaient vers les nombreuses alvéoles, les criques et leurs indentations, les ports et leurs bassins. C'était un paysage à l'encre de Chine, hérissé de cheminées d'usines, écrasé sous les volutes lourdes des fumées qui rampaient sur les toits des docks et des fabriques. Le soir brossait déjà de suie quelques paquets de nuages qui n'en finissaient pas de se tordre et de s'égoutter comme des wassingues au-dessus d'un camaïeu d'ombres en lavis.

Bruit de chadburn, pilote à bord, « chacun son poste ! ». Deux remorqueurs trapus vinrent, tels des pachydermes, appuyer leurs fronts puissants contre les flancs du *Robert Espagne* puis, après l'avoir fait éviter, ils le plaquèrent avec énergie le long d'un quai. Le port s'appelait Norfolk. De mon poste, au treuil de manœuvre arrière, je pouvais observer à la dérobée ces cornacs qui, du haut de leurs passerelles, dirigeaient adroitement leurs remorqueurs par signaux sonores. L'accostage et l'amarrage ne durèrent qu'une vingtaine de minutes. Départ du pilote, arrivées du courtier, des fonctionnaires pour les contrôles de santé, d'immigration, de douane ; ce soir-là, nous n'eûmes pas l'autorisation de descendre à terre et, horreur, la coupée fut même relevée. Je l'avais imaginé autrement ce premier contact. Moi qui brûlais d'impatience de fouler le sol du Nouveau Monde, je me retrouvais là, prisonnier des rambardes d'un liberty-ship. Pitoyable bayeur aux chimères, j'ai dû rester des heures durant à soupirer en humant et scrutant les reflets nocturnes du bassin.

Le lendemain matin, le service de l'immigration nous passa au crible : études, religion, opinions, lectures… Nous allions d'un inspecteur à l'autre : « Êtes-vous communiste, syndicaliste ? Avez-vous des parents, des amis communistes ? Avez-vous été dans un pays de l'Est ? » Photos et mensurations anthropométriques, empreintes de tous les doigts, fouille systématique, jusqu'à la signification du moindre tatouage. Haro sur ce matelot et cet officier mécanicien qui avaient négligemment laissé traîner dans leurs affaires, le premier, un numéro de *L'Humanité-Dimanche*, et l'autre un lexique franco-russe. Ils furent contraints de rester à bord durant tout notre séjour aux États-Unis. Seule Fifi ne passa pas à la toise ; comme elle n'en était pas à son premier voyage, je pense qu'elle devait déjà être fichée par les services. Elle dut quand même montrer patte blanche et carnet de vaccinations. Tout ceci l'énervait d'ailleurs passablement et elle aurait, bien volontiers, laissé ses empreintes profondes dans un de ces endroits non prévus par le règlement, si nous n'avions réussi à la raisonner.

Les douaniers fouillèrent, eux aussi, le bateau de fond en comble. Équipés comme des spéléologues, ils visitèrent nos cabines, les cales, les manches à air, les embarcations, les frigos, les magasins, les puits aux chaînes, la machine, le tunnel. Ils sondèrent les cloisons, les soutes, la réserve de charbon sur la dunette, la cuisinière… « Stop !… » Ouf, il était temps !… Nous avions craint le pire. Le douanier, qui s'était avisé de mettre la main sur la gamelle et la litière de Fifi, a bien failli voir ses doigts se transformer en hot dogs.

« A-t-on idée aussi !…

— Qu'est-ce qu'ils cherchent comme cela ?

— Je ne sais pas encore, mais je sais ce qu'ils vont finir par trouver…

— ???…

— S'ils continuent à secouer ainsi les matelas des Kroumen !

— Ah ! quoi donc ?…

— Des morbaques !!! »

Les dockers mulâtres, aux allures de bibendums, étaient tous vêtus de la même façon, comme dans une station-service : salopettes beiges, baskets et casquettes de golf. Tous arrogants et infatués de leur présence indispensable en ces lieux, ils enlevaient les billes de bois avec plus de précautions que s'il s'était agi d'une ultime partie de jonchets ou de mikado. Ils ne procédaient à chaque nouvel élingage qu'après avoir mûrement réfléchi et échangé leur point de vue sur la question. À cette allure, il fallut une journée entière pour nous débarrasser de notre maigre pontée.

Le soir venu, munis de cartes de séjour en bonne et due forme, nous avons pu nous évader de l'enceinte portuaire. Mais il n'y avait rien à voir dans ce monde artificiel. Nous avons longé d'interminables murs de brique et traversé quelques faisceaux ou lacis de rails pour découvrir l'enseigne lumineuse d'un snack-bar au fond d'une impasse, « comme une étoile au fond d'un trou ». L'accueil n'y était pas très chaleureux ; cela ressemblait à un mauvais dessin animé où tous les personnages avaient la voix de Donald Duck et l'allure de Popeye. Des odeurs de cuisine, de fritures et de buées de lavasses nous agressèrent dès le seuil. Le barman essuyait les verres et le comptoir avec le même torchon sale sur lequel le ketchup et la moutarde pavoisaient outrageusement. Il marmonna quelque chose que personne ne comprit et s'arrêta de frotter pour nous regarder fixement.

« Pas l'air commode l'Amerloque ! Je crois qu'on a intérêt à commander quelque chose avant qu'il ne se fâche ! », suggéra l'un d'entre nous.

La bière et le Coca-Cola devaient avoir à peu près le même goût. Servis tièdes avec de la cassonade ou autre sucrerie, ils ne purent offenser nos gosiers au-delà de la première gorgée. Mieux valait battre en retraite.

« Arthur, ramène-toi, on s'barre ! »

Mais Arthur ne l'entendait pas de cette oreille. Il s'acharnait dans un coin de la salle sur un distributeur automatique de timbres-poste.

« Mais elle me vole mon fric cette machine ! Quand je mets vingt cents, elle me donne un timbre à dix-huit cents ! Je voudrais qu'on m'explique !

— Il n'y a rien à comprendre mon vieux, c'est ça l'Amérique ! Maintenant, si tu continues à donner des coups de tatane dans cet appareil, nous aurons bientôt droit au panier à salade ! »

Il était temps, je crois, de déguerpir, car le tenancier mettait déjà la main sur son téléphone.

« I'll come back !, lança alors prophétiquement Arthur avant de claquer la porte.

— C'est ça ! Comme ton big brother Mac !

— Qui ça ?

— Mac Arthur voyons ! »

Les eaux irisées de la Delaware fertilisaient des villes aux buildings serrés comme des asperges, elles irriguaient aussi d'importantes plantations de raffineries dont les tiges et les fruits brillaient sous un ciel gonflé de mercure. La circulation sur le fleuve était intense ; des trains de péniches, des ferry-boats, des bacs allaient et venaient, bondés de charbon, de véhicules, de passagers. Le *Robert Espagne* pataugeait là-dedans, heureux tel un canard parmi ses congénères. Un paquebot blanc passa, majestueux comme un cygne, il trompeta pour obliger les vilains petits barboteurs à lui céder le milieu du chenal. Un dernier virage, un dernier pont tournant et Philadelphie nous apparut, immense géode hérissée de cristaux de quartz où le soleil allumait des milliers de fenêtres.

Cette escale dura trois ou quatre jours. Le manque de motivation des dockers nous permit de profiter d'un véritable week-end. Le temps d'apprécier ou de ne pas apprécier les randonnées interminables le long des rues sombres, rectilignes, monotones, les quartiers monumentaux, les drugstores, les « parks » avec leurs marchands de glaces et de « delikatessen ». Pour éviter de respirer un oxygène pollué par les hydrocarbures, nous étions contraints de nous réfugier dans des snacks où nous goûtions, pour passer le temps, des fast-foods insipides ou tartinés au sirop d'érable. Était-ce cela l'Eldorado, ce bonheur aseptisé, dans une boîte de conserve ? Comment les Américains pouvaient-ils concilier un mode de vie aussi médiocre avec ce sentiment de supériorité que leur confère l'« american way of life » ?... Philadelphie ! La voilà donc cette terre promise, ce « rêve américain » !? Je ne me souviens aujourd'hui que d'une ville austère et froide où se côtoyaient, entre « Elfreth's Alley » et « Fairmount Park », un chapeau à plumes et sa voilette, un blue-jean et sa guitare et, sur le couvercle de la poubelle de ce melting pot, un clochard noir et ses haillons de misère.

Les palanquées montaient des cales en grappes lourdes et les élingues de chanvre faisaient parfois éclater comme des fruits trop mûrs quelques sacs de café et de cacao dont les graines se dispersaient alors, en crépitant, sur le pont et sur le quai. Cette manne faisait roucouler d'aise l'innombrable tribu de pigeons qui squattait les cornières métalliques des grues et des hangars. La bonne aubaine que ces pigeons dodus ; tard dans la nuit, quelques casse-cou partaient en commando avec des lampes de poche, escaladaient les poutrelles et étouffaient sur leur nid les pigeonneaux éblouis par les faisceaux de lumière. La chasse finie, le matelot de veille à la coupée était chargé de plumer discrètement les volatiles dans un sac. Il n'aurait sans doute pas été très prudent de laisser s'envoler et se répandre quelque trace, aussi minime fût-elle, de ce forfait. Fifi montait la garde et aboyait au moindre bruit de pas ou crissement de pneus, elle se chargeait également de faire disparaître à sa manière les viscères et les pattes des victimes.

Oui mais voilà ! Trop c'est trop !... Un soir, un bruit étrange fit sortir Vent Léger de sa cabine, c'était Fifi qui, gavée, essayait d'enterrer une patte de pigeon dans son paillasson. En entendant la porte s'ouvrir, la chienne reprit son bien et n'aboya pas. On ne lui avait pas dit qu'il fallait qu'elle se méfie aussi des gens du bord, et puis aboyer la gueule pleine ça ne se fait pas. C'est comme cela que Vent Léger finit par surprendre le matelot de veille, la main dans le sac.

« Que faites-vous ?

— Je plume un pigeon !

— Dites ! Ce n'est pas un peu dangereux ? Vous risquez de vous faire pincer à tout moment !

— Pensez-vous, l'oiseau est déjà mort !

— Je veux dire, les rondes des douaniers, des flics.

— Ah ?

— C'est peut-être une espèce protégée, ici, en Amérique ! Et puis, à manger toutes sortes de déchets, qui vous dit que ces bestioles ne sont pas malades ? »

Ces arguments devaient finalement peser bien moins lourd qu'une bouchée de petits pois. Le lieutenant arrêta de se poser des questions : « pigeon vole ? matelot vole ? » et préféra se laisser tenter par un pilon, une cuisse, puis deux, pourquoi pas un pigeon entier, qui plus est, en chemise et avec de bons lardons mijotant au fond d'une cocotte. Hmm ! La saveur de la faute pour prix du silence ? « Point de pigeon sans une obole ! »

Il faisait froid. Le *Robert Espagne* traînait, sans bruit, sa carène pataude dans une moquette de vapeur laineuse qui s'effilochait à la surface de la « Upper Bay ». New York enfin ! New York était là-bas, droit devant nous et nous attendait. Immense « Chaussée des Géants », les gratte-ciel semblaient monter de la mer comme de gigantesques colonnes et orgues de basalte. Sur bâbord, cette déesse antique, anadyomène, qui d'entre nous ne l'aurait pas reconnue ? La statue de la Liberté semblait venir à notre rencontre en marchant sur les eaux.

Avais-je la tête à la manœuvre ? New York ! New York ! La plus grande ville du monde allait défiler sous mes yeux ; les mains soudées aux batayoles, j'enveloppais déjà du regard ces audacieuses tours de Babel de mes rêves les plus fous. Nous remontâmes le cours de l'Hudson sous l'ombre des buildings, pour venir nous ranger le long d'un « pier », sorte de petit môle perpendiculaire au rivage. Notre poste à quai se trouvait à Hoboken, un des faubourgs maritimes de Jersey City. Sur la rive opposée se dressait Manhattan, forêt pétrifiée et fascinante d'où s'élevaient l'immense rumeur, les pulsations et la légende de tout un continent.

Huit soirs durant, j'ai rêvé à la poupe ; admirant les reflets de topaze et d'aigue-marine que les rayons du soleil couchant accrochaient à l'aiguille en stalagmite de l'Empire State Building. Huit soirs durant, j'ai assisté à l'embrasement des édifices aux mille fenêtres étincelantes qui s'en allaient roussir ou dorer la base des nuages.

Les produits africains débarqués, nous avons commencé à charger du matériel agricole et autres produits manufacturés à destination de l'Afrique Occidentale. Des objets parfois inutiles comme des radiateurs et des moufles molletonnées, dons d'une association caritative du Connecticut à une mission évangélique du Congo belge. Il y avait surtout beaucoup de matériel semblant provenir des stocks des surplus de guerre : tenues de rangers, jerricanes vides, camions équipés de chenilles, véhicules amphibies…

À deux pas de notre bassin, une gargote pour dockers suspendait son enseigne : *The Flying Fish*. La journée terminée, nous aimions nous y retrouver pour une partie de billard ou de fléchettes. On y parlait autant l'italien que l'anglais, on y goûtait aussi un curieux mélange de miel et d'épices, comme ces pizzas au beurre d'anchois que l'on trempait dans de la crème épaisse ou de la marmelade. Johnny, le barman, qui avait visité la France en 1944, au volant d'une Jeep, conservait sous son calot quelques bons souvenirs de guerre qui le rendaient mélancolique et généreux :

« Ah, la France ! Le Libération ! Saint-Germain ! Folies-Bergères ! Le good champaigne et le jolie mamoiselle ! »

Il nous sortait de vieilles photos écornées qui gonflaient son portefeuille. Son cœur balançait encore entre la brune Mimi de Nogent-le-Rotrou et la blonde Paulette de Nogent-le-Roi, rencontrées au hasard de ces places de village, pavoisées et accueillantes. Quelques matelots, pour se faire payer à boire, s'inventaient alors des souvenirs de résistants :

« Mimi, je la connais cette frangine !

— No, pas frangine !

— T'énerve pas Johnny, je voulais dire copine. Tu comprends, moi je suis de là-bas. Bouzonville-lès-Bazoches, tu connais ?

— O yes, le Bazoche !... »

Il n'en fallait pas plus pour que la figure de l'ancien G.I. s'illumine en imaginant, une larme au coin de l'œil, le café-tabac du père Jules... Et, c'était la tournée générale.

« Merde, il existe vraiment ce patelin ?...

— En puzzle,... dans sa tête. »

Moi, dans mon coin, je laissais dire les artistes en faisant semblant de me passionner pour une publicité aux couleurs délavées qui passait sur le petit écran perché au-dessus du bar.

« No télévision in France ?, me demanda avec ironie un consommateur.

— Si, mais pas en couleur !

— Beaucoup channels ?

— Autant que de bonnes émissions aux États-Unis ! »

L'Américain réfléchit alors longtemps en mastiquant son chewing-gum, puis refusa la comparaison.

« I don't understand !

— Of course ! »

Je n'étais tout de même pas venu à New-York pour ne voir que l'envers du décor. Rusant avec le bosco qui n'en finissait pas de me trouver du travail : « Tu sortiras quand tu auras fini les cuivres et les vitres de la passerelle ! », je m'arrangeais avec le Grand Dédé, un matelot qui ne trouvait personne pour sortir avec lui. C'était son jour de repos ; à nous deux, nous avons fini en une matinée un boulot qui aurait dû me prendre la journée entière.

Dédé parlait un anglais gratiné, savoureux, à la pulpe d'oignon, comme celui des marchands colporteurs de Roscoff. Il n'avait qu'un seul but : acheter de la lingerie fine pour sa femme. De boutique en boutique, de carrefour en carrefour nous avons dû lutter contre le courant de cette foule intarissable que vomissaient, dans l'ombre et le néon, les canyons des grandes avenues. Des noms aussi prestigieux que « Broadway », « Wall Street », « Times Square » disparaissaient dans le tourbillon des enseignes lumineuses. Le Grand Dédé m'entraînait dans son sillage, pourfendant les obstacles de la voix et du geste. Devant les vendeuses rougissantes, il réclamait des « brassières » et des « knickers » dont il indiquait la taille et les formes monstrueuses en moulant l'espace de ses larges doigts écartés. « My God ! », soupira enfin une mammy noire et plantureuse, dans la énième boutique visitée... Elle avait le modèle. Fou de joie, Dédé l'aurait pour un peu embrassée. Il riait comme un gosse en vérifiant la marchandise qu'on lui présentait.

« Que dis-tu de ça nono ?

— Hum, ce n'est pas un peu grand ?

— Va chercher ça en France !... »

Il déballait sous mes yeux étonnés des dessous féminins aussi larges que des parachutes.

« Ces Américains sont vraiment fortiches ! Y a pas à dire, ce sont eux les meilleurs !

— Ça m'a l'air d'être du costaud, en effet !

— Tiens pour ta peine je te paye une balade en taxi ! »

Ce fut le retour triomphal le long de la 5e Avenue, il n'y manquait que l'envol des petits papiers. Il y manquait aussi un peu d'enthousiasme de ma part. Vue de près, la ville-phare du monde, la vitrine de l'Amérique, m'apparaissait laide et froide, avec ses rues encaissées, taillées dans une masse de béton, avec sa prolifération et son méli-mélo de panneaux publicitaires inesthétiques, avec ses escaliers extérieurs et métalliques, dégoulinants de saleté et de rouille. Pourtant, il me suffisait de prononcer « New York » pour que la fascination du mot magique effaçât la laideur et fît de nouveau battre mon cœur avec quelque intérêt.

Durant ces huit jours d'escale, il n'y eut probablement que le père Moullec pour ne pas se sentir attiré, gagné par la fièvre de la balade et du shopping. Il s'inventait bien sûr toujours les mêmes excuses.

« Les Américains... après ce qu'ils m'ont fait en 1944 !

— Quoi ? eux aussi ?... »

Nous avons appareillé un soir et les « boroughs » gris et moroses nous sont de nouveau apparus, épanouis comme des bouquets de coraux phosphorescents. Longtemps après notre départ, le fleuve de lumière de Manhattan se refléta encore dans le ciel en se mêlant à la voie lactée, puis le mirage fut absorbé par des nuages noirs et goitreux, échappés de l'océan tumultueux.

La tempête nous attendait, embusquée comme un serpent de mer, entre Nantucket et le cap Cod. Le *Robert Espagne* dut tirer quelques bordées vers le large avant de pouvoir revenir vers la baie du Massachusetts. Des vagues taillées dans la masse à coups de hache et se cabrant sous la bourrasque à coups de fouet, des gifles glacées à vous désarticuler les pataras et les bossoirs, et notre vieux liberty qui avançait là-dedans, tout de guingois, comme un ivrogne donnant de l'épaule à chaque mur.

Boston, en 1954, avait encore le charme gourmé et désuet d'une vieille anglaise, des squares et des parcs très british, des quartiers pittoresques aux toits de tuiles brunes, de nombreux clochers, de vieux bassins aux quais bordés de défenses en madriers, un port de pêche et son odeur de poisson fumé. Il avait dû neiger la veille de notre arrivée, la ville entière s'était maquillée de poudre de riz et de frimas pour nous accueillir. Devant l'entrée du port, au milieu de la baie, un archipel d'îlots blancs et bas ressemblait à ces petits tas de neige que l'on pousse sur le trottoir pour libérer le pas de sa porte. Sous un ciel gris comme de l'étain, quelques cheminées libéraient leur fumée de nacre.

L'escale ne dura que deux jours, un record depuis longtemps. Les palanquées de caisses, de cartons et de pacotilles diverses nous attendaient sous leur duvet de neige. Le saisissage et l'accorage, dans les entreponts, de cette marchandise disparate, exigèrent tout de même, à eux seuls, une matinée entière. Les cales étaient loin d'être pleines, de grands espaces demeuraient vacants à l'aplomb des hiloires. Aurais-je dû m'en étonner ? Ce n'était assurément pas le rôle du novice. Je me rendais pourtant compte que l'aspect général de cet arrimage ne plaisait pas beaucoup au bosco qui n'arrêtait pas de ronchonner. Il nous fallut passer derrière les équipes d'accoreurs pour étayer les murs de caisses avec des filets de chargement et du bois de fardage.

« Let's go ! »… Nous venions à peine de larguer les remorqueurs que le ciel entier se libéra soudain comme un édredon que l'on crève et nous avons alors accompli les derniers gestes de la manœuvre en cherchant notre respiration dans des tourbillons de flocons épais comme de la plume. Là-bas, dans le sillage, Boston, ses toits, ses clochers, qui avaient déjà pris l'aspect figé et indifférent des cartes de Noël, ne tarderaient pas à disparaître. Bye-bye l'Amérique ! Ton rivage s'estompait, et je t'ai un jour tourné le dos, à pas feutrés, de la poudre plein les yeux.

CHAPITRE VI

De l'île Do Sal aux îles de Los

Les rafales de neige nous avaient poussés jusqu'au cœur de la nuit sur une mer de vaguelettes et d'écume « choulées ». Au petit matin la boucaille postillonnait encore un restant de bouillie grumeleuse et glacée, mais c'était de dépit. Le *Robert Espagne*, cap au suet, s'ébrouait déjà comme un animal qui se libère des breuils et des taillis inextricables, et retrouve l'attrait des grands espaces.

L'océan, sa plaine mouvante, son alchimie, l'ivresse du grand large, la musique du vent bourdonnant aux oreilles et cette odeur vivante de mer ouverte par l'étrave.

Il fallut de nouveau rincer la grisaille du sel et potasser les larmes de rouille, piquer les heures, remonter le temps et les méridiens comme si la voûte céleste avait été une énorme cage d'écureuil. Les vagues avaient patiemment rogné leurs crêtes pour ne plus s'étirer qu'en de larges plis onduleux au mitan desquels notre cargo se déhanchait mollement, mollement, mollement… Il se traînait bientôt si paresseusement sur son coin d'immensité, que le ruban nacré du sillage me donnait l'impression d'une véritable trace de limace.

Cette nonchalance nous gagna, le rythme lent du roulis nous conditionnait. Le pont avant n'étant pas encombré de marchandises, Bonjour décida de nous réveiller en nous faisant piquer la rouille avec des masses et des marteaux. La masse, c'était pour les costauds. Les tôles du pont vibraient sous d'impitoyables coups de gong et de grands placards de rouille volaient en éclats. Moi, je suivais de loin avec mon marteau à deux pannes. Assis sur un ballon de défense, je cherchais, au-delà de la crasse de mes lunettes à piquer, ce qu'il pouvait rester de petites croûtes, de petits chancres sur cette surface criblée en pain d'épice. Après un dernier coup de brosse métallique et des écrasis de minium, nous allongions au guipon une peinture épaisse et brillante que nous appelions « rouge-pont ». Cette peinture avait une odeur forte. Corrosive, elle irritait la peau et il nous fallait frotter très fort, avec des bouchons d'étoupe imbibés de gas-oil, pour se débarrasser des taches de rousseur dont elle nous gratifiait.

Brassé par les pankas des alizés, l'air chaud revenait à pas comptés, par bouffées. Déjà, autour du panneau de la cale quatre, les conteurs et les chanteurs affûtaient leurs hameçons pour en faire jaillir quelques étoiles filantes.

« Cric ?

— Crac !...

— Alors cambusier ! Ce "mucilage", c'est pour demain ?... »

Nous appelions « mucilage » les excipients toniques à base de quinquina, que l'intendant se devait d'ajouter à nos rations à partir de la ligne des tropiques. Mélangé au vin, ce quinquina était, pour l'équipage, davantage un apéritif qu'un médicament.

« Il faut bien un peu de ça pour digérer leur sacrée boustifaille !

— Et leur pain ?...

— On ose appeler cela du pain !

— ... Dis donc, la boulange ! Ta farine ça ne serait pas plutôt du ciment à prise rapide ?

— Monsieur veut des croissants ?...

— Te le faire bouffer moi, ton pain en plomb de sonde ! »

C'est vrai qu'ils étaient durs et lourds ces petits pains en forme de courgette que nous préparait le boulanger. Un jour, mais c'était pour blaguer, le charpentier s'en était servi comme coins de panneau ; une démonstration devant la moitié de l'équipage. Cela fit toute une histoire et provoqua même des empoignades que les officiers eurent bien du mal à tempérer. Le charpentier dut finalement faire des excuses publiques au boulanger qui en était arrivé à ne parler qu'aux cafards qui tombaient dans son pétrin. Quoi qu'en disent les mauvaises langues, les cafards ont toujours été les amis des boulangers. Ceux du *Robert Espagne*, en tout cas. L'antenne attentive et compatissante, ils semblaient se presser fort nombreux, la nuit, dans la cuisine, pour écouter et consoler par leur présence, notre Pierrot tabide et enfariné.

Les jours passèrent, la peinture « rouge-pont » sécha. Une, deux, deux couches et demie : il n'y avait plus assez de peinture pour finir la troisième couche. Le quinquina requinqua tout le monde et en premier lieu les chanteurs, le métronome du roulis battant la mesure.

Boulangère, faut pas s'en faire,
Les amours, ça va, ça vient, ...

On oublia un peu le temps, qui d'ailleurs, avec tous ces changements de fuseau, semblait nous échapper. On en oublia même la terre qui se mit à bourgeonner soudain un soir, sur la vieille ride de l'horizon, entre deux sourcils de nuages, comme un bouton sur la figure. « Merde ! C'est quoi ce point noir ? » Durant la nuit le furoncle se mit à grossir, grossir, et au petit matin il accoucha d'une montagne.

L'île Do Sal ! C'était l'île Do Sal ! Nous l'avions un peu dépassée en contournant son extrémité nord, et maintenant nous revenions vers l'une de ses rades, celle de Pedra Lume. Une approche un peu hésitante. L'endroit était presque désert, le ressac y faisait un roulement sourd de grosse caisse. Quelques masures apparaissaient enfin parmi les éboulis, écrasées par le soleil et la masse des roches calcinées. L'île Do Sal, et non pas d'eau sale ! C'était l'île du sel, une de l'archipel portugais du Cap-Vert. Ce nom justifiait notre escale, nous venions y faire un chargement de sel.

Il nous fallut attendre au mouillage que le pilote arrivât par avion d'une île voisine. Il n'y avait qu'un poste à quai à l'extrémité d'un wharf en béton dont les racines se perdaient dans les profondeurs d'une eau sombre, aux reflets d'obsidienne et d'ardoises sous la pluie. Paysage sauvage, aride, l'île avait des teintes de feu et de soufre, on aurait dit un gros tas de scories et de cendres rejetées par une forge monstrueuse. Les bennes chargées de sacs de sel descendaient de la montagne, à la queue leu leu, par téléphérage. Des dockers mulâtres, faméliques, habillés de loques et de sueur, travaillaient sous le regard amorphe d'un douanier dont l'uniforme flasque, d'un kaki douteux mais réglementaire, pendait, comme le reste, sur de larges godillots de clown lestés par de singuliers pieds nus qui se croisaient gauchement les bras dans des allures de palmipède. Infatigable ce douanier ! Dormait-il ? Mangeait-il ? Se lavait-il ?... Nous l'apercevions toujours solide au poste, adossé à sa guérite ou mesurant de long en large et de large en long les limites de son aire de surveillance. Le Bout de Bois, qui ne manquait décidément pas d'imagination, trouva un sobriquet qui lui allait comme un gant à ce brave douanier : « L'homme à la démarche qui louche ».

Avant de commencer le chargement il nous fallut remettre un peu d'ordre dans les entreponts, le roulis avait désarrimé quelques caisses que les filets de protection n'avaient pu retenir.

« Je m'y attendais !, ronchonna le bosco, c'est vraiment du travail à la mords-moi l'... ! »

Le village de Pedra Lume n'avait à vrai dire aucune consistance urbaine, il n'y avait là qu'une poignée de maisons basses, cubes blancs écrasés par la lumière crue, éparpillés çà et là le long de deux ou trois pistes poussiéreuses bordées de quelques enclos de pierres sèches. Il fallait attendre le soir pour voir la vie descendre des collines chauves et allonger ses ombres au bord des ravines. Le port était le point de convergence de nombreux chemins muletiers et le centre d'intérêt de la population des alentours. On venait là par curiosité et surtout pour essayer de grappiller quelques menus objets abandonnés par les cargos. Dans ce pays extrêmement pauvre, sans arbres, sans ruisseaux, sans végétation naturelle, tout débris de bois de fardage, tout récipient vide, tout lambeau de cordage devenait providentiel.

Il y eut quelques échanges, quelques marchandages : le père Moullec, toujours à l'affût d'une bonne affaire, troqua une dizaine de boîtes de lait concentré sucré, de sa ration, contre un poulet à demi déplumé, mais à l'œil vif.

« Je connais bien cette variété, elle est solide et mange de tout… Les plumes ?… Quoi les plumes ?… Il se les enlève lui-même le gaillard, pour avoir moins chaud !… Je vais le gaver avec du pain et du poisson… Dans une quinzaine vous m'en direz des nouvelles ! »

Le père Moullec fit des émules. Au bout du compte, il devint bientôt nécessaire de construire un poulailler sur la dunette, près du stock à charbon ; une retraite pour six anciens vétérans à la caroncule flétrie et à l'ergot émoussé, probablement des survivants d'anciens combats de coqs. Au grand désespoir des nouveaux propriétaires, ces volatiles n'arrêtaient pas de s'étriper. Ils s'acharnaient tout particulièrement sur le protégé du père Moullec qui ne provenait peut-être pas de la même basse-cour. Il fallut donc les séparer et les obliger à picorer autre chose que cette poussière de charbon qui tapissait leur nouvelle demeure. Aussi étrange que cela puisse paraître, ils refusaient le pain du bord.

Le chargement du sel prit environ une semaine, cela nous laissa le temps d'explorer ce site sauvage et chaotique.

Respectueux du repos dominical, les dockers avaient mis bas les élingues un samedi soir. Le lendemain matin nous ne fûmes donc pas étonnés de découvrir à notre réveil un wharf silencieux et, seul, imperturbable sous sa casquette, comme figé parmi les tas de sel, « l'homme à la démarche qui louche ».

En suivant le chapelet des bennes il nous fut aisé d'atteindre les crêtes dentelées qui dominaient le port. Ce fut un spectacle grandiose. Nous étions parvenus, à quatre ou cinq, sur le bord d'un cratère égueulé dont la vaste cuvette était tout entière occupée par des marais salants. Vent Léger expliquera plus tard, à ses hommes de quart, que l'eau de mer arrivait par des centaines de failles jusqu'au centre du cratère qui n'était, avant son exploitation, qu'un grand lac de saumure. Nous descendîmes jusqu'aux bassins rouillés et endormis, attirés par le miroitement de ces tas de sel que les paludiers appellent des camelles et dont la réverbération nous faisait cligner des yeux. Le sel était présent partout, il imprégnait le sol, il finit par nous irriter la peau des pieds que protégeaient mal nos espadrilles et nos samaras.

Lequel d'entre nous eut le premier l'idée de remonter la pente de la caldeira pour se talquer les orteils avec de la pouzzolane ? Nous enfoncions bientôt nos pas dans une poudre grise et légère comme de la farine de blé noir et, de colline de cendre en colline de cendre, nous arrivâmes de nouveau au bord de la mer. Là, nous nous précipitâmes avec délice et sans hésitation, certains tout nus, les autres en caleçon, vers l'eau pure d'une crique.

Quelqu'un plongea sans plus de précaution, refit surface et hurla aussitôt, ce devait être Arthur, le matelot léger :

« Bordel ! des “pines à la voile” !

— Des quoi ?...

— Aidez-moi à sortir de là !

— ???... »

Bon sang, de quoi avait-il peur ? À la surface de l'eau je n'apercevais que quelques trucs bizarres, comme des vessies transparentes et irisées que le moindre souffle de vent faisait pirouetter dans tous les sens. Dessous ces flotteurs, en y regardant de plus près, on distinguait de longs filaments bleu-vert, semblables à ceux des méduses.

« Viens de ce côté !, cria le magasinier, mais n'allonge pas les jambes, tu risquerais de les toucher ! »

Malgré les conseils et toute la prudence qu'il mit à s'éloigner du danger, notre plongeur sentit quelque chose lui brûler le mollet. Une fois hors de l'eau, il exhiba sous nos yeux « médusés » une balafre longue et fine, semblable à la couture d'un bas.

« Putain de saloperie !... »

Finie la trempette, chacun renfila son pantalon ; mais avant de s'éloigner le magasinier se saisit d'une énorme pierre, presque un rocher, et la lança de toutes ses forces en direction des vessies flottantes.

« Loupé !… Trop fort !… »

Incroyable la force soudaine du magasinier ! L'énorme pierre avait dépassé sa cible et, après un éclaboussement des plus logiques, elle…, elle…, flotta ?…

Moment de stupeur, une pierre qui refuse de couler ! Le soleil nous jouait-il un vilain tour ? Incrédule, je soulevai à mon tour un, puis deux gros cailloux… C'était de la pierre ponce ! Mes lancers furent plus heureux que celui du magasinier, car l'un des flotteurs fut, du premier coup, projeté sur un rocher ; le deuxième jet le fit éclater comme un ballon de foire.

De retour à bord, le blessé s'empressa de se faire soigner par Vent Léger.

« Qui est-ce qui vous a arrangé comme ça ?

— Une “pine à la voile” !

— Vous voulez dire une galère.

— Quelle galère ?

— C'est le nom véritable de votre bestiole. On dit aussi physalie.

— Ça me fait une belle jambe !

— Vous l'avez en tout cas échappé belle. Touché au visage vous auriez pu en claquer.

— C'est gai ! Excusez-moi de m'être loupé, ce sera pour une autre fois. En attendant, comme je ne suis pas pressé, j'aimerais quand même être soigné. »

Les sacs de sel montaient dans les entreponts, les coqs chantaient sur la dunette, le père Moullec pêchait pour eux des maquereaux « gros yeux » ou « espagnols », une espèce tropicale peu appréciée, même de Fifi qui préférait pour l'instant dévorer des yeux la poulaille qui engraissait. L'odeur et les plumes de ces animaux stupides lui rappelaient certains fruits défendus, de savoureuses et croquantes pattes de pigeon, servies sur paillasson.

Depuis le quai, le Grand Dédé enlevait de vieilles peaux de peinture sur la coque à l'aide d'une gratte emmanchée. « Monday, Tuesday, Wednesday » ; au fond de sa guérite, « l'homme à la démarche qui louche » ajoutait des croix au calendrier américain que lui avait offert l'intendant. Soudain, intrigué par le comportement bizarre du deuxième lieutenant, il se rapprocha du bateau aussi rapidement que lui permettait son incroyable allure de pélican. Mais que faisait donc Vent Léger avec sa paire de jumelles ? Que faisait-il à la poupe, plié en deux sur la rambarde ?

« Vous avez perdu quelque chose ?, demanda le commandant que ce manège avait également attiré sur les lieux.

— Euh, non, j'observais une physalie !

— Une ?... Ah oui, je vois !... Pouvez pas dire "pine à la voile" comme tout l'monde ?... Que cherchez-vous à savoir ?

— Comment c'est fait !

— Bof, bof ! Cette idée ! La voile au-dessus, la pine en dessous ! » Et Fouillensac tourna aussitôt les talons en haussant les épaules.

Le Grand Dédé, qui n'avait rien perdu de la conversation, voulut se rendre utile en ramenant d'un coup de gratte la chose gélatineuse sur le quai. Elle atterrit entre les pieds du douanier qui, surpris, n'eut pas le temps de s'écarter ; trois filaments visqueux rajoutèrent du galon au pantalon kaki.

« Mierda ! »

Le désagrément, la douleur peut-être, arrachèrent au « guarda fiscal » bien d'autres cris atroces, intraduisibles, entre le portugais et le créole local, et certainement fort éloignés des lamentations du fado classique.

Quel fâcheux accident ! Il fallut, après mille excuses, soigner le gabelou et lui laver son pantalon. En attendant que cela fût sec et repassé, Vent Léger alla jusqu'à prêter une de ses tenues d'officier. Que se passa-t-il ensuite ? Pourquoi le pantalon du préposé ne fut-il pas prêt à temps ? Aujourd'hui encore j'essaie d'imaginer la bonne réponse. La seule image, qui elle ne s'altère pas, c'est le souvenir d'un visage radieux ; celui de « l'homme à la démarche qui louche », tiré à quatre épingles et saluant notre départ, dans son nouvel uniforme tout neuf. Quant à Vent Léger, nul ne sut le sort qu'il réserva à ce kaki portugais un peu flasque et râpé, dont il hérita malgré lui, en échange.

* *
*

Dakar ! Pour la troisième fois, l'étape incontournable. La presqu'île du Cap-Vert, qui s'avance profondément dans la mer comme un crochet de gaffe, paraît happer avidement tous les bateaux qui passent à sa portée. Comment éviter cette escale, la station-service la mieux placée le long de cette voie maritime qui borde l'Afrique ?... Cette fois-ci encore, le *Robert Espagne* biberonna tout son soûl, avec des glouglous et des rots de satisfaction, le fuel nourrissant et tiède qu'on lui présentait. Animé de soubresauts, le lourd flexible de ravitaillement semblait déglutir l'épais liquide en de longs raclements de gorge. Les aides-pompistes promenaient de-ci, de-là, nonchalamment, sans état d'âme, comme écrasés par le soleil et le poids des habitudes, leurs encombrants cartons à prière et leurs récipients aux ablutions : généralement d'anciennes boîtes de conserve. Nous nous attendions à quitter Dakar sitôt fini le soutage, quand :

« Tiens de l'imprévu !...

— Un déhalage !

— Où allons-nous ?

— Au quai des arachides !

— Pour quelle raison ?

— Un fret urgent, de dernière minute !

— Ah !...

— Des passagers, de nombreux passagers !

— ??????... »

Quai des arachides, au fond du port, ils étaient là en effet qui nous attendaient, hébétés, serrés l'un contre l'autre, en foule compacte.

De leurs grands yeux étonnés, ils regardaient le *Robert Espagne* s'approcher, s'accoster, raidir ses amarres. Dociles, disciplinés comme des fantassins de la coloniale, ils attendaient, dans le plus grand calme.

Les formalités traînèrent encore quelque temps avant que n'arrivât l'ordre d'embarquement.

Alors, seulement alors, un frémissement à peine perceptible gagna de proche en proche et, ceux qui avaient jusque-là fait preuve de tant d'endurance, de tant d'abnégation et de sacrifice, laissèrent un léger vent de panique, une inquiétude collective se propager de leur premier à leur dernier rang. Un murmure alla s'amplifiant. Ce ne fut bientôt qu'un formidable concert. Le temps a passé, mais je les entends encore ces terribles cris d'angoisse qui me vrillaient le cœur :

« Meuh ! Meuh ! Meuheuheuh !... »

Ils furent ainsi trente ou quarante zébus à embarquer sur le pont du *Robert Espagne*, sanglés l'un après l'autre par de larges brassières de toile et soulevés sans douceur par les treuils à vapeur. Parfois les émerillons et les trèfles de chargement vibraient et cliquetaient au-dessus de leurs cornes, les obligeant à pivoter, trois petits tours dans les airs, les pattes suspendues, comme de grosses araignées au bout d'un fil. Le maître vacher qui les accompagnait, courait d'un panneau à l'autre pour veiller à leur bon appontage, criant, gesticulant, orientant les animaux en se servant de leur queue comme d'un garant.

Le troupeau beuglant finit par trouver place sur le pont, entre les hiloires et les pavois que le charpentier avait à l'occasion rehaussés de fardage et de palmes, ceci afin que les bovidés ne soient pas effrayés par le vide et les mouvements de la mer. Les trépidations, les bruits mécaniques et le roulis suffisaient à entretenir les lamentations. Les bêtes étaient parquées tête-bêche, serrées l'une contre l'autre, certaines étaient même entravées ; un peu de paille entre les sabots était leur seul confort et réconfort. Deux vachers africains étaient chargés de les surveiller, de les nourrir et de nettoyer le pont.

Un passage fut aménagé pour nous permettre d'aller de l'avant à l'arrière en évitant les cornes et les queues. Après les émotions de l'embarquement et du départ, le calme revint progressivement à bord, la douceur du soir et de l'air marin aidant, chacun se mit à rêver et à ruminer en silence ; les zébus bien sûr, mais aussi l'équipage, qui se trouva, par le fait même, momentanément privé de son lieu habituel de détente, le panneau de la cale quatre. Cet espace était maintenant réservé au fourrage, provision de bouche pour le bétail mais également litière pour les bouviers.

Durant cette nouvelle traversée, la roulante se leva aux aurores pour profiter au maximum de l'impression de réveil à la ferme.

« Meuh ! Meuheuheuh !... Cocoricooo !... Wouah ! wouah !... » Ou plutôt : « Wouah ? wouah ?... »

Car Fifi se posait encore quelques questions sur l'attitude qu'elle devait adopter face à la transformation du *Robert Espagne* en arche de Noé. Elle prenait certainement la chose très au sérieux, car elle aboyait énergiquement sa réprobation lorsqu'un matelot goguenard trouvait amusant d'arroser, au jet plein de la lance d'incendie, les écussons de bouse aux culs des vaches. Elle aboya de plus belle lorsque ce farceur d'Arthur, aidé du pilotin, obligea une brave génisse à franchir le surbau de la coursive tribord du château. L'animal aux longues cornes aurait probablement put tourner autour de l'îlot de la cuisine par la coursive transversale et ressortir, sans trop de mal, par la coursive bâbord, mais le matelot léger n'imagina pas un seul instant que les difficultés deviendraient tout autres à partir du moment où il obligeait le zébu à s'enfoncer dans le cul-de-sac qui aboutissait devant la cabine du personnel restaurant.

Il était environ quinze heures, les ronflements d'un ventilo couvraient avec peine ceux des loufiats vautrés dans leur sieste. Par la porte entrebâillée, tenue au crochet, on devinait les formes allongées de ces caïmans qui transpiraient en dormant, la gueule ouverte. Un beuglement cauchemardesque les fit dégringoler pêle-mêle de leurs couchettes superposées.

« C'était quoi ce bruit ?... Sirène ? Signal d'abandon ?... »

En ouvrant toutes grandes les portes de son demi-sommeil et de la cabine, le garçon de carré crut ouvrir celles de l'enfer ; le diable en personne était là, devant lui, avec ses yeux profonds et noirs, son haleine chaude, ses cornes démesurées et menaçantes, sa voix... « Meuheuheuh !... » caverneuse. L'épouvante projeta le serveur en liquette blanche dans les bras de son collègue, Ping-Pong, le maître d'hôtel laotien, qui se mit à son tour à pâlir des oreilles comme une endive. Quant au garçon de cuisine, bien qu'il prétendît par la suite que ces beuglements familiers ne firent qu'évoquer chez lui l'heureux temps où il était valet de ferme, ou de « trèfle », il ne sut jamais expliquer pourquoi il avait bizarrement enfilé son pantalon à l'envers.

« Meuheuhmeuh !...

— Wouah ! Wouah !...

— C'est quoi ce cirque ?... », demanda le commandant.

Les curieux arrivaient de partout, rigolaient pour la plupart, tempêtaient pour quelques-uns !

« Eh, les cow-boys ! Vous m'enlevez cette vache de la coursive avant qu'elle ne chie partout !... »

Le zébu, jusque-là placide, commençait à s'énerver. Il devait libérer le passage, c'est un fait, mais comment ? Il semblait incapable de faire marche arrière, ou refusait d'obtempérer. Lorsque nous essayions de le pousser par les cornes où de le tirer par la queue, il avait une fâcheuse tendance à s'accroupir. Les vachers, alertés, confirmèrent avec l'aide de Mamadou :

« Vache comme ça, lui pas savoir reculer ! »

Que faire ?

« Va falloir la débiter sur place !, lança le cuisinier.

— Ça va pas la tête ?

— Et si l'on essayait de faire "carayou" avec une poulie de retour ?... »

Des idées, tout aussi saugrenues les unes que les autres, fleurissaient et se fanaient aussitôt. C'est finalement Mamadou qui trouva, je crois, la solution. La cabine des loufiats était grande, en démontant les couchettes on devait pouvoir y faire tourner l'animal afin qu'il puisse repartir dans l'autre sens. Ainsi fut fait.

L'opération dura quelques heures, les couchettes étaient soudées par la rouille et la peinture. On y alla à coups de marteaux, sans ménagement pour les cloisons et les armoires. Une fois la vachette dans la cabine, ce ne fut pas encore une mince affaire que de l'obliger à faire demi-tour vers la sortie. Elle rua, patina, beugla, bava tant et plus, avant d'apercevoir devant elle le carré de lumière qui lui indiquait le bout de la coursive et la fin de ses problèmes. Ce fut probablement avec un immense soulagement qu'elle déposa la plus belle bouse de sa vie sur le seuil de cette terrible prison.

Toutes les cloches de Landerneau n'auraient pas suffi pour couvrir le bruit énorme que fit cette histoire d'un bout à l'autre de la C.O.A. Il se propagea de bateau en bateau, d'escale en escale. Il se propagea tant et si bien que l'armement, un beau matin, exigea du commandant un rapport détaillé de l'événement. Je doute fort que cet exploit fût apprécié à Paris avec autant de saveur et de piquant que dans nos réfectoires. La vachette, héroïne d'un jour, disputa à Fifi le droit de lécher nos gamelles durant le reste de la traversée.

Le cargo ne mit que deux jours pour aller de Dakar à Conakry, deux jours d'un temps azuréen, insondable ; deux jours où nous eûmes l'impression de flotter entre deux eaux et de respirer l'élément iodé mêlé aux effluves d'étable. L'horizon n'était à vrai dire visible qu'aux premières et dernières heures de la journée ; le reste du jour, le ciel et la mer sans limites se confondaient, leur lumière éclatait comme celle des vitraux, nous enveloppait de partout, se diluait autour de nous dans un bleu limpide, presque irréel.

Quand la côte guinéenne apparut enfin en bouquets épars, nous confondîmes tout d'abord ses premiers îlots flous et tremblants avec quelques nuages bas. Le rivage entier semblait naître lentement d'une mer en fusion et ses contours vacillants se consumaient sous un voile d'air chaud.

« Tu as apprécié l'étuve de Douala ! Prépare-toi à fondre de plaisir et de joie dans la fournaise de Conakry ! », me confia Auguste.

Conakry au ras des flots ! Une ville dans la mer ! Une ville entourée d'eau ! Une ville au milieu des îles et construite sur une île elle-même !... Derrière, à perte de vue, la forêt, une immense forêt, houleuse et profonde comme un océan de nuages verts !...

Il était sept heures du matin. Le casque colonial enfoncé jusqu'aux oreilles, je transpirais déjà à grosses gouttes au moindre geste. La manœuvre d'accostage était interminable, écrasante. Les mangroves et rivières environnantes déversant leur trop plein d'eau pluviale en rigoles de courant dans ce port ouvert, un clapot ricochait avec acharnement entre le quai et la coque et nous repoussait vers le large.

« À virer meilleur derrière ! », criait le porte-voix de la passerelle.

Les bruits, les voix et les mugissements résonnaient clairs dans le matin, un vol d'échassiers trompetait en rasant la surface de l'eau, une pirogue glissait le long du bord et faisait entendre, comme des pas mouillés, le clapotement de ses pagaies.

« À virer !... Bon sang, qu'est-ce qu'ils fabriquent ces cloches ?... »

Même marmonnées, les réflexions du commandant parvenaient nettement depuis l'aileron de la passerelle jusqu'à la plage arrière. Mais le treuil avait beau siffler sa vapeur, le chanvre de l'amarre de pointe avait beau craquer, crisser, comme le signala Loiseau, « le cul du *Robert Espagne* ne frémissait pas d'un poil ». Une deuxième amarre de bout augmenta nos chances, mais cela ne suffit pas et il fallut s'aider d'une traversière pour pouvoir enfin brider ce « satané cul ».

« Amarrez comme ça !, hurla alors le porte-voix.

— Amarrez comme ça !, répondit Vent léger.

— Meuheuh !... Cocorico !... À bosser !... », reprit en chœur toute la basse-cour environnante, et le treuil de manœuvre dispersa généreusement sa vapeur avec un bruit de batteuse-lieuse ! Nous étions à quai.

Le déchargement dura environ quatre jours. Les zébus nous quittèrent les premiers. Adieu veau, vache..., adieu petite génisse, si j'avais osé je t'aurais caressé le poil entre les cornes avant que tu ne regagnes le plancher des vaches. Mais les autres membres de l'équipage me regardaient, alors je me suis contenté de te toucher furtivement la bosse en espérant que ce geste nous porte chance. « Allez petite sœur, la route est encore longue pour nous deux ! »

Le troupeau s'éloignait à peine que déjà les sacs de sel commençaient à s'empiler sur des caillebotis contre les murs des entrepôts. Le quai était encombré par des amoncellements hétéroclites de marchandises qui attendaient d'être enlevées. Étaient-elles là depuis longtemps ? La rouille, une végétation grimpante et une multitude de petits lézards avaient pris possession des lieux. Chaque tuyau, chaque objet creux avait son locataire ; des margouillats à tête jaune et ventre noir happaient des insectes aux élytres diaphanes, des criquets en forme de broche. Plus loin, à l'une des extrémités de ce quai, les racines aériennes des mangliers, incrustées d'huîtres et de balanes, emprisonnaient de leurs arceaux des fûts crevés, des emballages écrasés, du verre éclaté, les débris et épaves de ces colis qui avaient mal supporté le transport ou la manutention de quelques générations de cargos. Cet endroit était fabuleux, véritable lieu de rencontre, carrefour de civilisations, il servait de port pour les pirogues qui venaient de lointains villages pour y débarquer leur bois de cuisine, leurs poissons, leurs légumes et leurs fruits.

Peu attirés par l'aspect de ces crabes de vase liés en grappes par les pattes de derrière, ou par ces bâtons de manioc soigneusement enveloppés dans des feuilles de bananiers, nous marchandions pour le plaisir, nous achetions parfois. Quelques marins étrangers nous imitaient.

« Combien ce régime de bananes, cette carapace de tortue ?…

— How much this monkey ?… »

Le radio se décida pour un perroquet, un « gris du Gabon ».

« Ce sont les meilleurs parleurs !

— Il a l'air d'être malade, il lui manque beaucoup de plumes, constata Vent Léger.

— Bien sûr, c'est un tout jeune qui n'a pas fini son duvet !

— Il est plein de bestioles.

— Comment ça, des bestioles ?
— Faudra le désinfecter !
— Ah !... »

Pauvre perroquet ! Il est mort sans dire un mot. Quelques mauvaises langues ont affirmé par la suite qu'il n'avait pas supporté le shampooing au fly-tox que lui avait infligé son nouveau maître.

« Cette histoire ne m'étonne pas, nous raconta un soir le père Moullec, ce radio n'a jamais eu de chance avec ses perroquets.

— Pourquoi ? Il en a eu d'autres ?

— Ouais, un au moins : un cacatoès d'Australie !

— Et alors ?

— Alors, pour lui apprendre à parler sans être dérangé, il lui avait installé son perchoir dans le local radio.

— Quoi de plus normal ?

— Peut-être, mais six mois plus tard l'oiseau ne parlant toujours pas, notre radio avait fini par ne plus s'en occuper. Ce n'est qu'au moment de débarquer qu'il se rendit compte...

— ... Que son perroquet parlait ?

— Pas vraiment.

— Explique-toi, enfin !

— Eh bien, il faisait : Ouiiit, tututut, Ouiiit, Frrrr, tuuuut, tuuuut, tututut ! Il avait appris le morse. Des phrases entières, sans oublier la friture. »

De bateau en bateau, combien en ai-je connu de ces petits animaux, singes, perroquets, mangoustes, caméléons et même pangolins, achetés pour une bouchée de pain, juste pour satisfaire quelque curiosité ou un vague appétit d'exotisme ? Beaucoup de ces bibelots vivants provenaient de Conakry. Il suffisait que quelqu'un de l'équipage se laissât séduire par les mimiques ou les yeux tristes d'un grivet ou d'un jeune chimpanzé pour que les pirogues commencent à s'agglutiner le long du bord, comme des sangsues. Ayant eu vent de l'histoire du perroquet, le commandant prévint le second et le bosco : « Ça suffit comme ça, assez de ménagerie sur ce bateau ! » Il était temps, le cuisinier s'était pris d'affection pour une antilope pygmée qu'il espérait ramener en France.

Le soleil implacable nous harcelait de ses rayons incandescents, flamberges chauffées à blanc, et sa lumière intense figeait la surface de la mer comme un miroir. Aux heures les plus torrides de la journée, l'air devenait irrespirable. Nous avancions alors de flaque d'ombre en flaque d'ombre, les yeux mi-clos, traînant le poids de nos casques de liège et de nos bras ballants. Que faire par cette chaleur ?

« Ce qu'il faut avant tout, m'expliquait Auguste, c'est éviter le coup d'bambou !

— L'insolation ?

— Ouais ! Et ne crois pas qu'à la machine nous soyons mieux lotis que sur le pont. »

Il me montrait pour preuve, sur sa peau blanche, au niveau de la ceinture, des plaques rosées.

« Ce sont des dartres annamites !

— C'est venu comment ?

— Je ne sais pas ; la transpiration ?... »

C'était dans les attributions de Vent Léger de s'occuper des soins infirmiers et préventifs. À sa manière de frimer nous nous doutions bien qu'il y avait dans ses paroles davantage d'épate que de véritables connaissances en médecine. Mais comment ne pas lui faire confiance ? Qui mieux que lui aurait pu diagnostiquer et, à défaut de soigner, donner un nom aussi savant à la vieille castapiane du Grand Dédé ? Celui-ci fut quand même un peu démoralisé d'apprendre que cette maladie qu'il affichait crânement avec ses états de service ne s'appelait pas « goutte coloniale » mais blennorrhée chronique.

« Comment voulez-vous que j'explique cela à ma femme ? Je ne sais même pas écrire le mot ! »

Les malheurs de Dédé me laissaient subodorer ces dangers qui planaient sournoisement au-dessus de nos têtes : paludisme, bourbouille, déshydratation, dysenterie... Impossible d'éviter le cachet de quinine que Vent Léger déposait chaque midi au creux de nos assiettes, et ces bocaux de pastilles de sel, parfois roses, parfois blanches, décorant les tables comme des drageoirs.

Quelle chaleur ! Aux réfectoires, les torses bouffis, nus, dégoulinants de sueur, recherchaient avec avidité la caresse furtive des ventilateurs. L'eau dans les verres était tiède, désespérément tiède, elle ne faisait qu'irriter la soif et aviver certaines rancœurs. Les matelots accusaient le vieux réfrigérateur dont les interminables couinements étaient un signe évident d'incapacité.

« Il fait beaucoup de bruit pour rien votre fichu bastringue !, disait-on à ceux de la machine.

— C'est de votre faute aussi, répondaient les graisseurs. Réfléchissez un peu bande d'assoiffés, ce n'est pas en ayant toujours la porte ouverte qu'il pourrait faire du froid !

— La porte ? Elle s'ouvre au moindre degré de gîte.

— C'est ça, plus on a de gîte, plus on ouvre sa gueule !... »

Seul l'appareillage mit fin aux disputes.

Trois petits tours d'hélice pour nous libérer de la fournaise, trois petits quarts d'heure pour arriver aux îles de Los ; trois petites îles sauvages scarifiées par quelques sentiers rougeâtres menant à des carrières de bauxite à ciel ouvert, semblables à des plaies béantes. La première de ces îles trempait l'appendice rose incarnat d'un wharf minéralier dans la cuvette d'un lagon, nous y accostâmes en fin d'après-midi. Ce que nous appelions lagon, était plutôt une sorte de chaudron volcanique ennoyé, autour duquel les trois îles étaient disposées en arc de cercle. L'endroit était désert, ou presque. Arrivant d'on ne sait où, une Jeep poussiéreuse gagna de vitesse le crépuscule et déposa devant la coupée un personnage de safari. Il héla le bateau pour prévenir qu'il n'y aurait pas d'équipe de dockers avant le lendemain, neuf heures ; puis il repartit aussi vite qu'il était venu, sans attendre de réponse. La nuit nous enferma rapidement derrière ses paupières, une nuit profonde, peuplée de visions et de cris, comme un rêve intense. La nature autour de nous bruissait de vies ténébreuses, battements d'ailes, murmures, clapotis, chuchotements, craquètements, fuites de pas. Fifi, les oreilles et la truffe dressées, interrogeait l'espace et n'en finissait pas de grommeler. Ces îles ne lui disaient rien qui vaille.

« C'est vrai aussi, plaisanta Loiseau, en caressant la chienne comme pour la rassurer. A-t-on idée d'un nom pareil "îles de l'Os" ? C'est de la provocation !

— "Dos Idolos" !, rectifia la voix de Vent Léger qui semblait descendre des rambardes supérieures.

— Ce n'est pas mieux ! pensa Fifi en grognant de plus belle en direction de la terre.

— "Ilhas dos Idolos", devenues "îles de Los" ! La demeure des esprits, continua d'expliquer la voix. Les marins portugais les avaient ainsi nommées car ils trouvèrent sur ces îles inhabitées de nombreuses idoles déposées par les indigènes, comme s'il s'était agi d'un sanctuaire, d'une terre sacrée réservée aux dieux. C'est pour cette raison que même de nos jours, les Africains n'aiment pas y séjourner et refusent surtout d'y travailler après le coucher du soleil. »

Un frémissement caressa la surface de la mer, une bouffée de nuit sur notre peau moite et le poil hérissé de la chienne, un souffle d'air qui en s'éloignant alla se perdre en friselis dans l'herbe et la feuillée. Mais nous guettions, au-delà de ces menus bruits, la respiration calme des îles qui s'endormaient.

Levés dès potron-minet pour ouvrir les cales, nous eûmes tout loisir d'attendre et d'observer l'arrivée de deux équipes de dockers aux regards inquiets ; une barcasse les amena difficilement de Conakry, vers dix heures. Les îles de Los n'attiraient décidément pas de foule enthousiaste. Durant le reste de la journée, notre cargo vida de ses entrailles, des camions, des tracteurs, des bulldozers et autres puissants engins à chenilles, « made in U.S. » ; les mines de bauxite étaient exploitées par une société américaine. Les machines à peine débarquées et libérées des élingues, des cow-boys expérimentés les agrippaient adroitement par les manettes, les faisaient mugir et s'ébranler dans la poussière, à la manière des taureaux sauvages des rodéos. L'archipel entier résonna bientôt du vacarme d'un véritable troupeau en marche. Le dernier colis fut mis à quai vers dix-huit heures, mais l'appareillage n'eut lieu que tard dans la nuit ; à l'heure où, le calme revenu, les îles s'assoupissaient de nouveau en soupirant, à l'heure où la clarté lunaire les faisant ressembler à quelques géants étendus de tout leur long, elles cherchaient le sommeil en tirant ou repoussant, comme un drap, la surface plissée de la mer.

CHAPITRE VII

Rades foraines

Ce départ retardé, était bien sûr volontaire. Le pacha avait dû calculer qu'il nous faudrait un peu plus de deux jours pour atteindre Sassandra, où il était indispensable d'arriver à l'aube. Cela nous permit également de reconnaître dès le premier matin les îles Bananas et les hauteurs de la Sierra Leone, puis, vers midi, la bouée Sainte-Anne. Ici la mer avait d'étranges convulsions, des courants impétueux, des remous bouillants et incessants qui lui faisaient changer continuellement de couleur. Des nuages de limon ocre montaient en volutes des profondeurs vertes, cela affolait des bancs de petits poissons que les fous de Bassan et les sternes harcelaient sans relâche de leurs plongeons. Ce jour-là, le charpentier pêcha, avec l'aide de Dédé, un barracuda, un énorme brochet de mer, de cette variété que l'on appelle bécune et qui porte dans une mâchoire massive des dents plus acérées que des scalpels. Lui faire passer la rambarde ne fut d'ailleurs pas une mince affaire, il fallut laisser glisser le long de la ligne un laguis coulant pour enserrer la queue.

La prise était exceptionnelle, la nouvelle s'était répandue ; voilà pourquoi il y avait soudain trop de monde sur la plage arrière.

« C'est quoi cette bestiole ?

— Un mange-burettes ! »

D'après une idée répandue chez les marins du commerce, le plus grand danger qu'il y a à barboter dans les eaux infestées de barracudas, même tout petits, c'est que ces monstres attaqueraient toujours en traîtrise, par-derrière, en visant de préférence l'entrejambes.

« Chaud devant ! », cria le Bout de Bois en soulevant le poisson au museau pointu.

En entendant ces mots, le garçon de cuisine se retourna pour regarder vers l'avant. « Où ça, chaud devant ? » Avait-il oublié une marmite sur la plaque de la cuisinière ? Le barracuda exécuta au même moment un vol plané avant d'apponter comme un kamikaze au beau milieu d'une forêt de jambes et de s'aiguiser les quenottes sur un rond d'aussières. Tout le monde s'esquiva, hors d'atteinte de la gueule prognathe qui cherchait à mordre, excepté le torcheur de marmite qui lui n'avait rien vu venir. Il y eut un hurlement de douleur, un horrible hurlement à vous donner la chair de poule, et pourtant le talon de l'étourdi n'avait fait que frôler la terrible mâchoire. L'entaille était cependant suffisamment sérieuse, la semelle de corde de l'espadrille n'avait pas résisté.

Dans ces cas-là, c'est toujours celui qui se fait blesser, et non celui qui provoque la blessure qui se fait traiter de « con ». On lui en voulait de venir gâcher la fête avec son pied saignant.

« Bien fait pour sa gueule !... Pouvait pas faire gaffe ?... Qu'avait-il besoin d'être là à ce moment ce niquedouille ?... »

Pendant que l'éclopé se faisait aider, transporter, soigner, le poisson sur le pont s'impatientait, se débattait, probablement furieux de se retrouver seul, abandonné de tous. Sa bouche effrayante n'en finissait pas de s'ouvrir et de se refermer, elle se contractait et hoquetait des mots sans son. Sa rage et son indignation d'être laissé ainsi pour compte se lisaient dans l'éclat glacé de ses yeux, étincelants comme des billes d'agate. Bête d'apocalypse, tarasque, danger fabuleux exorcisé, allait-on le laisser crever ainsi dans sa cotte de mailles, comme un condottiere désarçonné en plein soleil. Fifi aboya ! Dédé revint alors sur ses pas et, à l'aide d'une manille de cartahu, assena sur le crâne de la bécune un coup de grâce terrible, foudroyant, comme s'il s'était agi d'assommer un bœuf.

Je me souviendrai longtemps de ce barracuda porte-poisse, car à cause de lui il me fallut, durant au moins quinze jours, remplacer le blessé, faire la plonge et éplucher les légumes ; un travail où je n'excellais guère et que je finis par détester. Il faut dire aussi que l'ambiance n'était pas particulièrement bon enfant chez les représentants du Service général.

« Chez ces gens-là, m'avait d'ailleurs prévenu Auguste, on ne parle pas, on crie : Deux rognons bordelaise ! Deux !...

— D'où tu les sors ces pommes vapeur ? Elles sont toutes ratatinées !

— Et ta grand-mère, elle est comment ?

— Magne-toi le train le louffiat ! Tes œufs, tu les veux comment ? Sur le plat ou sur la figure ?

— Alors nono de mes deux, il vient ce persil ? C'est comme cela qu'on râpe les céleris à Brezhoneg-City ?

— Dis le père La Cuisse, ta raie au beurre noir, tu sais où tu peux te la mettre ?... »

Le nez et les mains dans la souillarde, j'eus tôt fait de regretter la couleur des nuages et l'odeur du faubert à potasse.

Désormais enfermé, je dus me contenter des bruits qui m'annoncèrent l'arrivée au mouillage de Sassandra, l'accostage des boats et l'embarquement des Kroumen. J'aurai bien voulu m'échapper quelques secondes, mais je craignais par-dessus tout d'entendre la voix de l'intendant, du cuistot, du boulanger ou même des louffiats, me rappeler à l'ordre :

« À tes pluches nono ! Et que ça saute !... »

Ils s'étaient mis à cinq pour me diriger, « me mater », disaient-ils.

À partir de Sassandra on m'adjoignit un « boy cuisinier » avec lequel je sympathisai dès le premier contact. Il avait un nom aux sonorités impossibles, qu'il simplifiait lui-même.

« Tu pélé moi Pouly !

— C'est ton nom, ton prénom ?

— Je connais pas.

— Pouly, c'est aussi le nom de ton père ?

— Non, lui c'est Kambo Koubé, patron-boat cale trois avec Gnépa, voyage avant !...

— Toi aussi tu étais là le voyage dernier !

— Oui, première fois je fais boy “cousinier riz” et boy cacatois !

— Je me souviens ! Et ton père, il est revenu ?

— Non, lui c’est resté village à Gbakouya ! Beaucoup Kroumen pas vouloir revenir.

— Et toi ?

— Je marié bientôt ! Alors, je besoin beaucoup l’azent pour gagner le femme !...

— Hanhan !, ironisa le boulanger en nous bousculant d’un coup d’épaule. En attendant “poulie de retour”, tu vas me faire le plaisir de me monter un sac de farine de la cambuse. Suis-moi je vais te montrer. »

Échaudés par les événements qu’ils avaient connus lors de leur dernier séjour sur le *Robert Espagne*, peu nombreux étaient les Kroumen de l’ancienne équipe qui avaient accepté de revenir sous la férule de Bonjour. À l’instar de Gnépa, le premier cacatois, beaucoup avaient préféré miser sur un autre embarquement. C’est donc à Tibère, l’ancien second cacatois, qu’incomba la charge de rassembler une équipe nouvelle de soixante-cinq hommes.

Hormis quelques âpres discussions, tout se passa, cette fois-ci, à peu près normalement et dans les temps espérés. D’après Pouly, Tibère avait eu la chance de pouvoir puiser dans le réservoir à main-d’œuvre des Chargeurs Réunis qui venaient de retirer provisoirement deux bateaux de la ligne C.O.A.

Durant notre escale à Abidjan, le garçon de cuisine passa deux jours à l’hôpital et rembarqua convalescent, claudiquant peut-être, mais terriblement casse-pieds.

« Avec Jambe-d’ajut en plus pour te surveiller, tu ne vas pas être tous les jours à la fête ! », crut bon de me signaler Loiseau. Il avait bigrement raison car, sitôt qu’il put se déplacer, le fouille-au-pot vint inspecter notre travail. Rien de ce que nous faisions ne trouvait grâce à ses yeux. Nous n’étions, Pouly et moi, que deux incapables qui manquions de respect aux lèchefrites et aux presse-purée. Les marmites n’étaient pas assez bien torchées, le carrelage de la cuisine était mal lavé, les épluchures des pommes de terre, trop épaisses.

« Ce qu'il vous manque, c'est du doigté, de l'expérience, des années de pratique ! », disait-il, et il alla jusqu'à nous donner des cours théoriques sur l'art et la manière de briquer les casseroles et les poêles à frire.

Tant de zèle finit par étonner ses collègues.

« Calme-toi, voyons ! Personne ne cherche à prendre ta place. À piétiner comme cela, tu risques de voir ta plaie se rouvrir.

— J'en ai vu d'autres.

— Tu sais, on ne dit pas ça pour t'embêter.

— Et la conscience professionnelle alors ?

— Un vrai mordu ce mec !

— La bécune savait où elle mettait les dents ! »

Enfin, ce qui devait arriver, arriva. Trois jours après notre départ d'Abidjan, le garçon de cuisine dut rester couché avec une forte fièvre. Chaleur, bandage trop serré, transpiration, la blessure avait probablement trop macéré.

Pauvre Jambe-d'ajut ! Je dus lui porter ses repas dans sa cabine. Allais-je m'apitoyer ? Peut-être, mais si peu ! Mon apparente compassion était loin d'être aussi désintéressée. Je souhaitais par-dessus tout le voir de nouveau sur pied pour une unique raison : qu'il reprenne au plus vite sa place dans la cuisine et que, par le fait, je sois à mon tour libéré, moins de la corvée ingrate de la plonge que des perpétuels sarcasmes.

Très loin dans le golfe de Guinée nous avons rencontré l'île espagnole d'Annobón, bouquet de palmiers, coussin de verdure, à la dérive. Le *Robert Espagne* salua, bien poliment, d'une embardée et d'un coup de sirène, son petit port de San Pedro. Ici, le passage d'un bateau devait être un événement particulièrement exceptionnel, car nous vîmes une foultitude de frêles pirogues à voile se détacher du rivage pour venir un moment à notre rencontre. Nous étions pour cette poignée d'êtres humains, un peu d'espoir, le sentiment de n'être pas seuls, perdus, abandonnés de tous au cœur de l'océan. J'ose à peine imaginer ce que l'éloignement de notre cargo fit peser à nouveau comme déception sur ce débris d'Atlantide.

Il nous fallut cinq jours pour aller d'Abidjan à l'estuaire du Congo. Une demi-journée avant d'atterrir nous étions déjà sur des eaux troubles dont la couleur variait du café au lait à la soupe de poisson. Ce bouillon était animé d'un courant assez puissant pour freiner notre marche. Il entraînait au large des squelettes d'arbres aux membres décharnés de monstres marins, sur lesquels des colonies de guifettes devisaient comme des hirondelles.

Le pilote du fleuve monta à bord en grand uniforme et gants blancs. À sa mine renfrognée, il nous fut facile de comprendre qu'il n'était pas très heureux d'avoir décroché le mauvais numéro et d'être obligé de servir un bateau aussi crotté que le nôtre. Arrivé sur le pont, il accabla le bosco de reproches, tout en s'époussetant les épaulettes : « Les barreaux de l'échelle de pilote n'avaient pas entre eux l'écart réglementaire, les évacuations de la coque n'étaient pas masquées par des “sifflets”, etc., etc. ! » Une fois à la passerelle, il aurait, paraît-il, continué à bougonner : « Pas assez de puissance pour remonter le courant, pas assez de sucre dans le café !... » Enfin, pour clore l'épisode, il accepta quand même de nous conduire, en slalomant parmi un désordre d'îlots broussailleux et de bancs de vase, jusqu'au mouillage d'attente de Boma. Là, le plateau de coupée fut amené jusqu'au ras de l'eau pour recevoir les vedettes des douanes et de l'émigration ; là, nous passâmes le reste de la journée et toute la nuit, et attendîmes calmement l'aube naissante pour reprendre notre course. Nous étions à quatre-vingt-dix kilomètres de l'embouchure, il nous en restait une soixantaine à parcourir avant d'atteindre Matadi, notre destination.

Avec leurs doigts noueux de sorcières, les palétuviers retenaient la boue du fleuve et, dans le poto-poto des îles basses ainsi formées, des milliers d'échassiers, aigrettes, flamants roses, faisaient naître des ondulations, des mouvements de foule. Vers le mitan du fleuve, des flottilles de pélicans mettaient à la voile bord à bord comme pour d'importantes régates, tandis que des aigles pêcheurs planaient et piquaient au-dessus d'une charogne que le courant emportait.

La nuit, les bruits du fleuve coulaient sur mes tempes et berçaient de ses rumeurs tropicales mes rêves d'exploration. Le pilotin m'avait prêté un livre qui parlait des voyages de Stanley ou de Livingstone. À bâbord le Congo belge, à tribord l'Angola ; le *Robert Espagne* tirait de temps en temps sur sa chaîne qu'il faisait vibrer, tinter, comme un cheval impatient raidissant son licou.

Le lendemain matin notre liberty-ship dut cracher toute sa vapeur pour vaincre la force du courant. En amont de Boma, les rives devenaient encaissées et le débit tumultueux ; nous avancions péniblement dans un paysage figé, fait de collines houleuses où l'ombre des nuages jouait à saute-mouton. Après plusieurs heures de lutte acharnée nous aperçûmes enfin sur notre droite le petit port pétrolier de Ango-Ango et, au même moment, droit devant nous, la paroi abrupte d'une énorme falaise qui semblait nous barrer la route. Au pied de cette falaise, une cuvette profonde appelée « Chaudron d'enfer » engendrait un tourbillon impressionnant. Colporté de bouche en bouche, l'imminence de l'affrontement avec ce maelström attira aux pavois marins et Kroumen. Les commentaires du style : « Passera, passera pas ! », allèrent aussitôt bon train.

« Il n'est pas rare, disaient les uns, de voir les cargos qui n'ont pas assez de puissance faire un ou deux tours de manège avant de pouvoir s'en échapper ! »

Malgré les doutes de certains et, selon les ragots de coursives, le pessimisme affiché par le pilote lui-même, le *Robert Espagne* passa l'examen du premier coup et sans anicroche. Il ne lui resta plus alors qu'à franchir un dernier coude à angle droit avant de reconnaître Matadi et d'y accoster.

Ce port fut longtemps l'escale la plus sud de mes voyages au long cours, la tête de ligne de mes pérégrinations transocéaniques, une sorte de barrière dressée, avec ses tabous et ses mystères, aux limites des « terrae incognitae » de mon imagination. Matadi ! Matadi ! Je ne saurais décrire aujourd'hui le trouble qui m'avait envahi dès notre première rencontre, les questions terribles demeurées sans réponse.

Qu'y avait-il en réalité derrière tes quelques mètres de quais ? Ce dont je me rappelle ressemble moins aux rues d'une ville qu'à une succession d'images que relie un indéfinissable sentiment de malaise. Ici semblaient vivre côte à côte mais sans se connaître, sans se voir, des colons et des indigènes d'Épinal. Un quartier pour les Blancs, un quartier pour les Noirs, et un cordon ombilical qui descendait vers le port. Ici commençait réellement le régime que l'on appellera un jour apartheid ; mais les colons belges avec lesquels j'aurai plus tard l'occasion de discuter, essayeront de m'expliquer qu'il ne s'agissait là que de simple paternalisme.

« Vous comprenez, on ne va tout de même pas faire confiance à des bamboulas, ce ne sont que de grands gosses ! »

Matadi ! Par six degrés de latitude sud. Ici la lune elle-même tournait la tête parmi des constellations bizarres, insolites, et penchait obstinément ses cornes à l'envers, vers un monde différent, austral. Je me souviens encore de ccs blattes énormes comme le pouce qui fuyaient entre les sacs de palmiste et de coprah. Je me souviens des euphorbes aux bords des chemins caillouteux, des agames immobiles sur les murs ensoleillés. Je me souviens aussi... C'était un après-midi, je cheminais en compagnie de Pouly près des échoppes des sculpteurs d'ivoire, un policier blanc en uniforme blanc et galons dorés nous interpella :

« Vous deux !

— ???...

— Marchez séparément ! »

Et ce disant, il nous sépara sans ménagement à l'aide de sa badine. Je voulus protester :

« Mais, c'est que nous sommes ensemble !

— Ne discutez pas, c'est ainsi ! »

Que faire ? Se quitter ? Revenir à bord ? Nous marchâmes chacun sur notre trottoir, sous le regard amusé des passants. Une centaine de mètres avant la zone portuaire, alors que nous pensions tout danger écarté, quelqu'un lança de la terrasse d'un café :

« Eh, "castor" ! Eh, Pollux !... »

C'était Vent Léger, aussi souriant qu'une baleine à fanons. Il nous faisait signe d'approcher.

« Une petite mousse pour la route ?... »

Que signifiait cette générosité ? Il comprit notre hésitation et nous montra aussitôt un tam-tam aussi large qu'un fût de deux cents litres.

« J'aurai besoin d'un coup de main pour monter ce petit souvenir à bord.

— Ouais, ça vaut bien une mousse ! Qu'en penses-tu Pouly ?

— Je ne sers pas les nègres !, précisa alors la patronne du troquet. Votre boy restera dehors !

— !!!!!

— Si vous insistez, j'appelle la maréchaussée.

— Dans ce cas, sembla acquiescer Vent Léger, je vous salue bien ! »

Et pendant que Pouly et moi nous nous emparions du tambour, il vida son bock de bière dans un bac à fleurs.

Les derniers colis *made in U.S.* débarqués, les Kroumen préparèrent les cales pour recevoir de nouvelles marchandises. Le Bout de Bois, de son côté, vida les mailles et répara quelques paracloses et accotars. Les dockers congolais travaillaient en cadence sous la surveillance étroite des stevedores qui eux étaient forcément européens. « Faut savoir les maintenir en laisse ces drôles ! », nous expliquait un contremaître à la face rubiconde, en rotant sa gueuze au-dessus des hiloires, et il ajoutait pour les incrédules : « Pas d'instruction, pas d'ennuis ! »

Le chargement était fait de saumons de cuivre, c'est-à-dire de ces pesants lingots qu'on ne pouvait manipuler un par un qu'avec certaines précautions. Les Congolais utilisaient, pour ce travail, de longs erseaux de fil de fer tressé dont l'une des extrémités était fourrée de fil de caret ou de chiffon pour ne pas écorcher les mains. La partie dénudée des erseaux était glissée sous les lingots ; ce système permettait de les soulever à quelques centimètres du sol pour les déplacer horizontalement. On en pavait ainsi le fond des cales. La première couche sur le payol était la plus aisée à poser, la suivante devait s'imbriquer tête-bêche dans la première, à cause de la forme prismatique des saumons. Dans ces conditions il n'était pas rare que quelques pieds nus se blessent sur les arêtes glissantes. Aux heures torrides de la journée, le cuivre rendait à tel point la lumière du soleil que l'on pouvait croire que les dockers marchaient sur du métal fondu.

« Regarde castor, on dirait de l'or ; de ces lingots dont on lestait autrefois les galions ! »

David avait raison, ce chargement nous faisait tous penser au fabuleux métal que des aventuriers étaient venus chercher dans ces parages quelques siècles avant nous.

« Cric ?

— Crac !

— Connais-tu l'histoire...? »

Et l'éclat du cuivre faisait revenir le rêve d'autant plus facilement que cette fois-ci ce chargement signifiait notre retour vers l'Europe.

À peine avions nous largué les amarres que le fleuve s'empressa de nous vomir. Le tourbillon du « trou d'enfer » nous propulsa à la manière d'une fronde et...

« Cinq à droite ! Zéro la barre ! Droite comme ça ! Dégueulasse ce café ! Dix à gauche !... »

La machine en « avant toute » et le sifflet à pleine vapeur, nous avons provoqué une telle pagaille dans les flottilles de pélicans que certains de ces volatiles furent probablement contraints de rechercher leurs marques durant plusieurs jours après notre passage. Qui a dit qu'il était poussif ce bateau ?...

« Quinze à gauche ! Zéro ! Rencontrez ! Échelle réglementaire à tribord !... »

Et puis il commençait à nous énerver ce pilote avec ses remarques et ses airs supérieurs. Tiens, si nous n'avions battu en arrière devant Banana... il serait peut-être encore à bord.

Personne ne regretta cette escale, si ce n'est le garçon de cuisine qui, après un court séjour en clinique, nous revint en pleine forme. Enfin, je ne fus pas fâché de retrouver ma place sur le pont.

* *
*

Notre élan nous amena à Port-Gentil en moins de deux jours.

Une île basse aux plages polynésiennes bordées de cocotiers, des bancs de sable qu'il fallait contourner pour atteindre une rade, aussi calme qu'un lac, à la rencontre des eaux fluviales et maritimes. Il y avait déjà de nombreux cargos au mouillage. Le *Robert Espagne* devait choisir sa place avec circonspection ; sommes-nous assez près du môle, des parcs à bois, sommes-nous assez loin des cercles d'évitage des autres bateaux ? Notre cargo tourna deux ou trois fois autour de ses congénères avant de s'immobiliser, à la manière des cabots qui inspectent leur couche.

« Mouille ! »

Le bruit de l'hélice qui brassait son écume, de la chaîne qui défilait sur le barbotin, de la cloche qui piquait les maillons, nous libérait momentanément de nos occupations banales.

« Novice, rapplique-toi par ici ! On amène la coupée pour recevoir la vedette de l'agence ! »

Le bidel se précipitait peu de temps après au devant des personnages qui cherchaient à monter à bord et dont le principal souci était de ne pas perdre l'équilibre et la face sur le plateau de coupée.

« Un paquet à la mer !

— Merde, le courrier ! Ce con a laissé tomber le courrier ! »

Ouf ! Ce n'était que les prévisions de chargement que le patron de la vedette repêcha comme il put… à coups de gaffe.

La réception du courrier fonctionnait toujours suivant le même rite : Le commis d'agence remettait les enveloppes au commandant qui, après avoir prélevé son dû, confiait le reste au bidel. Chargé de faire le tri et la distribution, celui-ci se contentait en général de répartir les lettres en petits paquets qu'il déposait, suivant les cas, au carré des officiers, à la cuisine et dans les réfectoires. La lettre avait quelque chose de sacré, elle permettait au bénéficiaire de mettre bas les marteaux et de s'isoler un court instant pour écouter la musique des mots qui venaient du pays. Quand toutes les voix et autres sons familiers s'étaient échappés de l'enveloppe, il la rangeait soigneusement au fond d'un placard avant d'aller apporter aux autres le souffle frais de son jardin. Ceux qui recevaient beaucoup de courrier en faisaient profiter magnanimement les amis plus démunis. Il nous arrivait ainsi de suivre quelques feuilletons avec des héros aussi inattendus que le curé de Saint-Méloir-des-Ondes ou le sacristain de l'Île-aux-Moines. Mais il y avait cependant des complicités entre les marins du même canton, de la même paroisse, avec des codes et des histoires pleines de tiroirs à souvenirs dans lesquels nous étions rarement invités à farfouiller.

« Tu sais ce que dit ma femme ? Et patati, patata !...

— Il a neigé à Gonneville-la-Mallet en ce début d'avril !

— Ça c'est une bonne nouvelle ! T'as pas plus frais ?...

— Dis donc Dédé, tu te souviens de Fañch la Roussette ?

— Fañch la Roussette, dit l'Écorché Vif ? Tu parles si je me souviens de ce "margat", toujours le bouchon de picrate entre les dents, comme un cigare. Tiens, la dernière fois que je l'ai vu c'était sur le *Tomaha*, ou plutôt à côté : il dormait dans le filet de coupée !

— Comment expliques-tu qu'après toutes ses mémorables bitures, il n'ait jamais eu son "biniou" ? Qui peut bien pistonner une pareille arsouille ?

— Pourquoi tu dis ça, t'as reçu de ses nouvelles ?

— Rien qu'un peu, il rembarque sur le *Tohoro* comme "ministre" (nettoyeur).

— Avec Gros Mérou, le marchand d'soupe ? Va quand même pas être à la fête.

— Oh ! tu sais, ici ou là-bas, la différence ? On fait vraiment un métier à la con. »

Lorsque les nouvelles, bonnes ou mauvaises, étaient épuisées, on en revenait aux phrases lapidaires du style : « Dire qu'en ce moment nos femmes croient qu'on s'amuse ! »

Le seul qui avait du mal à participer aux effusions dans ces cas-là, c'était Loiseau. Seul dans son coin, il faisait semblant de s'intéresser à autre chose. Nous savions qu'il n'écrivait ni ne recevait jamais de lettre.

« Laisse-les rire ! », me dit-il ce jour-là, à Port-Gentil. Et il ajouta pour tout le monde avec son humour grinçant et décapeur de rêve : « Vous savez qu'elle serait la bonne nouvelle pour moi ?... La bonne nouvelle serait d'apprendre de ma femme qu'elle vient de cocufier aussi le facteur ; parce que celui-là je n'ai jamais pu le blairer !... »

« Bon ! eh bien !, lança le bosco en se raclant la gorge après quelques secondes d'un silence embarrassant. C'est pas le tout, au boulot, on démâte tribord à la cale deux ! »

Nous avions tous plus de six mois de bord, certains en étaient même à leur deuxième voyage et totalisaient entre dix et onze mois. La soif du retour se faisait cruellement sentir. La déprime, le mal du pays, dévoraient sournoisement nos moindres pensées. Des disputes, des empoignades parfois, pour une ration de beurre, un morceau de savon, un retard au quart, dressaient à tout moment les uns contre les autres les plus cafardeux de mes compagnons de route. Impression déchirante de frustration, mélancolie attisée par le calme de cette rade au-dessus de laquelle la Croix du Sud arborait sans pitié son calvaire bancal et larmoyant comme pour nous signifier : « Eh oui les gars, vous êtes encore loin de chez vous ! »

À quelques encablures, un bateau des Chargeurs Réunis avait son pavillon en berne. Un de ses marins, le boulanger je crois, venait d'avaler sa chique. Il avait vingt-deux mois de bord le bougre. On désigna quelques volontaires pour représenter notre équipage à l'oraison funèbre. Chaque bateau présent sur rade en fit de même. Ce fut là la seule occasion que j'eus de descendre à terre à Port-Gentil. Cortège indiscipliné, ridicule et bruyant, nous transpirions à grosses gouttes sous nos casques coloniaux et suivions en bavardant un cercueil anonyme, sans couronne mais posé sur des palmes et drapé du pavillon rouge et blanc des Chargeurs Réunis. Nous allâmes ainsi de la clinique à l'église. À cause de la mouche tsé-tsé, il n'y avait, paraît-il, aucun canasson dans ce bled. C'est donc une camionnette de l'agence qui fut réquisitionnée pour faire office de corbillard. Cette vieille guimbarde, rafistolée à la Jacques Dubout, n'avait sans doute plus l'habitude depuis des lustres de rouler aussi calmement en première ; elle n'en finissait pas de caler à chaque coup de frein et elle eut même la riche idée de crever en plein carrefour. Nous attendions tous la réparation sans nous inquiéter, lorsque tout à coup, le cric, peut-être un peu trop fort pour ce corbillard improvisé, fit glisser brutalement la bière contre les ridelles. Il y eut un grand crac ! Toute la troupe se précipita alors d'un seul élan pour empêcher que le pauvre cercueil n'atterrisse au beau milieu de la chaussée.

« Eh, la boulange !, murmura un de ses anciens collègues en poussant sur la caisse, c'est pas le moment de faire ton intéressant, tout le monde te regarde ! Qu'est-ce qu'on t'a donc fait pour que tu cherches encore à nous fausser compagnie ? »

Le *Robert Espagne* avala sa ration de grumes, train après train, jour après jour, sans précipitation, au rythme de ses treuils, au rythme du léger balancement que provoquait le poids de chaque bille soulevée. L'arrimage dans les cales avait des résonances de ciel d'orage ; des roulements, des écrasements, des craquements, s'y succédaient en faisant vibrer cloisons et épontilles. De temps en temps, des rires puérils, des cris de joie répondaient aux chocs titanesques ; c'était l'expression de victoire des petits hommes noirs qui venaient d'obliger un géant de plusieurs tonnes à se coucher à l'emplacement choisi par eux.

« Do, ouin, ta, ohooo ! Nia golo, nia golooo !... »

Un manœuvre fredonnait des sons empruntés à la forêt, sa forêt. Il marchait lentement, en équilibre, sur un tronc à demi-écorcé et ses bras écartés lui donnaient l'air de soupeser d'une main une poulie à croc et de l'autre une manille.

« Ta, humm, mpou, ohoo ! Nia golo, nia golooo !... »

Ses phrases lancinantes étaient entrecoupées de longs silences comme s'il cherchait les mots au plus profond de sa mémoire ou qu'il écoutait les répons silencieux que lui murmurait sa conscience. Nous l'observions sans mot dire, subjugués par l'apparente tristesse de la mélopée. Intrigué ou amusé Vent Léger finit par interpeller le chef-panneau :

« Il chante quoi cet artiste ?

— Lui c'est dire : Do, ouin, ta !

— Hanhan ! Et ça veut dire quoi en français ?

— Lui compter comme ça : Un, deux, trois !

— Une comptine ?

— ??? ???

— Une chanson pour les enfants ?

— Lui c'est dire comme ça : Histoire village Gagou !

— Et elle raconte quoi cette histoire ?

— Do, ouin, ta ! Nia golo...

— Tu le fais exprès ou quoi ?...»

Ce dialogue de sourds finit par exaspérer Vent Léger ; il s'en alla, il avait tort. Il n'entendit pas Pouly expliquer par la suite que le chanteur improvisait sur la trame d'une vieille complainte.

« Gagou aimer les arbres et lui dire comme ça : un, deux, trois arbres ont quitté forêt pour aller chez les Blancs. L'araignée Gnini n'aura plus le case. Trois, quatre, cinq, frères de l'araignée sont venus village. Le premier parlé : je faim trop, je reste ici pour gagner le riz, l'araignée Gnini n'aura plus le case. Le deuxième parlé : je fatigué trop. Le troisième parlé : je suis vieux. Le quatrième parlé : je gagné maladie, l'araignée Gnini n'aura plus le case. Le cinquième pas parlé, lui parti couri, chercher enfants des arbres, et apporter sur son dos. Une, deux, trois graines achetées chez les Blancs. Un, deux, trois arbres ont poussé dans village, l'araignée Gnini a fait son case dans le plus grand !

— Dis-moi Pouly, c'est bien cela qu'il chante ou c'est toi qui invente ?

— Toi tu connais Pouly bien même. Gagou parlé pas bien krouman, mais histoire-là tout le monde connaît lui.

— O.K.! Je te crois, tu vas répéter tout ça, que je l'écrive.

— Écrire, pourquoi ?

— Pour rien, pour avoir un souvenir.

— Hanhan ! Tu peux aussi écrire le lettre pour mon femme ?

— Bien sûr !... »

La nuit tombait. Je n'oublierai jamais ces grands yeux qui se mirent à briller, briller, accrochant dans le ciel deux étoiles jumelles : ... Castor et Pollux ! Je crois qu'elles y sont encore.

Pouly prit l'habitude de venir me voir tous les soirs après son travail. Quand il ne me dictait pas son courrier, lettre à sa fiancée, à son chef de village, à son petit frère, nous aidions le père Moullec et Fifi à attraper des balaous et aussi les immangeables tétrodons et poissons caoutchouc qui infestaient la rade. Le père Moullec enrageait après ces derniers poissons qui lui coupaient ses lignes et qui par surcroît pouvaient blesser cruellement si l'on n'y prenait garde. Le poisson caoutchouc a une épine dorsale qu'il peut déployer brusquement et bloquer en position ouverte, comme une lame à cran d'arrêt ; c'est de là que lui vient, selon Vent Léger, son autre nom de poisson baliste.

Tout en me donnant ses lettres à écrire, Pouly m'en apprenait un peu plus sur sa famille, sur son village et sur lui-même.

« Quand je marié mon femme, je mené lui dans mon case à Gbakouya et je gagné plantation ! »

Il faisait des rêves de champs de manioc et de taros, de silo à sorgho, de séchoir pour les grains de café. Il naviguerait encore trois ou quatre ans pour économiser et puis il s'installerait un peu à l'extérieur du village, à la lisière de la forêt. Comme je lui avais un jour confié que ma sœur était institutrice, il me fit promettre de lui expédier un livre de lecture pour débutant.

« Il faut je prené bien lire comme le Blanc !... »

Et puis, il me demanda de lui recopier un document, il s'agissait de son « contrat de mariage ».

« Qui a écrit cela ?

— Biéto Gogouri ! Lui écrivain village Pépro !

— Je n'arrive pas à tout lire !

— Toi tu gagné mieux école, tu parlé mieux français que Biéto Gogouri pour crire mon lettre.

— D'accord Pouly ! Aide-moi à déchiffrer tout ceci, après nous demanderons au bidel de taper ton contrat à la machine à écrire. O.K. ? »

Ainsi fut fait et le bidel me remit quelques jours plus tard trois copies d'un texte dont voici un extrait :

<u>Contrat de Mariage</u>

« Pépro, le 3 février 1954.

Représente la date de la dot de mademoiselle Dja Djolé Alphonsine.
Ma future promise à l'âge de huit ans ;
Du village Pépro.
Avec l'attestation et permission de ses parents.
La totalité s'élève à 18 375 francs pour des raisons déterminées,

D'abord :
400 francs pour avertir la maman de la fille, ma belle-mère, Madame Sagbai Bli, que j'aime son enfant.
300 francs également aux villageois que j'ai l'intention d'épouser leur fille.
125 francs à monsieur Gna Kla, comme avertissement.
Mademoiselle Souagnon Guipé, âgée de six ans, du village Gbakouya, comme fille, pour échange d'après leurs coutumes.

Ensuite :
12 000 francs en espèces, représentant un bœuf.
2 500 francs, complet pagne pour la belle-mère.
2 000 francs, pour l'achat de la chèvre donnée toujours à la belle-mère. »

Suivait la liste des témoins et parents ; une dizaine de noms au total.

Le bidel s'était bien gardé de toucher aux tournures et à la disposition du texte pour lui conserver saveur et authenticité. Je n'y attachais probablement aucune importance en 1954, mais aujourd'hui, avec le recul, je lui en suis infiniment reconnaissant. Grâce à cette délicate attention, j'ai pu conserver un précieux témoignage d'un temps révolu, celui de mes amis les Kroumen. Pouly emporta fièrement deux copies de son document et me remit la troisième.

« Souvenir de Pouly pour castor ! », me dit-il en m'assenant dans la paume de la main une de ces tapes bruyantes et solides comme une taloche.

« Va, je m'en souviendrai vieux frère ! »

Elle s'appelait bien Équata cette nouvelle rade foraine, située bien sûr à l'équateur, à cinq ou six heures de route de Port-Gentil. Un mouillage sans repère, ou presque, à peine un mât de pavillon entre deux bosquets à proximité du rivage ; et puis juste derrière, l'étendue de la forêt sombre, une immense mer végétale, insondable, et qui semblait receler tous les mystères inquiétants d'une Afrique encore sauvage. L'endroit ne plaisait pas au pacha ; il demanda à Vent Léger de vérifier le brassiage à la sonde à main.

« Combien dites-vous ? Douze mètres ? Nous avons encore chassé la nuit dernière ! »

Il semblait surtout inquiet, le vieux, de n'avoir pu, après deux jours de mouillage, établir le contact radio avec la terre. Quelques-unes de ses réflexions intempestives nous parvenaient en ricochant d'un pont à l'autre. « Bon sang d'marine à voile, que signifie ce silence ? Ont-ils seulement été informés de notre arrivée ? » Cette angoisse à peine dissimulée était contagieuse. Le deuxième jour d'attente s'achevait à peine que déjà à l'équipage quelques esprits impertinents laissaient entendre : « Nous ne sommes pas au bon endroit ! » Il faut dire aussi qu'un événement insolite avait semé le trouble et le doute comme ces graines de mauvaises plantes qui finissent par tout envahir : Trois éléphants avaient été aperçus s'égayant calmement sur la plage ! « Des éléphants près d'un lieu habité, c'est encore le Gabon ou le cirque Pinder ? » La nuit suivante, l'homme de quart avait cru entendre des coups de feu et apercevoir quelques palpitantes lueurs au cœur de la brousse toute proche. Les plus folles hypothèses commencèrent alors à circuler dont la plus couramment admise était que : « On se canarde à terre ! »

Nous vaquions désormais à nos occupations sans beaucoup d'assiduité, surveillant du coin de l'œil chaque comportement de ce commandant qui s'obstinait à dire : « Nous avons encore chassé cette nuit ! » C'est alors qu'arriva, sortie de je ne sais où, une chaloupe avec trois hommes à bord, deux Noirs et un Blanc.

« Excusez-nous commandant, nous avons dû chasser cette nuit !

— Vous aussi ?

— Des éléphants ! Ils s'acharnaient sur une bananeraie ! Nous avons aussi un problème de radio. Le premier radeau arrivera avant midi, je serai de retour avec lui pour les papiers. »

Et voilà ! Nous apprîmes quelques heures plus tard de la bouche du forestier, que la réserve de Wonga-Wongué n'était pas si loin et que les incursions des pachydermes étaient finalement choses fréquentes et banales.

Après l'embarquement bruyant de quelques centaines de rondins, nous reprîmes notre quête vers un autre mouillage.

L'estuaire du Gabon s'enfonçait profondément dans la forêt équatoriale, immense coin liquide faisant craquer, fissurer, éclater les berges en multitudes d'îlots et de cours d'eau en lézardes.

De la pointe Ngombé à l'île Coniquet nous avons remonté des chenaux invisibles, cherchant notre chemin en reconnaissant une bouée, puis une autre comme pour un jeu de piste, avant d'atteindre, un peu avant le confluent des petits fleuves Como et Ikoi, le mouillage d'Owendo.

Un embarcadère pour chaloupe, la maison de l'office des bois et quelques cases en banco juraient dans cet amoncellement de verdure, cette débauche de végétation. Partout la forêt, dense, luxuriante, enchevêtrée, dominait le paysage, imposait son règne.

À cet endroit de l'estuaire, le flot marin engageait, bi-quotidiennement, de véritables parties de bras de fer avec le courant fluvial. Tantôt c'était la force tranquille de la mer qui l'emportait, repoussant calmement mais avec pugnacité les eaux noirâtres vers leurs émissaires, et puis, après quelques heures de lutte, elle lâchait prise brusquement, au moment de la renverse ; ce qui obligeait le liberty-ship à pivoter rapidement sur son ancre, en entraînant à sa suite et sans ménagement les trains de billes accrochés à ses basques. Le moment était délicat, Bonjour et ses lieutenants surveillaient le rappel de la chaîne et surtout l'instant où elle se raidissait de nouveau. Il arrivait que parfois, sous le choc, un rondin s'échappât du troupeau ; il fallait alors prévenir rapidement le patron de la chaloupe pour qu'il aille récupérer la bille fugueuse avant qu'elle ne s'échoue. Cela paraît simple, mais la réalité était souvent toute autre… La chaloupe était absente une fois sur deux, ou alors elle avait des problèmes mécaniques, ou encore le patron était introuvable, ou encore il dormait si profondément… que, coups de sirène et coups de gueule n'y pouvaient rien changer. Ce jour, sans doute plus mémorable que les autres, ce n'est pas une mais cinq billes de bois qui étaient sorties du rang et avaient pris le large. Le courant défilait avec force clapot le long du bord en faisant cliqueter les pigouilles d'un radeau d'okoumé, déjà bien entamé, et à l'extrémité duquel se balançait mollement le petit remorqueur gabonais.

« Chalouououpe ! Chalouououpe ! »

Après s'être égosillé et avoir invité toutes les personnes présentes sur le pont à en faire autant, notre second capitaine chercha désespérément autour des jambettes d'hiloire et jusque dans les parcs à treuils le moindre petit objet qu'il eût pu balancer en direction de la chaloupe endormie. Hélas !…

« J'avais raison de me méfier, murmura le charpentier, j'ai planqué les derniers coins d'panneau. Depuis le début du voyage, ça fait au moins une trentaine qui ont rejoint le "magasin dix-sept" ou bien les fonds de cale. »

Ce n'est pas moi, mais le pilot, qui posa cette fois-ci une question de biffin à laquelle j'aurais été fier de pouvoir répondre le premier si Loiseau ne s'était écrié :

« Qu'est-ce qu'il raconte le "tête à faubert" ? Sait pas encore où se trouve le magasin dix-sept ?... Et ça veut devenir officier ce séminariste ?

— Fous-lui la paix !, trancha Arthur, qui n'aimait pas qu'on lui esquinte son copain de la sorte. Puis s'adressant lui aussi au pilot, il rajouta : "s'agit de la patouille !"

— ??? ???

— La mer !... On dit "magasin dix-sept" pour la mer ! »

Je mesurais à ce moment-là tous les progrès accomplis depuis mon embarquement. Le novice planeur des premiers jours avait fourbi ses ailes en se frottant aux vents contraires, culotté son savoir-faire d'un mât de charge à l'autre en courbant le dos sous le soleil marin des tropiques. Si je n'avais pas encore le droit de monter dans la mâture, j'accompagnais toutefois les matelots dans les grandes corvées, puits aux chaînes ou grattage de coque. J'aurais aimé à cet instant descendre sur le train de billes pour aller secouer l'équipage de la chaloupe, mais Bonjour en avait déjà donné l'ordre à un « mouillé ». Celui-ci ne se fit pas prier et nous le vîmes, armé d'une masse à « dépigouiller », assener, sans autre avertissement, un terrible coup sur le pont en fer de la pauvre barcasse.

Finie la sieste ! Les deux servants de la chaloupe bondirent hors de leur trou comme des rats de navire. À moitié sonnés, la bouche ouverte, les yeux exorbités, ils mirent bien du temps à réaliser ce qui se passait. Apercevant enfin le « mouillé » et sa masse, l'un d'eux articula :

« Malade ton tête !

— Toi Pahouin caïman !, répondit le Krouman en brandissant à nouveau son arme, frapper ton gueule !

— Sauvage la brousse !

— Bande di con !

— Singe !

— Sale Nègre !

— Assez palabré ! Vite ! Vite ! Moteur en route ! Cinq billes à repêcher !... », n'en finissait pas de crier Bonjour de toutes ses forces, sans arriver à se faire entendre.

Il trépignait de ne pouvoir rien jeter dans la direction des querelleurs. Le moteur de la chaloupe démarra enfin... au bout d'un quart d'heure, et les nombreux spectateurs, qui n'attendaient que ce signal, se dispersèrent aussitôt pour ne pas avoir à croiser le regard furibond d'un Bonjour chauffé à blanc.

Quand ils revinrent, nos pêcheurs de billes, épuisés et toujours aussi hagards, il devait être certainement aux alentours de minuit. Ils ne remorquaient que trois rondins. Je suppose que les deux autres avaient dû aller rejoindre ces nombreux troncs de bois qui jalonnent les plages du Gabon comme autant de mâts de gigantesques naufrages.

CHAPITRE VIII

Les doigts cassés

Les cales étaient pleines. Pour les entreponts il nous faudrait compter encore quelques jours, et puis ce serait le tour de la pontée. Déjà quelques billes, trop volumineuses pour être facilement casées sous les barrots, avaient dû être déposées ici ou là, contre un pavois ou une hiloire. Sur les espaces encore libres du pont, d'encombrants paquets de dominos et de galiotes attendaient la fermeture des panneaux pour retrouver leurs encoches. En attendant il nous fallait les déplacer sans cesse pour faire de la place, à bâbord, à tribord.

Un bruit mat dans ma tête. La sensation de la douleur aiguë, fulgurante. Un flash et un voile rouge sur les yeux. Un cri étouffé. Le sang et la souffrance qui affluent au bout de mes doigts pantelants. Tout s'était passé si vite !... Une galiote suspendue ; les treuillistes avaient profité du ballant favorable des cartahus pour amener le fardeau en vrac vers l'endroit souhaité. Le réflexe de la main qui repousse le danger mais qui ne peut éviter le choc. Deux doigts cruellement meurtris, écrasés ; le majeur surtout, mais aussi l'index. Affolement de mes compagnons, colère peut-être de certains qui craignaient d'être tenus pour responsables.

« Ce con de novice !

— Qu'avait-il besoin d'être là ?

— Quand on est si maladroit, on reste chez les louffiats ! »

Moi je ne réagissais plus ; je regardais, hébété, mes pauvres doigts tuméfiés avec le sentiment d'avoir commis l'irréparable, d'avoir trahi la confiance de ces deux petits êtres palpitants et fragiles. Je souffrais pour eux ; ma souffrance ne pouvait avoir d'autre origine que cette pitié : Deux doigts si près de mon cœur ! Et tous ces cris autour de moi qui ne faisaient que m'accuser.

Un matelot (le dénommé Lambert me dira plus tard que c'était lui) eut la présence d'esprit de me saisir par le poignet et de m'entraîner ainsi vers le château en marmonnant :

« Ah, t'es malin ! Ah t'es malin !... »

Le sang se mit à couler, nous nous mîmes à marcher vite, nous courions presque. Il était sans doute urgent de prendre la douleur et l'hémorragie de vitesse ; mais les taches rouges ne nous lâchaient plus, elles nous poursuivaient tout au long des coursives. La tête me tournait. Je voyais des éclaboussures en gouttes d'encre, en traînées d'étoiles, en ailes de papillons. Vent Léger avait dû être prévenu et nous attendait déjà près de l'armoire à pharmacie. Il s'empêtrait un peu, s'énervait beaucoup. Mélange d'odeurs de transpiration et d'éther. Les cils embués ; des larmes de sueur perlant du nez au menton s'ingéniaient à tomber sur les compresses de gaze. La brûlure du liquide de Dakin, le pansement trop serré...

« Aaaah !...

— Le v'là qui se réveille !

— Ça te fait mal ?... »

Je me mordais les lèvres pour ne plus crier. Je fermais les yeux et inspirais profondément, la tête rejetée en arrière. Une voix domina les autres, celle du commandant.

« Couillon de novice !... Faites voir !... »

Il n'y avait plus rien à voir ; un énorme pansement cachait ma maladresse.

« Que va-t-on faire de toi imbécile ?... »

Je buvais les remontrances comme du fiel. La honte imposait, au creux de ma poitrine, la présence de son nuage glacial, gonflé d'amertume. Bientôt, je me retrouvais seul, assis sur le bord de ma couchette, revivant ce qui s'était passé, imaginant d'autres scénarios, d'autres dénouements... Et la douleur revenait sans cesse, lancinante, impitoyable. Elle me forçait à demeurer immobile pour ne pas ajouter la souffrance physique à ma détresse. Je dus rester ainsi de longues heures, prostré. J'attendais, comme un naufragé sur un écueil attend, alors que la mer monte, monte, inexorablement.

« Il est midi, tu ne viens pas manger ? Auguste s'inquiétait de me voir aussi abattu.

— Je ne sais pas si je pourrai.

— Je t'aiderai à couper ton pain, ta viande…

— T'es sympa, mais…

— Tu n'as pas faim ?

— J'ai la nausée.

— Veux-tu que je prévienne Vent Léger ?

— Surtout pas ! Ça va aller !

— Comme tu veux !… »

Ça n'alla pas du tout ! La douleur s'irradiait. J'avais désormais beaucoup de mal à bouger le bras ; Auguste le trouva d'ailleurs un peu enflé. Il en parla au charpentier qui en parla au bosco qui en parla au second. Lequel n'en parla à personne mais fit soudain irruption dans la cabine des novices pour me sermonner, me surprendre peut-être.

« C'est quoi tout ce cirque ?… Où est-il ce novice à la manque ?… »

Impossible de fuir, et puis, comment l'aurais-je fait ? Le plus petit geste réveillait le mal engourdi et me clouait cruellement sur place.

« Comme casse-pieds, on ne fait pas mieux ! Sors un peu de ton trou !… Alors ? De quoi se plaint-on ici ?… »

Comme je donnais l'impression de traîner, et encore plus d'hésiter, Bonjour m'empoigna énergiquement par le coude et m'entraîna vers la lumière pour examiner en connaisseur l'incroyable poupée, enseigne de mon incompétence et de ma disgrâce.

« Ouais !… »

Qu'avait-il eu besoin de me torturer de la sorte pour en arriver à cette conclusion ? Il me quitta, mais revint quelques instants après avec Vent Léger.

« On va te changer ton pansement !… »

À nouveau l'odeur de l'éther, la douleur térébrante, la vue de la chair tuméfiée, les doigts collés par le sang, un sang noir et épais comme de la marmelade…

« Eh là ! ce n'est pas le moment de tomber dans les vapes !

— Bon, nettoyez tout ça et refaites-lui son pansement ! Moins serré !… Je préviens le commandant et je fais appeler la chaloupe, vous le conduirez à terre ! »

Étrange comme ces mots eurent l'effet d'un baume. J'étais cependant partagé entre la crainte d'apprendre que ma blessure soit assez grave et la satisfaction de la savoir suffisamment sérieuse pour me donner droit à quelques égards. C'est finalement la tête haute comme un cadet de Gascogne, mais le bras en écharpe comme un soldat de l'an deux, qu'il me fut donné de descendre la coupée sous la haie d'honneur des matelots. La chaloupe m'attendait en ronronnant. Vent Léger portait mes affaires de toilette.

« Veinard de nono !

— Tu nous écriras ? »

Les abords du petit wharf d'Owendo avaient des odeurs chaudes et lourdes de terre humide et de sève. Vent Léger dirigea nos pas vers un sentier qui n'était qu'une déchirure dans l'épais manteau végétal, et nous avançâmes prudemment parmi les herbes hautes qui fourmillaient, grésillaient, stridulaient, d'insectes invisibles et besogneux. Au bout du chemin, nous traversâmes enfin un village d'argile et de paille, organisé autour d'une rigole d'eaux usées où picoraient et grattaient quelques poules. La maison du forestier était un peu à l'écart, sur un promontoire qui dominait d'un côté la rade et de l'autre les derniers méandres du fleuve. Un personnage ventripotent nous attendait, le verre à la main, sur un coin de terrasse.

« Je peux vous offrir un scotch, mais je vous préviens, il sera sans glaçon !… Et sans eau. L'eau potable par ici, c'est un luxe, mais on peut s'en passer !… Sans façon ?… À votre aise !… »

Ce disant, il s'épongea le front avec un coin de sa chemisette qu'il tenait grande ouverte. Informé par Vent Léger de la raison de notre visite, il rajouta en se servant un autre whisky :

« J'espère que ça peut attendre car je ne pourrai pas conduire ce jeune homme à l'hôpital de Libreville avant ce soir ! »

Attendre ?... Encore attendre ?... Avais-je pensé ces mots tout haut ? L'intervention de Vent-Léger me fit sursauter.

« C'est cela l'Afrique nono, il faudra t'y faire. Ici on peut crever d'attendre ; on y meurt bien, après tout, de la maladie du sommeil ! »

Voilà qui était dit pour me rassurer. Le lieutenant nous pria de l'excuser, d'autres exigences l'attendaient à bord. Considérant que j'étais en bonnes mains, il estimait avoir rempli sa mission. Ben voyons ! la nuit allait bientôt tomber et j'allais me retrouver seul en compagnie du vieux broussard alcoolique.

« Makaya !... Ma-ka-Yaaa !... Où est-il ce mangeur de singe ?

— Ze viens patron !, répondit une voix qui cheminait entre deux rangs de bananiers.

— Que fabriques-tu par là ?

— Ze coupé bananes pour "tibotte" (repas), patron.

— Attends ! Nous avons des invités ! Tu mettras trois assiettes !... »

Trois assiettes ?... Vent Léger était déjà loin !... Le vieux colon ne vivait donc pas seul ?...

« Vous aimez le "foutou" aux bananes ?

— ???... C'est un plat africain ?

— Avec de la banane plantain, de la banane à cuire. Vous avez de la chance, Makaya est un spécialiste. »

Depuis que nous parlions le crépuscule avait commencé à cligner des paupières et des nuages de moustiques profitaient de la pénombre pour passer à l'offensive. Avec une de mes mains en écharpe, il ne m'était pas aisé de me défendre contre ces satanées bestioles.

« Vous avez tort de ne pas boire de whisky, insista mon hôte en remplissant à nouveau son verre, c'est le meilleur antidote du palu. Les moustiques n'apprécient pas l'alcool que j'ai dans le sang, c'est trop dangereux pour eux. À la vôtre !... »

Il en était probablement à sa cinquième ou sixième dose d'élixir ; il faut ce qu'il faut pour combattre la maladie et l'ennui. Mais le temps passait, la faim commençait à me tenailler, je n'avais rien avalé depuis le matin. Je regardais de temps en temps ma montre, il remarqua ce geste et finit par dire :

« Je manque à tous mes devoirs ; serait-ce déjà l'heure de l'apéro ?... »

Un moteur s'enrhumait quelque part, là-bas, dans la nuit. Après quelques éternuements, nous l'entendîmes se racler profondément la gorge, expectorer, et enfin toussoter plus calmement. Deux phares de voiture se mirent alors à fouiller dans tous les sens, ils semblaient chercher la piste permettant de s'échapper de la brousse.

« Voilà Fernand et sa chignole ! On va pouvoir se mettre à table ! »

Fernand devait être l'homme à tout faire de la concession : mécanicien, forestier, Tarzan en battle-dress. Il sortit de sa voiture comme un aventurier de bande dessinée et balança sur le plancher de la véranda une masse difforme, pleine de piquants et de poils.

« Voilà de la viande fraîche pour demain !, annonça-t-il.

— Chouette, un porc-épic !

— Ouais, ce corniaud a voulu se mesurer à mon pare-chocs !

— Makaya va s'en charger. Ah ! J'oubliais ! Je te présente un jeune marin qui a besoin de nos services. »

Le repas eut lieu à l'intérieur de la cagna, à la lueur d'un quinquet à pétrole qui attirait dans nos assiettes tous les insectes ailés du Gabon. Mon palais découvrit brutalement toute la saveur, toute la chaleur de la cuisine africaine. Le « foutou » aux bananes était agrémenté d'huile rouge de palmiste et de quelques morceaux de viande brune, particulièrement coriace. La première bouchée me mit le gosier en feu. Je suffoquai sous le regard amusé de mes deux compagnons.

« Un problème ?

— Sssssoifff !!!

— À la bonne heure ! »

Malheur à moi, pauvre métro à l'estomac délicat ! Le whisky propagea l'incendie dans mes entrailles, tel un torrent de lave !... Rictus, larmes, perles de sueur et rougeurs au front, tempes qui battaient la chamade, j'essayais d'éloigner mon visage du halo de la lampe qui pouvait me trahir, mais déjà mes deux tortionnaires ne s'intéressaient plus à ma débâcle gastrique, une chose bien plus préoccupante les tourmentait.

« C'en est fait, ils sont tombés !

— T'en es sûr ?

— Ouais !... Ils l'ont annoncé à la radio, de Castries s'est rendu !... Elle était indéfendable cette cuvette !...

— Quelle histoire ! Comment tu l'appelles déjà ce bourbier ?

— Diên-Biên-Phu !... »

Nous étions le 8 mai 1954.

La camionnette de Fernand avait des odeurs épicées de sciure de bois et de poussière chaude. L'air humide et les cris de la forêt y pénétraient par bouffées. D'Owendo à Libreville, trente kilomètres de route en latérite, trente kilomètres de creux et de bosses. Il n'y avait que deux véritables sièges dans cette guimbarde, moi j'étais assis à l'arrière, sur un sac de noix de coco qui me meurtrissaient les fesses. Trente kilomètres d'un chemin raboteux criblé de fondrières, rongé de crevasses, trente kilomètres de suintis de sources et de racines que des arbres ébouriffés étiraient comme d'énormes tentacules en travers de la piste. Les cahots désordonnés m'obligeaient à me cramponner comme je pouvais de ma main valide. Bouleversés par les dernières nouvelles d'Indochine, les deux coloniaux n'en finissaient pas de les commenter.

« C'est le commencement de la fin !

— L'engrenage !... La contagion !...

— Finies les colonies !

— Tu crois que ça peut arriver en Afrique ?

— Ça ne sera pas pour tout de suite !... Nous avons encore de beaux jours devant nous, mais tu peux me croire, ça arrivera !... Ce jour là je serai vieux, à la retraite, quelque part en Sologne.

— T'as de la chance, moi je m'y vois mal ! »

Il roulait vite le Fernand, au lieu de visionner des images d'un avenir hypothétique j'aurais préféré qu'il s'occupât un peu plus des dangers de la route.

« Aïe !!!

— Ça va derrière ?

— !!! Un peu !...

— Patience mon vieux, ça ira mieux dans un instant, on y arrive ! »

La route s'améliorait en effet. Nous traversions maintenant de gros villages avec quelques nids de lumière d'où s'échappaient des hoquets de musique discordante.

« Écoute-les !... Ils ne pensent qu'à s'amuser !

— C'est samedi ! Ils vont boire toute leur paye !...

— Comment veux-tu qu'ils s'en sortent sans nous ces sauvages ? Sont même pas capables d'économiser ! Connaissent pas la valeur de l'argent qu'on leur donne !

— On devrait les payer avec des bananes ! »

Enfin l'hôpital ! Une ombre immense et rassurante entre deux rangs de palmiers. À l'intérieur régnait une odeur tenace de phénol que brassait de grands ventilateurs suspendus aux plafonds. Mes cicérones me confièrent à un géant noir habillé de blanc ; un infirmier, un gardien ? Je ne sais plus. Épuisé par tant d'épreuves et de péripéties, je ne me souciais plus sur l'heure que d'une seule chose, pouvoir m'allonger et dormir, dormir pour essayer d'oublier mes malheurs, dormir enfin, dormir. C'est donc avec un soulagement à peine feint que je répondis « merci ! » au géant en blouse blanche lorsqu'il me désigna la forme d'un lit dans une immense salle commune...

Avais-je entendu le chant d'un coq en pleine mer ?... Je mis de longues secondes à émerger de je ne sais quel rêve absurde. Je mis bien plus longtemps encore à réaliser que je me trouvais, non pas à bord, mais dans un lit d'hôpital, sous une moustiquaire. La douleur qui se mit à jaillir tout à coup, au bout d'un geste à peine esquissé ou d'un frôlement du drap, me remit les idées en place. De l'autre côté de la moustiquaire était un monde flou, inconnu, où circulaient des voix, des bruits de pas et un léger fumet de café ; j'attendais, appréhendant l'instant où il me faudrait y pénétrer et m'expliquer. J'allais enfin me décider quand les choses se précipitèrent. La moustiquaire s'écarta brusquement et un dragon déguisé en bonne sœur apparut au ciel de mon lit.

« Le voilà le petit nouveau ! Température jeune homme !… »

Et je dus m'exécuter promptement, sans parvenir à m'isoler totalement du regard des autres pensionnaires.

La chambrée avait des dimensions respectables. C'était une salle réservée aux Blancs. Une vingtaine de lits entouraient une large table conviviale, mais ces lits n'étaient pas tous occupés ; mes commensaux n'étaient pas plus de sept ou huit. Le plus bavard s'approcha et me dit en chuchotant :

« T'aurais pas une petite clope ?

— Je ne fume pas !

— Chuuut ! Parle plus bas ! Sœur "Perpète" pourrait nous entendre. C'est une véritable teigne, elle m'a confisqué toutes mes cigarettes. »

La religieuse aux manches retroussées revenait justement vers nous. Elle distribuait des médicaments aux alités en virevoltant entre les lits comme un derviche. Sa façon à elle, sœur « Perpète », sœur Perpétue de l'Immaculée Conception, d'établir la liaison entre le monde céleste et les mortels en transit.

« Vous le marin, habillez-vous et suivez-moi !… »

L'examen médical révéla une double fracture du médius et une fêlure de l'index. Les plaies, n'ayant pas été couturées à temps, laisseraient de belles cicatrices.

« On va vous garder une semaine ou plus, cela dépendra de la date de départ de votre bateau ! »

J'étais fixé ! Mes doigts allaient guérir, la douleur n'était plus une obsession, le moral pouvait revenir, et il revint… Il revint en tissant sa trame calmement au fil de ces jours partagés entre le repos, les prises de température, les repas, les piqûres et les soins. Au début, je pouvais rester des heures entières à rêver tout éveillé, à regarder tourner les grandes pales du ventilo, à observer le travail patient d'une mouche maçonne construisant son nid d'argile au coin d'une fenêtre, à suivre les déplacements d'un petit lézard chassant les insectes sur le mur, juste au-dessus de ma tête ; et puis, petit à petit, je finis par m'intéresser au sort de mes compagnons d'infortune : à la fracture du coude de Bébert, au palu de Marius, au ver de Guinée de Raymond, et à toute la panoplie des maladies tropicales des quelques autres.

« Tiens, un nouveau ! On nous a amené un nouveau cette nuit !

— T'aurais pas une petite clope ?, se dépêcha de lui demander Bébert.

— ??? No understand !

— Allons bon, un British !… Cigarette ?…

— Oh, yes !… »

Hélas ! Alertée par ce chahut, sœur « Perpète » arriva juste à temps pour subtiliser le paquet de « Camel » avant qu'il ne change de main. Pour couper court à toute discussion, l'Anglais se vit remettre aussitôt un thermomètre qu'il n'hésita pas un seul moment à porter à sa bouche.

« Nooooo !!! »

Trop tard !… Il n'y avait que trois ou quatre thermomètres pour l'usage de toute la chambrée.

« Vous le malin, lança sœur "Perpète" à l'adresse de Bébert, expliquez-lui, moi j'y renonce. »

Et elle s'éloigna telle une furie en déplaçant autant d'air qu'une tornade tropicale.

L'Anglais s'appelait Walter, c'était un marin de la « Palm Line ». Nous lui parlions davantage avec des gestes à défaut d'un langage plus clair. Seul Marius, qui prétendait avoir roulé sa bosse dans tous les ports anglophones de la C.O.A., insistait pour étaler ses connaissances en un époustouflant pidgin à la sauce tarasconnaise auquel notre nouveau compagnon demeurait imperméable :

« I(ye) worked(de) in a shipchlandler's(se) offi(sse) in Bathurst(te) !

— Il n'a pas l'air de te comprendre ! Tu es sûr que c'est de l'anglais ? »

Walter écoutait ce bavardage en y mettant toute sa bonne volonté et son fair play. Un matin, pour nous témoigner sa sympathie, il eut l'idée géniale de fouiller tout au fond de ses bagages et de nous faire découvrir un tas d'objets hétéroclites et fétiches, cartes postales, photos de famille, colifichets et,...

« Oh !... Fantastic !... One packet of cigarettes !... Do you want a "clope" mister Bébert ?

— Oh yes, sir !!!

— Vous m'avez appelée ?, demanda sœur "Perpète" du fond de la salle.

— Pas du tout, pas du tout, pas du tout !..., en decrescendo, puis tout bas : Que fait-elle ?

— Elle s'en va !

— Ouf ! »

Grâce aux cigarettes de Walter, je pouvais rajouter à mon emploi du temps une promenade journalière sur la terrasse. Je ne fumais pas moi-même, mais j'étais chargé de faire le guet pendant que Bébert libérait avec délice, les yeux fermés, quelques songes enveloppés de ronds de fumée. De cette terrasse, qui donnait sur la face cachée de l'hôpital, je découvrais entre deux pavillons allongés comme des hangars, les vestiges d'un grand jardin qui finissait de se transformer en cour de village. Là, campaient et s'entassaient les familles des autres malades... les Noirs !... Que de délicates attentions de la part de nos braves médecins et bonnes sœurs pour nous éviter toute promiscuité avec cette cour des miracles, ces béquillards, ces infirmes et lépreux aux membres mal reboutés, ces mamelles desséchées, ces plaies suppurantes, ces visages languides de l'hôpital indigène. Entre deux bouffées de cigarette, Bébert réalisa que je me laissais distraire par ce spectacle.

« Ici ce n'est rien à côté de Lambaréné !, me dit-il.

— Ah !

— T'as tout de même entendu parler du "bon docteur blanc" qui joue de chouett's z'airs dans la brousse ?

— Schweitzer ?...

— Ouais ! Il n'y avait rien à Lambaréné avant lui, rien que la brousse ; le village s'est greffé autour de l'hôpital. Les gens sont venus de partout. C'était comme s'il avait posé un morceau de sucre qui attirait des fourmis.

— Il n'y avait tout de même pas que des malades dans cette brousse ?

— Bien sûr que non ! Mais celui qui quittait son village pour se faire hospitaliser entraînait avec lui toute sa famille, plus de dix à vingt personnes. Cent malades, cela te faisait une ville de mille à deux milles habitants, mille à deux milles bouches à nourrir.

— Et le docteur Schweitzer, tu l'as rencontré ?

— Bof !

— Quoi, bof ?

— Tu sais je l'ai surtout entendu.

— Entendu ? Comment ça ?

— C'était en 1950, il avait déjà 75 ans et ne s'occupait plus beaucoup de médecine. Mais comme il avait de l'énergie à revendre, le vieux, il passait ses nuits à frapper de toutes ses forces sur son piano et empêchait les malades de dormir. Paraît qu'il se déplace parfois en brousse et même en pirogue avec son éternelle boîte à musique, mais on dit tellement de choses sur lui. Comme cette histoire du gros roi Jérôme du Koumouna-Bouali que j'ai entendu raconter pour la première fois à Mayumba, en 1935. »

Bébert avait sa façon à lui, un peu déroutante, de tout expliquer par la caricature. Son humour dérangeait parfois, certains le traitaient même de hâbleur, mais il ne s'en souciait guère. Ce soir-là il regarda religieusement se consumer entre ses doigts les derniers brins de tabac de sa cigarette et, accrochant avec malice cette lueur de braise au coin de ses prunelles, il commença :

« Le roi Jérôme, des monts du Koumouna-Bouali, entendait souvent ses sujets lui parler du “bon docteur blanc” qui avait fait construire une grande case, loin là-bas, au bord du fleuve Ogooué. Le “bon docteur blanc” y soignait les lépreux et les grands malades. Ce sont les esprits malins de la forêt qui apportent la maladie et la mort, pensait Jérôme. Celui qui prend le risque de se dresser contre la volonté des esprits doit être un pauvre fou ou un grand “nganga”, c'est-à-dire un féticheur. Mais malgré cette croyance, la réputation du “bon docteur blanc” grandissait, grandissait, à tel point que de nombreux villages du Koumouna-Bouali commençaient à se vider. L'espoir d'une vie meilleure faisait prendre la route à tous ceux qui souffraient. On souffre toujours de quelque chose ici-bas. Le roi lui-même souffrait en silence de la maladie héréditaire de la plupart des rois nègres : il était obèse, monstrueusement obèse !

Un matin, après avoir longtemps réfléchi et palabré avec son grand conseil, le roi Jérôme décida qu'il irait lui aussi voir le grand guérisseur. Il absorba, et fit absorber à ses hommes, le breuvage tonique de l'“iboga” qui permet de marcher et de pagayer sans repos pendant des jours et des nuits.

Il traversa ainsi la forêt vierge, en tipoye, porté par plus de la moitié des hommes de son village.

À Lambaréné, l'arrivée d'un pareil cortège fit sensation. Le roi campa avec sa troupe à deux pas des murs de l'hôpital et une délégation de dignitaires alla remettre les cadeaux d'usage au grand docteur : peaux de panthères, ivoires, femmes, perroquets, graines et fruits divers. Les salutations furent suivies d'invitations. Ce n'est qu'au terme de toute une série de réceptions que le gros roi finit par demander au célèbre médecin d'utiliser son pouvoir pour le guérir de son infirmité.

» Che ne fois qu'une cholution, lui avoua Schweitzer en franco-alsacien, il faut fous mettre au réchime !

— Au régime ? Tous les jours ?

— Pien chûr, tous les chours !

Le roi Jérôme ne reprit pas tout de suite le chemin du retour. Il préféra attendre quelques jours pour vérifier que la méthode qu'on venait de lui conseiller était bonne. Il ne lui fallut pas plus d'une semaine pour être convaincu que le Blanc s'était moqué de lui. C'est donc très en colère qu'il demanda au docteur, pourquoi il avait si mal au ventre avec tous ces régimes qu'il n'arrivait même pas à finir. D'ailleurs il était certain d'avoir encore grossi.

» Fous le faites comment fôtre réchime ?, demanda alors Schweitzer.

Les grands dignitaires expliquèrent comment les nombreuses femmes du roi préparaient les régimes de bananes.

» Le femme peut écraser bananes bien partout avant mélanger graisse et piment pour cuire ; le femme peut aussi...

— Chtop ! Cha me chuffit ! Che n'est pas chela un réchime !...

— Tu dis quoi ? C'est pas le bon banane ? Tu sais, là-bas, dans villages Koumouna-Bouali, on gagné pas le banane douce !

Voyant qu'il avait du mal à se faire comprendre, le docteur Schweitzer fit appeler un interprète et considéra qu'il était plus prudent de rédiger une ordonnance. Il écrivit donc au-dessus de sa signature la plus soignée :

"Prescriptions pour le roi Jérôme.

(Suivre ce régime durant six mois) :

Au petit déjeuner : gober un œuf cru, un seul.

Au déjeuner : manger une seule côtelette grillée.

Au dîner : reprendre un œuf bouilli ou frit, un seul."

Le roi s'en alla en emportant avec lui l'ordonnance et... l'interprète, et promit de revenir dans six mois. Hélas, Jérôme ne revint jamais à Lambaréné. Il mourut d'indigestion pour avoir suivi les conseils du "bon docteur blanc" à la lettre !...

— ???... »

Le soir avait déjà son odeur de fumée et de terre, il se faufilait et bruissait entre les palmes, allumait ses bivouacs au milieu des pagnes, des chuchotements de voix et des concerts de criquets. Bébert écrasa son mégot et chassa de la main le zinzin d'un moustique.

« Il se fait tard ! On nous attend pour la soupe !

— Mais ?... Ton histoire ?...

— Que veux-tu savoir ?

— Je ne sais pas ?... J'ai comme l'impression !...

— Que je ne t'ai pas tout dit ?... Et il ajouta avec un clin d'œil en forme de virgule : tu as peut-être raison !... »

Monotonie du repas qu'on émiette ; j'attendais, comme un dessert promis, que Bébert reprenne son historiette. J'explorais déjà en songe les immenses forêts gorgées d'eau, les sous-bois inquiétants et pleins de cris de singes, les rapides bouillonnant dessous les ponts de lianes. Je visitais les villages du lointain et mystérieux Koumouna-Bouali. Sœur « Perpète », elle, faisait le tour de la table.

« Ça sent le tabac par ici !!!, lança-t-elle brusquement.

— Gloup !!! Sursaut, suffocations et tintamarre de verres et d'assiettes. Je venais d'avaler une énorme bouchée de travers.

— Que vous arrive-t-il jeune homme ?

— Rien ! Je marchais tranquillement dans la brousse. Excusez-moi, j'ai dû louper une marche.

— Hmmm ! Dépêchez-vous maintenant !... Extinction des feux dans une heure ! »

La cornette de notre ange tutélaire s'éloignait à peine que Bébert me glissa à l'oreille :

« Va falloir redoubler de précaution ! Elle a plus de nez qu'un rhinocéros !

— Et à ton avis, elle serait aussi dangereuse. Je veux bien t'aider Bébert, mais en échange...

— Je t'offre la fin de mon histoire !

— Marché conclu ! »

Toutes les têtes se rapprochèrent du centre de la table. « Chuuut !... » On entendit encore comme un bruit de taloche. Quelqu'un venait de prier un moustique de se taire. Et la voix de Bébert répéta comme il y a déjà longtemps, celle du tam-tam :

« Le roi Jérôme est mort ! Le roi Jérôme est mort !... En 1935, j'étais à Mayumba où je cherchais un guide interprète pour aller prospecter en brousse vers les monts du Koumouna-Bouali. On me désigna un petit homme, un Babinga, un Pygmée, qui avait dans le temps travaillé auprès du docteur Schweitzer à Lambaréné. À peine avais-je prononcé devant lui le nom de ma destination que le Babinga se mit à trembler des pieds à la tête :

» Koukoukoumoumouna pas bon ! Pas bon ! Moi pas vouloir aller là-bas ! Jamais ! Jamais ! Jamais !

J'eus beau insister, lui proposer un bon salaire, rien n'y fit. L'évocation de ces collines le terrifiait à tel point que je finis par craindre d'entreprendre à mon tour cette expédition dont j'ignorais jusque là qu'elle fut périlleuse. Les jours passèrent. Au bout d'un mois, comme j'hésitais encore, l'on me pria de céder ma place à quelqu'un de moins timoré. Ouf ! Je perdais mon travail, mais je n'étais pas fâché de cette issue, j'étais simplement persuadé de l'avoir échappé belle. Avant de quitter Mayumba, il ne me restait qu'une chose à faire, interroger à nouveau le Babinga, tout en le rassurant sur mes intentions, pour connaître enfin la nature de ces dangers que ma prudence m'avait fait éviter. Qu'y avait-il de si mauvais au Koumouna-Bouali ?... »

Bébert reprit alors, pour nos compagnons, le récit de l'entrevue du roi Jérôme avec le docteur Schweitzer, à Lambaréné. Cette histoire il la tenait finalement du Babinga qui n'était autre que l'interprète qui fut contraint de suivre le souverain quand il s'en retourna chez lui avec sa précieuse ordonnance.

« Mais oui ! Mais, c'est bien sûr !... »

Je réalisai brusquement que ce détail m'avait échappé lors du premier récit : l'interprète était en quelque sorte l'otage et le garant. Il était de son intérêt que le roi guérisse en suivant le régime prescrit.

« Mais alors, de quoi est mort le roi Jérôme ?, demandai-je, perplexe.

— Je te l'ai dit, d'indigestion !

— Je ne comprends plus.

— Attends de connaître la fin de l'histoire. La boulimie du roi ne pouvait s'accommoder de pareilles restrictions : un œuf ? C'est peu de chose ; une côtelette ? On en fait une bouchée. À moins que ?...

Jérôme fit appeler l'interprète et lui demanda si le "grand docteur blanc" avait précisé autre chose sur son papier. Le Babinga était bien sûr analphabète, mais un ordre c'est un ordre, et il fit semblant de lire, sans toutefois abuser personne. Craignant pour sa peau, il prit la responsabilité de la chose écrite : "Un œuf le matin ! Une côtelette à midi !..." La situation était déjà assez embarrassante, elle le devint encore plus lorsque le roi lui demanda s'il devait choisir un œuf de tel oiseau ou de tel autre, une côtelette de chèvre ou de zébu. Il n'y avait bien sûr pas de réponse, le docteur laissait au malade le choix du goût et de la fantaisie. Ce qui comptait dans ce régime c'était, non pas la quantité mais, la qualité. Le roi en fut convaincu et l'interprète abonda dans son sens pour ne pas le contrarier. L'œuf et la côtelette prirent chaque jour un peu plus de volume jusqu'à devenir œuf d'autruche et côtelette d'éléphant... Jérôme mangeait plus que d'ordinaire, mais il suivait scrupuleusement son régime. Pressentant que tout cela ne pouvait que mal finir, le Babinga décida alors de s'enfuir dans la forêt. Il était déjà loin quand la voix du tam-tam le rattrapa et lui apprit que ses craintes étaient fondées, le roi Jérôme venait de mourir.

— Dans ces conditions, de quoi avait-il encore peur, ton interprète ?, demandai-je au conteur.

— En Afrique, la mort n'est jamais naturelle. Il faut trouver le responsable. Pour les tribus du Koumouna-Bouali, c'est le Babinga sorcier, qui avait empoisonné le grand roi Jérôme et maintenant, l'âme du défunt réclamait justice.

— Ton histoire ne tient pas la route !, objecta Raymond.

— Pourquoi ?

— Il n'y a pas d'autruche au Gabon !

— Ah oui ? Et les monts du Koumouna-Bouali, tu les connais toi peut-être ? Tu sais ce qu'on y trouve ?

— Non, mais...

— Personne ne sait ce qui se passe là-bas.

— Et le prospecteur qui t'a remplacé ?

— Un mystère ! On l'attend encore ! Il n'est jamais revenu !

— T'en es sûr ?

— Non, mais je préfère ne pas le savoir. Si j'étais sûr de quoi que ce soit, il n'y aurait plus de mystère et se serait dommage. Ce que je sais, c'est que le roi Jérôme est mort il y a bientôt vingt ans et que son tipoye parcourt encore la forêt à la recherche du "ndoki", le sorcier "mangeur d'âme", responsable de son décès.

— Balivernes !, murmura Raymond du bout des lèvres.

— Toi, mon vieux, tu n'as pas encore assez d'Afrique ; tu n'es pas non plus obligé de me croire. Disons simplement qu'on en reparlera dans quelques années. »

Une coupure de courant qui signifiait de la part de notre ange gardien « Perpète » : « On se tait là-dedans ! », obligea Bébert à ranger la suite de ses histoires sous son oreiller.

« Babinga », « iboga », « nganga », « ndoki », sous mes paupières closes, une incroyable sarabande de mots nouveaux et mystérieux harcelait maintenant mon sommeil. Des rythmes obsédants de tam-tams, de danses initiatiques et de chants rituels hantaient mes nuits, peuplaient mes rêves. Là-bas, de l'autre côté des murs de cet hôpital, battait le cœur de la forêt équatoriale : entité résultant de l'union des forces vives et ténébreuses de la terre et des rayons vaporeux et magiques de la lune. Là-bas, le royaume énigmatique du Koumouna-Bouali digérait, terre cannibale, ventre insatiable, des animaux inconnus et des prospecteurs imprudents.

Les récits de Bébert me fascinaient, mais en même temps ils éveillaient en moi quelques mélancolies, un profond sentiment d'exil.

Où était-elle ma terre natale, le monde familier de mon enfance, la campagne aux pieds nus qui fleurait la bruyère, les plages échevelées aux senteurs crues de varech ? Où était ma maison adossée aux embruns, les rues aux ardoises mouillées, les filets suspendus aux mâts des malamoks ? Toute une vie de souvenirs que blessaient tant de choses nouvelles.

J'écrivais à ma mère, de nostalgie, sans trop savoir que dire.

Sous mes pieds, sous mes yeux, un continent immense, comme une autre planète, avec sa vie étrange ; un monde si différent ! Je me sentais loin, très loin de ceux que j'aimais. Mais c'était moins la distance qui faisait l'éloignement que ce dépaysement total.

Voilà déjà sept mois que j'étais embarqué sur le *Robert Espagne*, sept mois d'une vie errante, au long-cours. De vague en vague, de rade en rade, de sillage en horizon, avec au bout du chemin la mer toujours renouvelée. J'avais grandi dessus, sans même m'en rendre compte. Mais, comme m'aurait dit un certain Tonton Jacques du temps passé : « La mer ? La mer ? La mer pour des promenades, on appelle cela encore la mer ? » J'avais déjà envie de lui répondre : « Je n'en sais trop rien Tonton Jacques, mer ou pas mer, cela me plaît ; je crois que je vais m'y faire. »

Un matin, je fis mes adieux à Bébert, à Marius, à Raymond, à sœur « Perpète ». Walter nous avait quitté la veille. Moi je retrouvais à Owendo un liberty chargé comme un baudet, faisant le dos rond sous une belle pontée de billes d'okoumé. Les Kroumen allaient et venaient, riaient, criaient, bavardaient avec une abondance fébrile : « Montez les wères ! Montez les wères ! » De la cheminée s'échappait cette épaisse fumée blanche qui indiquait que les deux chaudières étaient « en chauffe », et que par conséquent le départ était proche.

Quelqu'un m'aperçut montant la coupée.

« Tiens, voilà le castor qui nous revient !

— Tu peux te ramener nono, on a ramassé les galiotes !

— Le novice ?, s'écria Bonjour en se déformant la mâchoire sur quelque chose que je pris pour une salutation. Surtout qu'il ne touche à rien avant le départ ! Il nous a causé assez d'ennuis comme ça. »

Comme accueil c'était du cousu main. Je ne m'attendais certes pas à des effusions mais j'étais loin d'imaginer une pareille douche froide. Fifi qui avait compris la situation vint quémander une caresse en me léchant les doigts autour du pansement.

« Faut pas t'en faire pour si peu !, semblait-elle me dire de ses grands yeux.

— Faut pas t'en faire nono !, rajouta le Bout de Bois pour essayer de me dérider. On appareille ! Tu viendras m'aider à préparer les lignes à l'arrière. »

Au moment de quitter les lieux, l'ancre repêcha un buisson de fils d'acier plein de vase et de pigouilles. Il fallut tailler dedans pour se libérer. Le fond de la rade devait être ainsi tapissé d'une véritable toile d'araignée de câbles de déchets rejetés par des générations de navires. Autour de moi la vie trépidante de l'équipage me bousculait, j'avais perdu le rythme.

« Range-toi nono, fais gaffe à ta main ! »

J'étais partagé entre le souci de me rendre utile et celui de ne pas pouvoir me servir encore comme je voulais de cette main fragilisée. Mes blessures aux doigts se cicatrisaient cependant plus rapidement que celle encore vive et sensible de mon amour-propre. Il me fallait retrouver la confiance des autres.

CHAPITRE IX

La tournée du nord

Nous quittions le Gabon. Les bouées de l'estuaire penchaient au-dessus du courant leur mine défraîchie et rouillée de vieille dame. Je me souviens encore des noms désuets de deux d'entre elles : « Pénélope » et « Thémis ». Elles me faisaient penser à ces éternelles fiancées de marins que l'on quitte toujours inexorablement et qui passent ensuite leur vie à regarder vers le large.

La mer, la mer, enfin le sillage. J'avais rejoint le charpentier à la poupe pour regarder disparaître la tache verte de la pointe de la Estaca et pour remettre de l'ordre dans les hameçons délaissés depuis de longs jours. La plage arrière sentait la cuisine krouman. Il y avait des grains de riz et des arêtes de poisson dans les moindres recoins et surtout sur les ronds d'aussières. Contre la dunette, deux marmites en inox, ayant l'aspect d'une paire de timbales d'orchestre, vibraient sous la pression de la vapeur ; elles étaient alimentées par un système de tuyauterie et cuisaient le riz des Kroumen à l'étuvée. Durant les quatre jours que réclama la traversée d'Owendo à Sassandra, il y eut, à cet endroit, une chaude et bruyante ambiance de fête africaine. L'idée du retour libérait les tambours en calebasses, les tam-tams en fûts d'huile, les sanzas et balafons en boîtes de conserve, les sonnailles en canettes de bière et pigouilles, les mélopées et les danses. Pouly et ses amis nous invitèrent un soir, Auguste et moi, à écouter quelques vieilles légendes, des chante-fables, qu'ils accompagnaient de petits instruments improvisés, dont le plus étonnant était une sorte d'« arc-en-bouche » résonnant comme une guimbarde. Le conteur musicien frappait sur une corde tendue par un arc et qu'il pinçait entre ses lèvres, sa bouche faisant caisse de résonance. Le boy machine, lui, s'était fait confectionner, par un graisseur, une dizaine de bagues de métal de différentes épaisseurs. Il les portait à l'extrémité des doigts comme des dés à coudre percés et s'en servait pour tambouriner ou gratter le dos d'une demi-calebasse. L'éloignement ou le rapprochement de cet instrument de la poitrine de l'exécutant en réglait le volume de sonorité.

L'aube, en soulevant un coin de ciel à l'horizon, laissait échapper une brouillasse grise et perlée comme un reflet de lune ; le village de Sassandra sortait de sa nuit, il étirait son manteau de verdure humide et le faisait fumer aux premières lueurs du matin.

Les trois coups de sirène et le roulement de la chaîne au guindeau firent se lever le rideau de scène. Le jour pouvait venir, nous l'attendions tous de pied ferme. Déjà des Kroumen lançaient vers la terre : « Ahooo ! Sassandraooo !...

— Cocoricooo !... »

Qui ça cocorico ?... Ah oui, le coq du père Moullec ! Il était encore vivant celui-là ?... Et comment !... Gras, dodu, il était devenu superbe comme un emblème, avec juste quelques plumes en moins autour du croupion ; elles avaient servi à garnir de leurres les hameçons de traîne. Lui qui ne se nourrissait que de poisson, il nous devait bien cela le bougre.

La truffe dressée et frémissante, Fifi vérifia notre mouillage à l'estime. Comme elle semblait contrôler et recontrôler cela avec beaucoup d'insistance, le bosco lui demanda :

« Qu'est-ce que t'en penses ma vieille ? N'est-on pas un peu trop loin, trop à l'ouest ?

— Wouaf ! »

Elle avait raison ! Une heure plus tard, Fouillensac profita du temps plus clair pour nous rapprocher du wharf.

Pouly vint me faire ses adieux. Nous échangeâmes quelques cadeaux, ma ration de sucre et de lait concentré contre un piano de brousse, sorte de petite sanza qu'il avait fabriquée lui-même avec du contre-plaqué et des lamelles de bambou.

« Quand tu marcher beaucoup, tu joues sanza comme ça et tu penser Pouly. Alors tu jamais fatigué ! »

J'ai dû garder longtemps cet instrument rudimentaire dont les notes limpides et tristes savaient si bien peupler un coin de solitude en se mêlant au chant des gouttes de pluie contre une vitre ou une gouttière. Où est-elle aujourd'hui cette boîte à musique ? Dans le fatras des souvenirs perdus ? Au fond d'une vieille malle ? Dans l'oubli d'un grenier ?...

Les boats accostèrent, et les Kroumen descendirent le long des queues de palans de garde comme de grosses araignées noires suspendues à leur fil. Fouillensac, qui était dans ses bons jours, (la brise fleurait bon le retour au pays) fit remettre un demi-sac de riz par équipage de boat.

« Ô dis donc, là dis donc ! Commandant c'est donné cadeau ! Robé-Espagnol, lui c'est bonjour la France demain bien même ! »

Peu de palabres, des éclats de rire et quelques poignées de main. Des promesses de ramener quelque chose le voyage prochain.

« Tu cheter le pagne Paris, pour mon femme !...

— Ahooo !... Lago, lagooo !... »

Le cœur léger, un Krouman retrouva sa calebasse au fond d'un boat et se mit à la frapper du plat de la main, en deux tons alternés, en imitant le bruit d'un piston. Les pagaies suivirent en cadence et le chant rythmé s'éleva bientôt en prenant appui sur le dos des vagues :

« Y a bon bateau ?

— Commandant cadeau !

— Y a bon bateau ?

— Reveni enco, enco !

— Avec cadeau ! Oooo !... »

À nouveau le bruit de la chaîne, à nouveau les battements de l'hélice, les longs meuglements du sifflet.

« Bon, les Kroumen ce n'est pas tout !, caqueta le bosco en rassemblant ses hommes comme une mère poule dont les poussins se sont égaillés. On remet de l'ordre, on nettoie, on rince !... Oh les cons ! Ils m'ont encore coupé un palan ! »

En longeant les côtes du Liberia, le *Robert Espagne* rattrapa une foule de gros nuages noirs qui tournicotaient, se tassaient, se bousculaient à coup de ventre, comme des lutteurs de sumo. Il dut se frayer un chemin entre les bourrelets flasques de ces colosses qui n'arrêtaient pas de se mesurer à grands coups d'épaule et de cris de tonnerre.

« Voilà le pot au noir !, crut bon de nous expliquer Loiseau en descendant du quart. D'après Vent Léger, c'est la saison des pluies qui voyage.

— Et naturellement le maudit "faiseux" de grains s'est cru obligé de prendre le même train. »

L'averse arriva en effet, avec des gouttes grosses comme des œufs de caille qui s'écrasaient sur les rondins en pontée. L'eau se mit à descendre de tous côtés, de gradin en gradin, en torrents et cascatelles que le roulis intensifiait, d'un bord puis de l'autre. Chaque fois que nous quittions un abri, il nous fallait tenir compte de ce rythme pour ne pas recevoir un plein baquet sur la tête. La mer crépitait et écumait autour du bateau, on aurait dit que nous naviguions sur de la friture bouillante.

« Le temps idéal, le temps idéal... », murmura le Bout de Bois, tout en me faisant signe de le suivre sous l'averse. Le charpentier pensait en effet que cette effervescence de la surface de la mer était propice à la capture des gros poissons.

« Cela les excite ! Ils ont l'impression de voir étinceler des milliers d'écailles ! »

La prise d'un tassergal lui donna raison. C'était un poisson robuste, à la mâchoire lourde et garnie de canines hargneuses et effilées. Il avait avalé l'hameçon et l'amorce si profondément qu'il fallut lui ouvrir les ouïes et le ventre. Ce travail, que j'aurais dû laisser faire par le charpentier, tacha de sang le morceau de pansement que je portais encore. Ignorant que cela puisse m'attirer quelques ennuis, je revins vers le château en tenant fièrement à bout de bras le monstre marin aux écailles vertes et dégoulinantes.

« Novice !!!

— Commandant ?

— Votre pansement, bougre d'andouille ! »

Les cris du pacha ameutèrent, foule goguenarde et stupide, tout ce qu'il y avait de désœuvré à deux pas de là, tous ceux qui s'étaient entassés dans les coursives pour coasser en regardant tomber la pluie.

« Ça va barder pour ton matricule !

— T'as l'air malin avec ta merluche !

— Tu te crois encore chez les “Beg ar Pich” ?… »

La sentence tomba, sèche et sévère, de la bouche de Bonjour :

« Interdiction formelle d'approcher les lignes de traîne, de près ou de loin, jusque la fin du voyage ! »

Ne sachant plus que faire d'un étourneau de mon espèce, le bosco me remit à la potasse sans prendre le temps de m'expliquer comment je devais procéder pour tordre les fauberts d'une seule main. Finalement, l'acharnement de Bonjour à vouloir me prendre de nouveau en défaut, me projeta vers les travaux de passerelle et surtout vers la barre, à laquelle j'allai devoir me cramponner des heures durant pour remplacer les matelots de quart.

Derrière la petite fenêtre du répétiteur du gyrocompas les chiffres se bousculaient à qui garderait la place du milieu. J'essayais d'aider de mon mieux le nombre qui avait l'honneur du tableau d'affichage, le 320 ou le 325 et même le 330 ; l'officier de quart n'était pas très fixé sur le chemin à suivre, il mettait cela sur le compte de la dérive et ne cessait de me répéter :

« Attention novice, gouverne au demi-degré ! Ou encore : à quoi tu rêves ?… Tu écris une lettre à ta fiancée ? Elle s'appelle Simone ? C'est pour elle tous ces grands “S” dans le sillage ? »

Un matin, Bonjour me dit tout d'un coup :

« Cap au nord ! »

Il s'attendait sans doute à me voir hésiter et surveilla de près ma réaction. Quand il me vit mettre la barre à droite, il se dit peut-être encore : « Voyons voir ! » Tac, tac, tac, tactac, tactac... les nombres défilaient comme à la roulette. 330, 340, 350, 3... Eh ! Pas si bête mon pote ! Je savais bien que sur la rose du « gyro » le 360 était remplacé par un zéro. Le voilà ton nord !

« Nord la barre, capitaine !

— O.K. ! »

Un O.K. en guise de satisfecit, je m'en tirais tout compte fait pas trop mal. Comme je racontais cet épisode au Bout de Bois, il argumenta que j'avais tort de ne pas faire plus de zèle.

« À la passerelle tu es bien placé pour cela, profites-en ! En fayotant un peu, tu pourrais oublier et faire oublier tes récents ennuis ! »

La presqu'île du Cap-Vert hésitait à sortir de l'horizon laiteux. Fouillensac qui commençait à douter de l'exactitude de notre position, fit appeler le deuxième lieutenant.

« Dites donc Vandaeger, faites-moi voir les calculs de votre méridienne. Quand vous avez observé, l'horizon était tout aussi crapoteux que maintenant ? »

Fichtre ! Ça discutait dur de l'autre côté de la cloison, autour de la table de la chambre des cartes. Seul dans la timonerie, je m'appliquais à maîtriser ce zéro du compas qui remuait de gauche à droite comme la bulle d'air d'un niveau. Difficile de regarder ailleurs, de me laisser distraire par... Nom d'une pipe !

« Pirogues droit devant !!! »

J'avais dû crier très fort. En levant un peu la tête, je venais d'apercevoir, de l'autre côté des sabords, des tas de petits bâtonnets noirs éparpillés à la surface de l'eau. Le *Robert Espagne* se dirigeait tout droit vers un paquet de ces cure-dents pour cachalots. Que faire ? Fouillensac, qui en avait certainement vu d'autres, fut le premier à réagir.

« À droite toute novice !

— Reçu ! Toute à droite ! »

Moment d'hésitation ! Merde, c'est où la droite déjà ? Pas de panique, l'ordre du pacha s'accompagnait d'un geste de la main.

« La barre est toute à droite commandant !

— Parfait !... Et, bravo ! Bons réflexes ! »

Ouf ! La flottille de pirogues dépassée, nous revînmes cap au nord pour découvrir l'ombre du rivage qui commençait à salir l'horizon opalin.

« Nous y voilà !, souligna le pacha. Puis, repérant quelque chose à l'aide des jumelles et de l'alidade, il rajouta : gouvernez au 351 ! »

« Dakar, la porte de l'Afrique, une porte de sas, qui retient, au sud le front humide et l'épuise, au nord les alizés et les dévie. » Il fallait toute la science de Vent Léger pour résumer ainsi, durant la manœuvre, la situation climatique du Cap-Vert, pendant que nous transpirions à grosses gouttes. Nous n'en demandions pas tant et de toute façon cela ne nous expliquait pas pourquoi il y faisait si chaud en ce mois de juin. Pressés d'en finir et pressés de reprendre le large, les matelots houspillaient les lamaneurs qui traînaient la savate et évitaient de se fatiguer outre mesure.

Nous accostâmes au poste de ravitaillement.

« Tout le monde attend avec impatience le retour de la saison des pluies, nous expliqua plus tard le commis de l'agence, en s'épongeant le front en haut de l'échelle de coupée, les dernières semaines avant l'hivernage sont toujours les plus dures, il faut savoir économiser son énergie. »

Après avoir remis le courrier au commandant et récupéré une bouteille de whisky chez l'intendant, ce commis prit encore le temps de bavarder quelques instants avec les matelots, dans l'ombre relativement délicieuse de la coursive, avant d'aller se faire cuire dans sa voiture surchauffée :

« On guette ici les premiers nuages noirs comme on guetterait le retour d'un train, d'un paquebot, à bord duquel nous reviendrait un ami parti depuis les dernières averses d'octobre, nous confia-t-il. Les premières tornades arrivent en général vers la mi-juillet. D'où la tentation saugrenue d'un ancien gouverneur de vouloir substituer aux anciennes croyances de la population, l'attachement aux nouvelles valeurs républicaines. Ainsi, c'était désormais grâce à la République et au feu d'artifice du 14 Juillet que la pluie apportait tous les ans ses bienfaits. Le ciel récompense toujours la vertu. Beaucoup de Sénégalais y ont cru, beaucoup y croient encore. »

Ce jour-là, le courrier fut abondant. Les sourires fleurissaient sur les visages de ceux qui lisaient en remuant silencieusement le bout des lèvres. Dédé s'était retiré dans un coin du réfectoire pour ouvrir de ses gros doigts une quantité impressionnante d'enveloppes épaisses comme des tablettes de chocolat.

« Qu'est-ce qu'elle peut bien te raconter d'aussi important ta bergère ?, lui décocha le bosco.

— Elle doit lui recopier toutes les pages du *Ouest-France*, ironisa quelqu'un.

— Tiens, Fañch la Roussette est de retour au pays !, lança un autre lecteur.

— Il a encore eu son sac ?

— Non, cette fois-ci il était en bordée à Marseille où il aurait paraît-il loupé l'appareillage ! »

Chacun savourait cet instant de détente avec d'autant plus de plaisir que les mots simples qui font rêver comme : débarquement, retour, y revenaient sans cesse avec une force inégalée... Plus que quelques jours avant de retrouver un visage, un décor familier, une douce habitude... Ce n'est qu'une fois rassasiés de mots et d'images que nous remarquâmes tout d'un coup qu'une sorte d'ombre chagrine s'était furtivement glissée au beau milieu de notre courrier. Car, contrairement aux fois passées, il n'y avait pas eu cette fois-ci, une seule de ces petites enveloppes roses que recevait régulièrement Arthur et dont l'écriture appliquée semblait dessiner des adresses semblables à des poèmes.

« Arthur !... Bon sang, où est-il passé ?, demanda Lambert.

— Arthur !... »

Nous connaissions tous sa passion exclusive pour cette fiancée lointaine et presque chimérique, mais nous connaissions encore mieux son émotivité, son caractère impulsif, ses réactions aussi inattendues qu'excessives. Nous nous précipitâmes à sa recherche.

« Arthur !... Où es-tu, bordel ?... »

Un attroupement bruyant et insolite sur le quai, attira notre attention. Il devait se passer quelque chose vers l'arrière du bateau, que la pontée nous empêchait de découvrir.

« C'est quoi tout ce cirque ?, demanda Bonjour à un pompiste qui rigolait comme un babouin.

— Salam patron ! C'est le toubab là-bas, il pelé N'Diaye !

— Et alors ?

— Il veut aussi sauter dans l'eau !

— Quoi ?

— Ça c'est signé Arthur !, cria Lambert, sa petite amie ne s'appelle pas N'Diaye mais Diane !

— Merde !... Vite vous autres, il faut l'empêcher de faire des conneries ! »

Arthur avait-il vraiment l'intention de mettre fin à ses jours ou cherchait-il à nous impressionner ? Il avait enjambé la rambarde et penché au-dessus du vide, il attendait je ne sais quoi pour lâcher prise.

« N'approchez pas !, hurla-t-il en nous apercevant.

— Ne fais pas l'idiot Arthur !

— Laissez-moi ! Je n'vous ai rien demandé !

— Écoute, ne pas recevoir de lettre ne veut rien dire !

— Ce n'est pas vrai !

— Tiens, moi par exemple..., crut bon d'ajouter Loiseau.

— Toi, ta gueule !, riposta Arthur, tu m'as assez fait chier avec tes histoires de facteur.

— C'est vrai çà ! C'est un peu ta faute ce qui arrive, reprit Dédé, tu l'as conditionné ce pauvre gosse !

— Oh et puis, merde ! Débrouillez-vous avec lui ! Avec le poids de sa connerie, il est sûr de toucher le fond du premier coup !

— Et la tienne de connerie ? Il est complètement givré ce mec de dire des choses pareilles !

— De toute façon, il s'y prend mal, insista Loiseau avant de s'éloigner. À sa place je choisirais un autre endroit. C'est plein de requins par ici !

— Des requins ?..., dit alors Arthur en reniflant et en resserrant sa prise à la rambarde, j'm'en fous !... S'il croit me faire peur !... »

Dédé profita du moment d'inattention de l'amoureux éconduit pour s'élancer vers lui et l'agripper. Hélas, dans sa précipitation il s'affala en vrac et ses grosses paluches au lieu de retenir le matelot léger lui firent perdre l'équilibre.

« Plouf !!!

— Arthur à la mer !

— Il l'a fait le con !

— Mais non, c'est Dédé qui l'a poussé !

— Vite une échelle de corde !

— Pour que faire ? regarde le cet artiste de cinéma, il nage déjà vers l'échelle du quai !

— Quoi ?..., s'exclama Dédé, et il ajouta en étirant les syllabes pour mieux les faire grincer entre ses dents : l'en-foi-ré ! »

Pendant que tout l'équipage s'occupait d'Arthur, que les pompistes sénégalais se tordaient de rire en Woulof, le *Robert Espagne*, lui, en profitait pour vomir son fuel à gros bouillons par les cols de cygne et en remplir la coursive bâbord.

Après cet incident, Arthur fut un peu mis en quarantaine. Corvée de potasse, corvée de peinture, corvée de ceci, corvée de cela. Voilà pourquoi et comment je fus alors promu timonier à sa place. Fouillensac n'avait plus confiance en quelqu'un que le chagrin minait à ce point et qui pouvait avoir des réactions imprévisibles.

« La voilà ta chance castor !, me dit le Bout de Bois, ne la laisse pas filer ! »

Le vent du large avait bien du mal à chasser l'odeur forte et tenace du mazout répandu. Cette bile âcre et visqueuse avait imprégné la peinture et quelques billes de bois en pontée, et malgré la chaleur, nous fûmes contraints de garder fermés tous les hublots des réfectoires pour ne pas avoir à respirer des émanations incommodantes.

Les alizés s'enhardissaient et venaient en crescendo à notre rencontre. Ils poussaient devant eux, comme pour une transhumance, un immense troupeau blanc de vaguelettes. Parfois un bélier fou se détachait du groupe et venait donner de la tête dans le pavois. Toute sa toison voltigeait alors en écume laineuse, avant de retomber en pluie sur les rondins.

Des espaces ayant été aménagés dans la pontée pour permettre d'atteindre les bouchons des tuyaux de sonde et faire ainsi les relevés de l'eau qui pouvait s'infiltrer ou suinter dans les cales, le charpentier réclama auprès du bosco et du second capitaine que je puisse l'accompagner chaque matin pour cette opération délicate, prétextant que la présence d'une deuxième personne se justifiait à cause des risques de glissade ou de paquets de mer à ces endroits. En réalité, ce cher Bout de Bois voulait tout simplement me faire participer à la cueillette des poissons volants. Les exocets mettant à profit et les vents portants et les nuits très sombres pour se lancer en véritables escadrilles à l'assaut de notre cargo, on en découvrait à l'aube une bonne dizaine, entre les billes de bois, dans les parcs à treuils, dans les ronds d'aussières. L'un de ces kamikazes alla même jusqu'à pénétrer dans la cabine de Vent Léger par le hublot. La chair de ces poissons n'était pas d'un grand intérêt, elle rappelait un peu le maquereau ou le saurel. Le Bout de Bois préférait les naturaliser en les fixant, nageoires grandes ouvertes, sur des plaquettes de contreplaqué et en les faisant sécher après leur avoir remplacé les viscères par du tabac. Les plus beaux spécimens avaient même le droit à une couche de vernis.

Dans les parages du cap Blanc et le long des côtes désertiques du Río de Oro, nous croisâmes quelques navires de pêche aux silhouettes familières. Pendant mes heures de barre en sa compagnie, Vent Léger perdait son temps à vouloir m'expliquer ce qu'était un langoustier de Douarnenez ou de Camaret. Je reconnaissais naturellement au premier coup d'œil ces magnifiques bateaux que nous appelions au pays les « mauritaniens » et sur lesquels naviguaient sans doute quelques cousins de Tréboul. Je me passionnais par contre pour ces récits historiques ou pseudo-historiques que pouvaient faire jaillir, au hasard de notre traversée, un nom sur la carte, un amer lointain, ou simplement un peu de rêverie. Ce jour-là c'est autour d'une chansonnette que se développa l'historiette, ou plutôt le commentaire, de notre deuxième lieutenant.

« Il était un petit navire, il était un… »

Que lui arrivait-il soudain ? Le retour au pays lui rappelait-il de bons souvenirs maternels, de roucoulantes berceuses. Je m'attendais à le voir sucer son pouce lorsqu'il me demanda brusquement :

« D'après toi nono, il s'appelait comment ce petit navire ?

— ??? Je n'en sais trop rien lieutenant ! »

Et je me surpris à fredonner moi-même quelques couplets pour voir s'il était question d'un quelconque nom de bateau dans cette chanson enfantine.

« Tu ne vois vraiment pas ?

— Ben, non !

— Eh bien, il s'appelait *La Méduse* !

— Ah bon !…

— Parfaitement ! Et ce n'est pas sur la Méditerranée qu'il a entrepris son long voyage mais sur la côte ouest de l'Afrique. Malheureusement pour lui, il n'a jamais dépassé l'endroit maudit où nous sommes actuellement !…

— ???…

— Les bancs d'Arguin !…

— Qu'est-il arrivé à ce bateau ?

— C'était une frégate. Elle s'est échouée, puis disloquée sur un banc de sable, à plus de trente milles de la côte et ça s'est passé il y a bientôt cent cinquante ans.

— Des victimes ?

— Beaucoup !… Il n'y avait pas assez d'embarcations de sauvetage pour tous les marins et passagers. Ils durent construire un grand radeau et se laisser dériver… »

À ce moment de son récit, Vent Léger jeta un œil sur le répétiteur du compas et rajouta :

« Ce n'est pas une raison pour en faire autant. Reviens en route nono ; faudrait pas non plus nous envoyer au sec !

— Excusez-moi !... La barre est cinq à gauche ! »

Puis, le cap retrouvé, je ne pus m'empêcher de poser la question qui me brûlait les lèvres depuis le début :

« Mais le reste de la chanson dit...

— Qu'au bout de quelques semaines les vivres vinrent, vinrent, vinrent à manquer ? C'est exactement ce qui s'est passé sur le radeau !

— La courte paille ?...

— Peut-être ! En tout cas les plus forts ont mangé les plus faibles. Il y a eu très peu de survivants !... Depuis ce jour, on prétend qu'un radeau fantôme ne cesse de dériver dans ces eaux, par temps de brume. »

Vent Léger avait probablement épuisé tout ce qu'il savait sur ce drame car il préféra m'abandonner, songeur, au bord de son récit tout en fredonnant :

« Le sort tomba sur le plus jeune, le sort tomba sur le plus jeune, qui n'avait ja-ja-jamais navigué, qui n'avait ja... »

Les veillées aux réfectoires attiraient désormais peu de monde, les hommes traînaient leur lassitude comme un fil à la patte, maudissant ce vent qui fraîchissait, jusqu'à force sept entre Gran Canaria et Fuerteventura, et freinait notre progression. Un dimanche soir nous fîmes cependant une petite fête autour de ce coq au vin que nous attendions depuis si longtemps, celui du père Moullec. Hélas ! Même copieusement arrosé de cambusard, notre Chantecler avait un arrière-goût de poisson, et une chair coriace avec ça.

« On dirait du cormoran !, soupira le bosco.

— Du congre en matelote !, lui répondit le Bout de bois qui préférait le goût du poisson à celui de la viande et qui s'en léchait les doigts, dommage qu'il ne fût pas plus épais.

— Ça tombe bien au contraire, trancha Loiseau, moi ce que je préfère dans le coq au vin, c'est justement le vin. J'en reprendrais bien une louchée. »

Pour clôturer de semblables festins, David proposait d'ordinaire quelques romances circonstanciées, mais ce soir-là le cœur n'y était pas. Certains affirmaient que nous venions de manger en quelque sorte une mascotte, les autres s'en défendaient. Fifi refusa même de toucher à sa gamelle en signe de protestation. La discussion dura ainsi, entre les derniers buveurs, jusqu'à une heure avancée de la nuit ; jusqu'à ce que Gomis, le remplaçant de Mamadou, finisse par demander au graisseur extérieur :

« David, tu peux chanter le bon chanson là, où ange Gabriel il est tout noir ? »

Le silence se fit alors aussi religieux que possible pour entendre monter vers le ciel une sorte de prière qui devait absoudre les uns et faire oublier la triste fin du coq aux autres :

Ô peintre qui peins les anges
Sur les vitraux des églises,
Il y a une chose étrange,
Permets qu'un Noir te le dise.
Pourquoi peins-tu leur visage
Avec toujours la peau blanche ?...

Gomis venait d'embarquer à Dakar. Il était originaire de Fadiouth, un village catholique enclavé dans un monde musulman. Il se souvenait des fêtes de Noël de son enfance où, pour chanter *Il est né le divin enfant* accompagné de la kora et du balafon, on le déguisait en ange blanc avec de la farine sur le visage. Et maintenant la chanson de David venait le libérer d'une vieille angoisse : son ange gardien pouvait donc avoir la même couleur de peau que lui ?

Entends sa voix qui t'appelle
Et si tu veux bien le croire,
Viens peindre dans sa chapelle
Un ange avec la peau noire...

... disait encore la voix chaude du chanteur, tandis que de sa main il désignait le nettoyeur sénégalais qui ouvrait une bouche béate et de grands yeux brillants et fixes de baigneur noir en celluloïd.

Les vents finirent par s'essouffler en tournant à l'ouest, puis au sud. Il y eut même quelques moments de calme avec ce mouvement indécis de la houle qui défroisse ses plis. Des objets flottants, caisses, bidons, planches, boules de chalut, nous indiquaient l'approche des terres civilisées. Dans la nuit, des appels de phares qui semblaient nous dire : « Attention ! Danger ! Changez de route ! », et puis, au petit matin, les courants du golfe de Gascogne et l'escorte protocolaire des goélands nous guidèrent jusqu'à l'estuaire de la Gironde...

* *
*

La Gironde, enfin la Gironde ! Pour sûr qu'elle nous attendait autant que nous l'espérions !... Elle n'hésita pas à dérouler pour nous accueillir son long tapis moiré des jours de fête. Il avait dû pleuvoir à l'aube et maintenant les villages et hameaux souriaient avec beaucoup de ciel au fond des prunelles. Les plaines du Médoc et les coteaux du Blayais avec leurs vignobles peignés de frais, le bec d'Ambès le nez dans son miroir, les auberges pimpantes avec du rouge de géranium au coin des lèvres, les peupliers en uniforme kaki et au garde-à-vous, toute la région s'était comme endimanchée et pomponnée pour nous souhaiter la bienvenue.

« Putain(g) il n'est pas beau mon pays ?, exultait Auguste.

— Putain de pays ou pays de putains, ne put s'empêcher de rétorquer quelque mauvais plaisant à l'accent armoricain. Ton pays nous intéresse moins que tes payses.

— Très drôle !... Tu veux des adresses ?...

— Tu ferais cela pour ton pote ?

— Pourquoi pas !… Rue Sainte-Cath'rine ! Tu n'as qu'à dire que tu vien(g)s de ma part.

— Je dis ça à qui ?

— À Rosie Le Groinsec !

— Mais, c'est un nom de chez nous ça !

— Je ne te le fais pas dire, eh con(g) ! Après les choux-fleurs, c'est ce que vous exportez le mieux, vous autres !… Mais la Rosie, je te la recommande ! Elle a été demoiselle d'honneur au corso fleuri des petits boudin(g)s de Pornichet !… »

Et sur ce, Auguste préféra s'éclipser pour se mettre à l'abri de l'avalanche de jurons bretons qu'il venait de déclencher.

Sur les quais de Bassens, en aval de Bordeaux, les billes de bois se heurtèrent, s'entassèrent, dans un bruit infernal de roulements, de pétarades et d'énervement de chariots élévateurs et dans des odeurs âpres et agressives d'écorces desquamées, mêlées à celles des gaz d'échappement. Nous étions à une dizaine de kilomètres du centre ville, des quais mornes accrochés à quelques terrains vagues malmenés par les camions et les bulldozers, des tas de déblais envahis par les ronces : le port de Bordeaux, côté cour en somme. Je regardais les dockers mettre à nu le pont de notre liberty, le dévêtir de son lourd manteau de grumes, lui dérober tronc après tronc, le dépouiller de ses senteurs les plus pénétrantes et les plus subjectives, celles qui portaient en elles toutes les images, tous les souvenirs des lointaines contrées que nous avions abordées. M'en resterait-il un peu à la fin du parcours ? Pourrais-je emporter avec moi, au fond de mes bagages, quelques-unes de ces bouffées moites et odorantes de l'Afrique Équatoriale, quelques-uns de ces reflets opalescents des brumes du Nouveau Monde ?

Bientôt nous serions amenés à faire un choix, le commandant venait de nous annoncer que le *Robert Espagne* était vendu à la Compagnie des Chargeurs Réunis, il nous faudrait ou débarquer ou changer d'armement. Aux réfectoires, les discussions allaient grand train ; à l'époque, les Chargeurs Réunis n'avaient pas bonne presse auprès des équipages. Que faire ?…

« Très peu pour moi, Merci ! J'y ai déjà goûté à leurs chargeurs, disait Loiseau, les officiers nous y traitent comme des moins que rien !

— Ce que ça change avec ici !, soulignait Arthur.

— En tout cas, précisait Lambert, ce dont je suis certain, c'est que je ne retournerai pas, pour ma part, à la Delmas. J'y ai eu mon sac pour une affaire syndicale. Et puis on s'y bouffe le nez entre pistonnés de telle paroisse ou de telle autre. Si tu n'es pas de Saint-Quay-Portrieux ou de la Rochelle, t'as pas beaucoup de chance.

— Partout où tu iras ce sera pareil, n'espère pas être mieux considéré à la Transat, ajoutait un autre.

— Évidemment ! sur les paquebots, un matelot n'est rien de plus qu'un larbin. On n'est pas bien ici, à la "C.T.O." ?, reprenait alors Loiseau.

— Sans doute, mais réfléchis !, finit par trancher David, la compagnie est en perte de vitesse et c'est pour cela qu'elle commence à vendre ses bateaux. Conclusion : il n'y aura pas de la place pour tout le monde ! »

Que faire ?…

Le *Robert Espagne* reprit sa route très tôt, à la fraîche, alors que la campagne s'étirait paresseusement au chant du coq, que les auberges ouvraient à peine leurs paupières et que les peupliers, en peignoirs, frissonnaient à la queue leu leu en marchant pieds nus dans la rosée et la vapeur matinales des berges.

Il nous fallut attendre d'être sortis de la Gironde pour pouvoir balancer à la mer les morceaux d'écorces demeurés sur le pont et nettoyer à grands jets les pavois et les hiloires.

Le lendemain, Loiseau vint réveiller les gars de la roulante sur l'air des lampions.

« Au jus là-d'dans, bande de mollassons ! Il est sept heures moins le quart, par le travers de Penmarc'h !… » Puis, s'adressant à moi tout particulièrement, il rajouta : « Dis nono, quand t'auras fini ton kahoua, viens me remplacer à la passerelle ; tu pourras voir tes pays. C'est tout plein de "Beg ar Pich" par ici ! »

Il ne me fallut que quelques minutes pour bondir à demi-vêtu vers la coursive extérieure et apercevoir à peu de distance du bord quelques chalutiers qui se dandinaient sur la peau de l'eau. Il était trop tard pour distinguer, au ras de l'horizon, la tache blanche du port du Guilvinec, mais là-bas, tout là-bas, le phare d'Eckmühl se dressait, semblait-il, sur la pointe des pieds, pour essayer de reconnaître notre cargo. Mon café fut dès lors avalé d'une seule gorgée et je m'apprêtais à monter les marches des échelles du château quatre à quatre, quand le charpentier m'interpella :

« Tu m'as l'air bien pressé !

— Je dois aller remplacer l'homme de barre !

— Ah oui ? J'espère que tu connais le dicton !

— Quel dicton ?

— Eh bien on dit toujours que "pour passer Penmarc'h, c'est le plus con qui prend la barre !"

— !!!!!

— Tu devais remplacer qui ?

— Loiseau !

— Tu as tout compris ! »

Me voyant malgré tout hésiter, le Bout de Bois reprit :

« Tu ne me crois pas ?

— C'est que…

— Quoi d'autre ?

— Nous sommes sur les lieux de pêche que je fréquentais avant d'embarquer ici. J'aurais aimé reconnaître quelques chalutiers.

— Rien de plus facile ! On y va ensemble ! »

Dire que ma maison était là toute proche, sur le rivage, à quelques milles à peine !… Que faisait ma mère à cette heure ? Je pouvais l'imaginer sur le pas de la porte, regardant vers la mer et apercevant, dans le lointain, la mâture ou la fumée de notre bateau. Elle avait dû en voir passer quelques-unes de ces silhouettes de cargos depuis mon départ. Se doutait-elle, qu'à l'instant même, cet enfant échappé du giron maternel sur un triste quai encombré d'ombres, de vapeurs et de bruits, lui revenait après huit mois de séparation ?

Pendant que le matelot Loiseau trépignait à la barre et cherchait à m'attirer par de grands signes, le premier lieutenant nous prêta une paire de jumelles.

Où était-il ce *Marcelle et Joseph* ? Où étaient-ils mes vieux compagnons ? Tonton Jacques, Eugène et les autres ? Et Jean-Marie, le patron, à la voix rude comme le roc et au cœur tendre comme le pain. Sans doute étaient-ils plus près de la terre ! Nous n'allions jamais bien loin du port avec cette pinasse !...

« Tiens, regarde Bout de Bois ! Je le reconnais celui-là !... C'est l'*Étoile du Matin* ! Et celui-ci avec son cul pointu c'est le *Perle de l'Océan* !

— Viens plutôt voir sur bâbord, il y en a un qui a l'air d'être arrêté...

— Il relève son chalut ! Je le reconnais aussi, c'est le *Rose des Vents* !

— Tu les connais tous ?

— Bien sûr ! Je connais aussi les gars qui sont à bord... S'ils pouvaient me reconnaître, ils en feraient une tête !

— Je peux récupérer les jumelles ?, lança tout à coup le lieutenant, il y en a un qui me fait chier, juste droit devant !... Je ne voudrais pas me mêler de ce qui ne me regarde pas, mais j'aimerais bien savoir ce qu'ils font tous au même endroit comme un essaim de mouches ?... Ils cherchent à manger peut-être ?... Vous pourrez dire à vos potes quand vous rentrerez chez vous qu'ils sont les rois des emmerdeurs !

— Avec tout le respect que je vous dois, lieutenant, ils doivent penser la même chose de nous, répliqua aussi sec le Bout de Bois et, m'entraînant dans son sillage il rajouta :

— Viens nono, le bosco doit nous chercher ! »

Furieux de s'être fait piéger à la barre dans cet endroit malsain pour son moral, Loiseau nous déballa au repas de midi, toute la hargne et la rancune accumulées durant son quart contre ces satanés pêcheurs de cailloux et leurs rivages inhospitaliers.

« Pays de sauvages où rien ne pousse, excepté la mauvaise graine, argumentait-il. Pays où l'on va jusqu'à mettre des lunettes vertes aux vaches pour leur faire brouter du goémon. Pays...

— Pays que tu sembles bien connaître, pour y avoir sans doute longtemps vécu !, interrompit le bosco.

— Pas du tout, je m'en voudrais d'y mettre un jour les pieds ! »

La discussion était bien partie. Chacun vantant son clocher, Loiseau trouvait, lui, que son patelin, Le Pouldu, était plus civilisé que le reste du Finistère et aurait par conséquent tout à gagner à être détaché d'un tel département de demeurés.

« C'est vrai ça, rajouta Lambert avec un brin de malice. Qui voit Ouessant, voit son sang ! Quel plaisir peut-on avoir à habiter un endroit pareil, une région pleine d'histoires morbides de naufrageurs ?...

— Je crois qu'on dit aussi : Qui voit Molène, voit sa peine !, avança Arthur, avec une feinte timidité. »

Ne se doutant de rien Loiseau piqua du bec dans le panneau et voulant montrer son érudition maritime, il étala dédaigneusement un : « Qui voit Sein, voit sa fin ! », auquel répondit, mêlé d'éclats de rire, un formidable : « Qui voit Le Pouldu, voit son c... !!! »

Malgré tous ces conseils de prudence, nous venions de serrer au plus près et sans problème les îles de Sein et d'Ouessant, pour embouquer les eaux de la Manche aux toutes premières heures de l'après-midi. La circulation commençait à devenir de moins en moins clairsemée, comme à l'approche des banlieues. Dans la soirée un paquebot nous dépassa, immeuble flottant, avec tous ses étages éclairés ; la mer autour de nous était calme, pleine de paillettes d'étoiles, de reflets dorés sur l'asphalte mouillé. J'avais rejoint un petit groupe qui rêvassait et humait la brise au bastingage ; l'air avait la douceur de ces promenades estivales que l'on fait parfois en famille le long des quais et des jetées en Bretagne. Nous devisions :

« Aux dernières nouvelles, nous devrions être au pilote du Havre demain matin vers sept heures !, disait quelqu'un, auquel un autre répondait : et demain soir, à cette heure, je serais chez moi, à Gonneville-la-Mallet.

— Si le courant est encore avec nous, et je crois qu'il y est, reprenait le premier, les feux de Guernesey ne devraient pas tarder à apparaître.

— T'es bigleux ou quoi ? Ça fait déjà une paille qu'on les aperçoit !... »

Et, comme il est d'usage chaque fois que des marins français passent dans les parages des îles anglo-normandes, la conversation devint aussitôt passionnée :

« C'est tout de même pas normal que ces îles appartiennent aux Rosbifs !

— Paraît qu'on y parle encore le français !

— Ouais, mais c'est quand même de l'à-peu-près !, crut bon de préciser le Bout de Bois, je connais d'ailleurs une histoire...

— Une histoire ?... Raconte !... »

Et la voix du charpentier nous entraîna à la découverte de ces hautes falaises rongées de petites criques et de cette multitude d'îlots et de récifs où les homards abondent.

« Un jour, murmura-t-il, comme s'il s'était agi d'un secret, un jour, alors qu'il braconnait en relevant ses casiers dans les eaux anglaises du côté des Ecréhou, un marin-pêcheur de Carteret aperçut une pinasse en difficulté. C'était le *Mayflower* de Jersey qu'une coalition de vents et de courants malmenait tant et plus et cherchait à entraîner vers les écueils. Le pêcheur français n'hésita pas un seul instant et, bravant tous les dangers, pire encore, abandonnant ses casiers dans ces eaux infestées de “coastguards”, il alla porter secours au pauvre “fisherman” à la dérive. Périlleuse intervention, la mer commençait à se creuser, mais le *Mayflower* put en fin de compte être tiré d'affaire et remorqué jusqu'au port de Saint-Hélier à Jersey.

Il n'était plus cependant question pour notre pêcheur français de repartir vers Carteret, la nuit était tombée et le vent soufflait en furie ; il dut aussi abandonner ses casiers à la tempête et accepter l'hospitalité que lui offrait son collègue anglo-normand.

Le bilan de la journée était catastrophique, ce sauvetage lui avait fait perdre la plupart de son matériel, mais il ne regrettait pas son geste. Si c'était à refaire ? Pour sûr qu'il recommencerait ! Et puis, à quelque chose malheur est toujours bon car le patron du *Mayflower* avait une fille !… Nom d'un tonnerre ! Le beau brin de fille ! Une brunette qui parlait quelques mots de français avec un accent savoureux.

Carteret et Saint-Hélier ne sont distants que d'une vingtaine de milles. Il promit de revenir !… Il revint de plus en plus souvent et finit par épouser la jolie fille.

Le beau-père qui commençait à se sentir vieux proposa alors à son gendre et à sa fille de venir s'installer à Jersey et, pour les encourager à accepter, il alla jusqu'à leur offrir la nouvelle pinasse qu'il avait fait mettre en chantier et qu'il appellerait naturellement *Mayflower Two*, puis réalisant qu'un nom en français apporterait encore plus de chaleur à ce superbe cadeau de mariage il rebaptisa le bateau : *Fleur de Mai II* ! Le brave homme connaissait-il toutes les subtilités du langage de ses voisins continentaux ? Qu'il me soit permis ici d'en douter !…

— Mais son beau-fils, comment a-t-il réagi ?, demandais-je.

— Il a accepté le cadeau évidemment et, pour ne pas vexer le vieux pêcheur, il ne changea pas de nom au bateau. Le *Fleur de Mai II* navigua dès lors sous les meilleurs auspices et devint ô combien célèbre et sympathique au cœur de toutes les marchandes de poissons qui sévissaient entre Granville et Cherbourg : “Frais le joli maquereau de la *Fleur de Mai II* !… Fraîche la barbue !…” Avec pareille enseigne, notre ami, était assuré de vendre sa pêche au meilleur prix. Il y eut, paraît-il, quelques imitations, quelques contrefaçons, à tel point que l'administration maritime fut contrainte de limiter tous ces trucs et ces machins de mai qui se mirent à fleurir spontanément à la poupe des nouveaux bateaux. Non mais !… »

Cette histoire, le charpentier nous la conta ce soir-là avec tant de conviction et de détails qu'aujourd'hui encore j'ai du mal à penser qu'elle pouvait n'être que pure affabulation.

Les Hanois, les Casquets, Aurigny, La Hague, sauts de pierre en pierre ; le *Robert Espagne* contourna les dangers de la nuit et du Cotentin sans se laisser distraire par les clins d'œil enjôleurs des phares qui faisaient la retape tout au long du chemin.

Le pilote du Havre monta à bord à sept heures tapantes du matin et, peu de temps après, deux remorqueurs nous aidèrent à nous enquiller dans le sas Quinette-de-Rochemont.

« Viens voir Fifi, voilà ta copine !, appela une voix depuis la manœuvre arrière.

— Wouaf !

— Wouefwouef ! (avec l'accent cauchois). »

Une véritable conversation s'engagea aussitôt entre notre mascotte et une chienne sédentaire qui, sortant d'un abri, venait d'apparaître avec l'équipe des lamaneurs sur le quai en contrebas.

« Prends-en de la graine ma vieille ! Regarde !... »

Le matelot qui venait de s'adresser ainsi à Fifi, envoya son lance-amarres et l'on vit la chienne du lamanage se précipiter alors sur la pomme de touline et la saisir dans sa gueule avant qu'elle ne puisse rebondir et rouler sur le sol. Pendant que le cargo continuait à glisser lentement le long du bajoyer de l'écluse, l'animal portuaire le suivait à pas mesurés en tenant toujours l'extrémité de la touline entre ses mâchoires. Enfin, lorsque le *Robert Espagne* fut sur le point de s'immobiliser, Frisette, c'était le nom de cette chienne, s'arrêta près d'un bollard et laissa les lamaneurs embraquer le lance-amarres et son aussière.

Frisette, d'après ses familiers, descendait d'une longue lignée de cabots lamaneurs. Dans sa famille on devait faire ce métier de mère en fille depuis de longues générations. Le cargo amarré, elle récupérait encore les pommes de toulines qui traînaient sur le quai pour permettre à ses compagnons de les relancer à bord. Puis, elle s'offrait un petit moment de détente pour converser avec les chiens de bateau, au niveau de la coupée, et espérer quelques menus morceaux de sucre ou de viande de la part de ses admirateurs.

Nous quittâmes le sas Quinette-de-Rochemont pour traverser un bassin plein de cargos et rejoindre une autre porte d'écluse, celle du sas Vétillard. Notre poste de déchargement se trouvait en amont de ce sas, le long du vieux quai de Gironde.

À deux pas de là, le quartier de l'Eure se relevait lentement de ses blessures de guerre, mais il semblait évident que l'on avait commencé par reconstruire les bistrots, où alors on avait transformé en bistrots tout ce qui tenait encore debout. Le long de la rue qui longeait le quai de la batellerie, il y avait d'un côté les carcasses des épaves retirées des bassins et de l'autre, épaule contre épaule, un entassement d'immeubles suant la crasse, mais dont les rez-de-chaussée avaient été repeints. On aurait dit des Marie-graillon en escarpins vernis, des cendrillons en nippes et pantoufles de verre. Une succession incroyable de troquets se partageaient ainsi le trottoir tout proche ; si proche que certains prétendaient en capter les émanations depuis le pont du bateau.

Difficile pour l'équipage d'attendre dans ces conditions jusqu'au soir. Le repas de midi était très souvent bâclé, voire délaissé pour une ou deux heures de fumée et d'alcool et le bosco avait ensuite bien du mal à rassembler dans l'après-midi des troupes quelques peu ébranlées.

Entraîné moi-même par ce jusant irrésistible des marins en goguette, j'ai dû échouer deux ou trois fois durant l'escale au fond de l'un de ces bouis-bouis sombres et odorants où la tenancière, adossée à ses bouteilles, laissait ses gros yeux de mérou loucher et divaguer derrière un fume-cigarette.

« Qu'est-ce qu'il veut boire le p'tit "bézot" ? »

Pendant que la patronne appuyait ses ballons de défense à l'arrondi du comptoir, une jeune serveuse naviguait entre les tables, essuyant d'une main les taches de vin et repoussant de l'autre les avances des clients. Des dockers venaient là, à tour de rôle, siffler leur chopine ou leur « p'tit sou », un café au rhum ou au calva servi dans deux verres jumeaux.

Il fallut dix jours pour délester le *Robert Espagne* de tout le reste de son chargement de bois. C'est dans un tintamarre assourdissant et métallique que les rondins, une fois débarqués, étaient traînés un à un vers leur lieu de stockage par des tracteurs attelés à des chariots qui bringuebalaient sur les pavés des quais. Les « carabots » travaillaient « à la pipe », c'est-à-dire qu'ils divisaient leur équipe en deux, le temps qu'il fallait pour fumer une pipe ou boire une « larmichette ».

La ville en reconstruction s'étendait au loin, avec ses baraquements, ses tas de pierres et de gravats, ses nouveaux immeubles posés çà et là comme les éléments d'un immense jeu de cubes ; mais mon aire d'exploration ne dépassait pas le quartier de l'Eure, sa place de village au pied de l'église Saint-Nicolas et ses boutiques multicolores que dominait la masse imposante du « Foyer des Marins ». Ce quartier avait finalement été moins touché que les autres par les bombardements de 1944 et sa position portuaire en faisait un carrefour animé et apprécié des marins long-courriers, des dockers et des mariniers. Il m'arrivait parfois d'y goûter en flânochant les petits secrets de ses rues commerçantes, entre l'achat d'un cornet de frites et celui d'une carte postale, entre les ronronnements d'un coiffeur tout en chattemite et les nasillements agressifs du bastringue d'un café-bar. La cloche des dockers marquant les heures de reprise des équipes, les Klaxon des péniches appelant l'ouverture d'un pont, les échanges de coups de sifflets entre les navires en partance et leurs remorqueurs, tout un ensemble de bruits codés et de pulsations rythmait le travail du port et la vie bourdonnante de ce quartier.

Lorsque les cales furent débarrassées des billes de bois et de leurs derniers débris d'écorces, lorsqu'il ne resta plus que les lingots de cuivre sur les payols, Bonjour demanda au bosco de faire ouvrir les paracloses et fermer les faux ponts. Il fallut, ensuite, refermer soigneusement chaque panneau en le recouvrant de trois couches de prélarts, condamner les descentes de cales et mettre des capots sur toutes les manches à air. Après avoir mis à l'abri les denrées périssables des cambuses, d'autres mesures furent prises pour calfeutrer de la façon la plus étanche possible les différentes ouvertures, portes, hublots et aérations des locaux d'habitation, de la machine, des magasins, etc. Les mécaniciens mirent bas les feux et encapuchonnèrent le dessus de la cheminée. Nous devions préparer le bateau pour sa dératisation. Des spécialistes montèrent à bord pour contrôler, finir notre travail et répandre des fumées toxiques qui devaient détruire les rats et les cafards. Nous quittâmes le *Robert Espagne* en le laissant sous la surveillance de ces dératiseurs en combinaisons et masques à gaz. Ils relevèrent l'échelle de coupée derrière nous et accrochèrent un peu partout des panneaux rouges et blancs à tête de mort qui disaient quelque chose comme : « Attention, danger, gaz mortel… »

Le « Foyer des Marins » nous attendait pour nous faire les honneurs de son éternel menu à deux sous, un « boudin purée » aussi indigeste que traditionnel. Des cancrelats, dont les lointains ancêtres avaient sillonné toutes les mers du monde, pullulaient et promenaient leurs antennes de chambre en chambre, nous en ramènerons bien quelques-uns dans nos valises pour repeupler le *Robert Espagne* désinsectisé. Fifi, qui n'aimait pas le boudin, se contenta d'arracher quelques élytres à ces bestioles effrontées, histoire de voir si elles avaient le même goût que celles de nos réfectoires.

Nous n'avons réintégré le bord que le lendemain vers seize heures, quand tout danger d'intoxication fut considéré comme disparu. Pourtant une certaine odeur désagréable flottait encore dans nos cabines ; les dératiseurs avaient dû forcer sur la dose.

« Ils n'y sont pas allés avec le dos de la cuillère, leur produit c'est du "Zyclon B" !, avança le bidel, en connaisseur.

— Ce qui veut dire ?

— Un gaz comme celui que les Nazis utilisaient dans les camps de concentration !, précisa Loiseau, mais il aurait mieux fait de ne pas étaler son savoir pour ne pas faire de jaloux.

Dédé lui demanda aussitôt :

« Comment tu sais cela, toi ? »

Et Arthur en profita naturellement pour lancer quelques banderilles :

« Lui ? Il ne te l'a pas dit ? C'est un ancien "Kapo", ce vieux con !

— Et ta fiancée elle est cantinière chez les cosaques ?... »

Et voilà comment il arriva, sur ce rafiot, que l'on mette un beau matin et pour une peccadille, beaucoup trop d'eau dans le gaz.

« Au lieu de vous disputer comme des piafs, cria le bosco pour tenter de mettre fin à ce verbiage et éviter l'empoignade. F'rez mieux d'aller aérer les cales et ramasser les gaspards ! »

Des gaspards ? Des rats gros comme des lapins de garenne ? Nous en ramassâmes une vingtaine dans les magasins, les coursives, les cales. Il fallait faire vite avant que Fifi ne s'en léchât les babines. Les cafards eux, s'étaient rassemblés dans la cuisine pour mourir en masse comme pour un suicide collectif dans une nécropole sacrée. On aurait dit, en découvrant ce spectacle, qu'un mauvais plaisant avait percé un sac et répandu des grains de café partout. Le boulanger en ramassa dans son pétrin assez pour remplir sa pelle à farine à ras bord.

Le temps de remettre les chaudières sous pression et de ventiler un peu partout avec des « escargots », nous pouvions reprendre la mer ; bons pour le service, purifiés, aseptisés, comme après une douche d'incorporation. Le départ eut lieu le lendemain après-midi, et le *Robert Espagne* pénétra le cul en premier dans le sas Vétillard ; une manœuvre délicate, à faire péter les gardes-montantes. Nous avons été à deux doigts d'aplatir le remorqueur de l'arrière contre la porte de l'écluse.

« Y a pas idée aussi ! Entrer de cette façon chez les gens en présentant et tortillant son popotin, pour sûr que ça l'excite cette vieille pute », plaisanta un matelot.

La vraie raison était que notre cargo, presque sur lest, était devenu très volage, la moindre pression sur la remorque le promenait de-ci de-là avec exagération. L'hélice brassait autant d'air que d'eau et ne servait finalement pas à grand chose, quant aux aussières, en descendant presque à la verticale vers le quai, elles étaient forcées de se plier sur quelque arête tranchante au passage des chaumards. L'une d'elles, en cassant, alla s'enrouler comme un serpent autour d'une bicyclette posée négligemment sur sa trajectoire et la transforma instantanément en sculpture abstraite. Pauvre vélo !... C'était celui de l'officier de port !... On aurait dit la « Victoire de Samothrace » corrigée par Picasso. Une fois sortis de ce premier sas, les remorqueurs nous firent éviter énergiquement dans le bassin de l'Eure, juste en face du pertuis de la seconde écluse que nous franchîmes, portes ouvertes, à l'étale de la pleine mer.

« Wouef ! Un petit au revoir de la part de Frisette qui nous regardait passer en remuant sa queue blanche comme le bâton d'un agent de la circulation. Wouef ! Circulez, la voie est libre !, semblait-elle vouloir nous dire.

— Wouaf ! wouaf ! Ce fut la réponse de Fifi qui salua également de la queue, à la prochaine ma vieille, à la prochaine ! »

Et déjà nous longions le musoir et les ducs-d'Albe, et déjà nous larguions le remorqueur de l'arrière.

« Tchouff ! tchouff ! tchouff !... »

L'hélice, à grands coups de battoirs, blanchissait la surface de l'eau comme si elle avait cherché à faire monter des œufs en neige. Nous dépassâmes sur tribord une drague à godets qui raclait le fond de l'avant-port au pied du sémaphore et remplissait des maries-salopes d'un jus vaseux, puant et noir.

Le remorqueur de l'avant fut largué, le pilote débarqué, et nous passâmes entre les jetées dans un tchouff-tchouff de coureur de fond, sous le regard narquois de quelques mouettes à tête nègre, de ces mouettes que l'on appelle rieuses. Elles avaient bien raison de nous suivre en se gaussant et surtout en surveillant l'arrière du bateau, elles y avaient déjà repéré les quatre grands fûts-poubelles suspendus aux batayoles et que, durant cette escale prolongée, les loufiats avaient copieusement remplis de détritus de cuisine. Les matelots ne tarderaient pas à répandre, sur la nappe de la grande bleue, ces reliefs odorants et juteux, grouillants de mouches et d'asticots dodus.

La nuit versa lentement son encrier entre les falaises du cap de La Hève et du cap Gris Nez. Au tableau noir du ciel, les compas des phares se mirent alors à décrire, d'abord timidement puis de plus en plus nettement, des demi-cercles, des secteurs géométriques et de larges traits à la craie blanche. L'air était limpide et aussi loin que portait le regard, à bâbord comme à tribord, enfin là-bas, tout là-bas vers la soudure invisible de l'horizon, des boutons de fleurs et des éventails lumineux s'ouvraient, se refermaient et s'ouvraient de nouveau, seuls signes sensibles et palpitants de la présence lointaine des côtes de France et d'Angleterre.

Il se leva un matin laiteux, né de l'écume de la mer et du sable des dunes. Nous avions attendu quelques heures au mouillage et nous nous dirigions à présent vers une échancrure, une déchirure sombre dans le rivage morne et rectiligne, le port de Dunkerque.

Une ville embuée s'éveillait sous un ciel pâle vers lequel quelques cheminées d'usines élevaient leurs quenouilles de fumée filandreuse. Elle s'éveillait cette ville, blottie douillettement contre son port ; une ville si floue, si timide et si basse que les superstructures et les mâts de navires, les grues et les tas de charbon sur les quais, la dominaient presque tout entière. Une longue jetée à claire-voie, faite de poutres de bois entrecroisées, s'avançait à l'assaut des vagues ; cela ressemblait à ces estacades profondément accrochées à des souvenirs en images d'Épinal, siège de La Rochelle, pont sur la Berezina, illustrant, il y a encore peu de temps, mes livres scolaires. Un phare blanc surmonté d'une tourelle noire était planté là au milieu des docks ; majestueux, il dominait le site tel un immense cierge de cérémonie avec son éteignoir.

Les vieux lamaneurs de l'écluse Wattier nous attendaient en économisant leur chique :

« All qued chose, tout'meum !... »

Quatre ! Ils étaient quatre à haler sur la touline et l'amarre de bout. Tous habillés de la même manière en coton bleu et casquette de drap. Peut-être d'anciens « péqueux », harenguiers ayant remisé leur « tézure » ? On « bat Mastreck » quand on est jeune, après il faut savoir raccrocher !

Il y avait beaucoup de place dans cette belle écluse ; un caboteur anglais entra après nous et s'amarra de l'autre bord. La lourde porte se referma derrière nous et l'eau se mit à bouillir, gonfler, monter, comme du lait sur le feu.

« Vous dormez derrière ? Choquez-moi votre garde et votre pointe à la demande ! N'attendez pas que ça casse triple buse ! »

Apparemment ce cri, cette invective du pacha, ne s'adressait pas aux matelots, mais au lieutenant qui appuya machinalement du pied sur le câble en garde montante pour en estimer la tension.

« Qu'est-ce qu'il lui prend à brailler comme çà ?, marmonna Vent Léger. Je vous le laisse ce crâne fêlé, amusez-vous avec lui ! Moi j'ai choisi sans le moindre regret, je rempile aux Chargeurs !… Faites riper un peu l'aussière sur la poupée !… »

Après avoir vérifié que tout était O.K., notre lieutenant haussa des épaules et reprit son poste d'observation, penché au plat-bord, pour sourire à un vieux couple, bon chic, bon genre qui, un peu en retrait du quai, le regardait avec des yeux admiratifs. Ses parents sans doute !…

À la sortie du sas, un pétrolier attendait que nous lui cédions la place. Avec ses petits remorqueurs, il avait l'air d'un élégant, en frac noir et plastron blanc, promenant ses deux caniches à la laisse. Les nôtres, de remorqueurs, nous attendaient également, tapis dans l'ombre. Ils nous agrippèrent et nous entraînèrent à l'écart, vite, très vite, un peu trop précipitamment sans doute, vers le pertuis étroit qui donnait sur les darses.

« Les ballons de défenses ! », hurla une voix.

Trop tard !… On ne sera pas venus pour rien !… « Vlan et revlan ! » Un coup de hanche à droite, un coup de cuisse à gauche ! Et nous voilà dans l'axe !…

« C'est la faute du remorqueur de l'arrière !, souligna Vent Léger, il n'a même pas essayé de nous retenir !

— Ils sont plutôt nerveux ce matin les "tugs" !… Qu'ont-ils à être si pressés ?… demanda Lambert.

— Ils doivent se mettre en grève à partir de midi !

— Une chance d'avoir pu passer avant !… »

Freycinet 3 ou 4, je ne sais plus. Plus le numéro du poste à quai augmentait et plus les cargos se trouvaient amarrés loin de la ville. Les « lamas » de la darse étaient plus jeunes que ceux de l'écluse ; grâce à leur canot et à leur professionnalisme nous fûmes à poste en trois coups de cuillère à pot.

La coupée, le filet de coupée, les sifflets...

« N'oubliez pas les garde-rats, bosco ! Pour la forme... »

Cette phrase de Bonjour en disait long sur la confiance qu'il avait en ces disques de tôle posés sur les aussières. Nul ne pouvait affirmer que cette protection soit vraiment efficace pour se protéger contre l'intrusion des surmulots, par contre, elle empêchait ceux qui étaient déjà à bord de quitter le navire. De toute évidence, les rats devaient monter à bord des cargos, comme tout le monde... par l'échelle de coupée.

« Tiens voilà déjà la brigade de la patache !

— Quand on parle de rats !...

— Ils sont bien nombreux pour une déclaration de pacotille !

— T'as rien compris ! C'est l'heure de l'apéro !... »

Avec leur besace en bandoulière, ces douaniers montaient à bord faire leur provision de produits détaxés. Chacun de nous espérait en secret que l'intendant ne lésinerait pas sur les petits cadeaux : pâté, boîte de thon, cigarettes. Il fallait passer par ces petites formalités pour ne pas avoir d'emmerdes.

« En tout cas, quelqu'un risque de se faire pincer, ça sent fort le pastis dans la coursive tribord !, vint nous prévenir le bidel.

— Merde !!!... Patatras et badazing !!!... »

Le bosco venait de faire un bond comme un homme-orchestre encombré de garde-rats.

« Misère ! Une bouteille toute neuve, achetée au Havre, elle était cachée sous son oreiller. Sûr que c'est ce terrible coup tout à l'heure, dans le pertuis, qui a dû la faire tomber ! »

Pour éviter les soi-disant abus, Fouillensac avait interdit à l'intendant de vendre des spiritueux aux hommes d'équipage. Alors, fallait bien se débrouiller. Pauvre bosco !... Que faire pour chasser cette odeur qui allait le trahir ?... Les douaniers étaient descendus directo à la cambuse où la boulange leur servait un en-cas.

« Exercice d'incendie !, cria le bosco.

— Exercice d'incendie ???...

— Y a le feu dans ma cabine !... »

Pauvre, pauvre bosco ! La perte de sa bouteille avait dû lui déranger le ciboulot !

« Vite castor, descends à la machine et demande-leur de la pression sur le cheval de lavage !... Vous autres, au lieu de rester là plantés comme des glands, allongez-moi cette manche jusqu'à la porte de ma cabine !... Remuez-vous bordel !... »

Je commençais à comprendre. Après avoir épongé tout le précieux liquide anisé avec une vadrouille, notre maître d'équipage vida dans sa cabine le contenu d'un flacon d'eau de Cologne parfumée à la lavande et rinça le tout au jet plein de la lance à incendie.

« Je crois qu'il reste encore comme un léger bouquet flatteur... », osa dire un plaisantin en se léchant les babines.

Qu'à cela ne tienne ! Pour venir en aide à son supérieur, Dédé eut une idée fumante, il mit le feu à la vadrouille imbibée de pastis et promena cette torche improvisée sur toute la longueur de la coursive. La vadrouille brûlait trop vite et ne puait pas assez ; un petit malin y ajouta un peu de graisse, un autre un bouchon d'étoupe plein de gas-oil. Une grosse fumée noire finit par se répandre de coursive en coursive, une odeur irritante, insoutenable. Beurk !... Même après que Dédé eut balancé la vadrouille enflammée par-dessus bord, l'incroyable émanation nauséeuse continua à se propager. Pris de panique, les douaniers se précipitèrent vers l'échelle de coupée et on entendit la voix du pacha qui hurlait en descendant de ses appartements :

« Il va m'entendre ce cuistot, il va m'entendre !... »

La fumée mit un bon quart d'heure à se dissiper, quant à l'odeur...

« Que s'est-il passé ici ?, demanda Bonjour en arrivant sur les lieux.

— Un début d'incendie !, répondit le bosco.

— Comment ça ?
— Un mégot mal éteint !... Le feu dans une vadrouille !...
— Ouais ! Me prenez pour un con !... C'était au moins la vadrouille des chiottes pour puer de la sorte !...
— Capitaine, capitaine !, appela à ce moment une voix qui n'osait pas se rapprocher. Sait-on jamais, des fois qu'il y aurait encore un quelconque danger !
— Quoi encore ?
— C'est un type du remorquage qui vous cherche pour signer un papier !
— Il tombe bien celui-là !... Je ne signe rien ! Qu'il aille s'expliquer avec le commandant !... »
Puis s'adressant de nouveau au bosco, Bonjour rajouta :
« À propos de remorquage, bosco, le commandant prépare un rapport, qu'avez-vous constaté comme casse ayant pu être provoquée par les chocs que nous avons subis ?
— Ces putains d'remorqueurs !... Ils m'ont cassé une bonne bout'... ... de... de pavois !
— C'est quoi çà une boute de pavois ?
— Excusez-moi, je voulais dire un bout de pavois. Enfin, je n'en suis pas sûr. C'est peut-être une trace ancienne, il faut que je vérifie de plus près.
— Ancien ou pas ancien, pas d'importance ! On va leur mettre un maximum sur le dos à ces mauvais manœuvriers !... »

La mise à terre des saumons de cuivre dura assez de temps pour nous permettre de goûter à l'atmosphère conviviale de tous les estaminets du port, de ces troquets en bois imprégnés de vapeur de bière et de fumée de cigarettes blondes. La reconstruction avait un fil à la patte ; on avait privilégié les installations portuaires tandis que la plupart des Dunkerquois étaient encore contraints de vivre dans des baraquements provisoires, des maisons préfabriquées qui s'adossaient aux derniers lambeaux de quelques vieux murs en ruine. Je me souviens très bien de ces minuscules cafetons dont la porte vitrée s'ouvrait sur une salle aussi étriquée qu'un réfectoire de liberty-ship et où la lumière tamisée et tremblante donnait à nos visages et à nos ombres un aspect trouble, presque irréel, sans véritables contours. Toute une basse-cour de belles de nuit y échangeait rires gloussants et petits cris de pintades effarouchées. Nos verres, nos bocks, le rideau de perles qu'on devinait derrière le zinc, mêlaient leurs tintements de clarines à nos mugissements mais si le troupeau venait à s'assoupir, alors le grand David, titubant mais toujours digne, se levait, écartait chaises et tables et nous réveillait en entonnant :

Ah qu'elle est dure et triste la vie du matelot ;
On couche sur la dure, on ne boit que de l'eau...

Cette chanson devait nous donner soif de tout autre chose car des larmes de bière ne cessaient de dessiner de nouvelles rigoles chatoyantes et ambrées le long de nos verres, ces incroyables, ces insondables, ces impitoyables tonneaux des Danaïdes. Quand, sur le chemin du retour, la nuit fraîche nous récupérait enfin pour nous tapoter les joues et nous donner l'envie de pisser, nous recherchions inconsciemment une palissade pour nous aligner et, le torse rejeté en arrière reprenions la chanson de David en regardant les ruines projeter leurs formes d'escaliers à l'assaut des étoiles.

On nous fait mettre en ligne sur le gaillard d'avant,
Prenez du "bourbillage", astiquez l'cabestan.
Un jeune quartier-maître,
La garcette à la main,
Aux ordr's d'un second-maître,
Nous astique les reins,
Nous astique les reins !...

« Dis David, c'est quoi une garcette ?

— Tais-toi Jambe-d'Ajut et regarde ce que tu fais !

— Ah bon ! C'est çà ?...

— Mais non ce n'est pas çà ! L'est toujours aussi con ce loufiat !... »

Et, après les explications entre parenthèses du chanteur, nous repartions plus légers, plus légers et moins idiots, en direction des quais, quand…

« Demi-tour les gars, on a perdu Arthur !

— Comment ça ?

— Il était pourtant près de moi il y a un instant !

— Bordel ! Va pas nous refaire le coup de Dakar !… »

Nous étions tous sensibilisés par les problèmes de cœur du matelot léger et cette virée en équipe avait plus ou moins été décidée pour lui changer les idées.

« Arthur !!!

— *Et vous, jeunes fillettes…*

— Je l'entends !

— C'est sa voix ça ? On dirait qu'il pleure !

— *… qui avez des amants…*

— Mais non il chante !

— *Bourlinguant tout là-bas, à bord des bâtiments…*

— Arthur bon sang ! Où es-tu ?… »

Nous avions dépassé l'endroit d'où semblait provenir la voix sans rien découvrir.

« Faut revenir sur nos pas et sonder les fossés, dit David.

— *Ah, soyez-leur fidèles…*

— Cette fois il pleure ! Je l'entends même hurler !

— *Gardez-leur votre honneur,…*

— Ça provient de ce grand trou ! S'il est tombé là-dedans, il a dû se faire plutôt mal ! »

C'était un trou d'obus ou de bombe !… Arthur était assis tout au fond et criait à la face du monde :

À ces marins modèles
Qui ont tant de malheurs…

Pour ne pas le contrarier, nous bissâmes alors tous en chœur la fin du couplet :

Qui ont tant de malheurs !

« Putain de trou ! D'où qu'il sort celui-là ? Vous êtes sûrs qu'il était là avant ? », demanda Jambe-d'Ajut qui n'avait pas remarqué que nous revenions par un chemin différent.

Après avoir extrait notre compagnon de ce cratère, nous pûmes rejoindre le *Robert Espagne* en prenant davantage de précautions pour éviter les pièges de ce paysage lunaire que la nuit semblait multiplier.

CHAPITRE X

Au revoir

Les derniers lingots de cuivre n'avaient pas encore franchi la lisse que déjà des équipes de soudeurs, de chalumistes ou autres professionnels des réparations et entretien des bateaux envahissaient les ponts et les cales avec leurs bouteilles à acétylène, leurs câbles de toutes sortes, leurs palanquées de fardage et leurs bennes. La salle des machines retentissait de grands chocs métalliques, de cris et de roulements de chaînes de palans. C'est donc une masse inerte, un bateau sans moyen propre de propulsion que les remorqueurs sont venus chercher un matin pour le conduire jusqu'au dock flottant. Nous avions tout juste ce qu'il fallait comme pression de vapeur pour faire marcher les treuils de manœuvre.

Un dock flottant, une cage d'ascenseur pour bateau, une grande boîte rectangulaire à laquelle on a enlevé deux côtés, celui de l'avant et celui de l'arrière. Au début, ce dock flottant n'a pas l'air d'être flottant du tout. Le bateau glisse entre deux quais de métal noir, semblables à deux caissons. Ces caissons-quais portent des grues sur rails, des bollards, des vannes, des abris, enfin tout l'attirail des quais de réparations. Et puis tout à coup, ces quais, que l'on n'accoste même pas mais que l'on maintient à égale distance des deux bords, se mettent à monter lentement de chaque côté du bateau.

« Échoué !!! », crie, quelques instants plus tard, un personnage important en combinaison et casque de chantier et, comme s'il n'avait attendu que cela, le *Robert Espagne* se met lui aussi à monter à la même vitesse que les quais. Bientôt le fond de la mer apparaît sous le bateau. Stupeur !... Mais ce n'est que le fond du dock flottant qui émerge. Il rejette son eau vers son avant, vers son arrière, et ce dock flottant devenu aussi flottant que son nom, dresse alors ses pieds en l'air comme le feraient les tables d'un village inondé.

Prisonnier de cette grande table renversée, notre liberty avait l'air plutôt ridicule, ridicule de s'être laissé ainsi piéger comme Gulliver au royaume de Lilliput. Les petits hommes allaient, venaient et tendaient tout un lacis de câbles électriques, de cordages et d'entraves diverses sur le corps du géant ; des échafaudages entouraient déjà quelques parties vitales de son anatomie. Pauvre *Robert Espagne* ! Qu'allait-on lui faire ?... Pourquoi cette fébrilité, cet acharnement autour du grand corps inerte ?... Certains brossaient, grattaient, lavaient ; s'apprêtait-on à embaumer ce vieux cachalot pour les besoins de la science ?... Des professeurs en blouse blanche donnaient leur avis et distribuaient des ordres à une armée d'infirmiers-croque-morts : cautérisation, incision, ablation, greffe !... Que faisaient-ils sous son ventre ces cloportes ? Et ces autres charognards autour de son hélice ?... Cela nous faisait mal de voir notre compagnon ainsi livré aux pinces et aux bistouris.

« Oh là vous autres ! C'est sensible ces trucs-là ! », avions-nous envie de leur crier à tous ces charcutiers.

Souffles ardents des chalumeaux, grincements des meules à découper, crépitements des baguettes de soudure, vacarme et appels fusant de partout et résonnant le long des parois du dock...

« Nono !!!

— Bidel ?

— Je te cherche depuis un quart d'heure, voici ton fascicule ! Tu es débarqué avec tous les autres à la date de demain !

— Ah !

— J'afficherai ce soir, dans chaque réfectoire, les horaires des trains Dunkerque-Paris !

— Pour nos avances et nos billets ?

— Ce soir également pour les avances, les billets vous les prendrez vous-mêmes à la gare !… Ah, autre chose ! Comme le cuisinier n'est pas encore remplacé, il n'y aura pas de repas à bord, demain ! »

Et voilà, la page était tournée ! Près de neuf mois de bord et une foule de choses en tête. Près de neuf mois de bord, huit mois et vingt jours exactement, c'était écrit là sur mon fascicule avec mes congés. Avais-je envie de partir ? De quitter tout cela ? Ma cabine, ma routine, ces compagnons de route devenus familiers et ceux qui le furent moins. Auguste qui me disait :

« Tiengs voici mon adresse !… Si tu refais escale à Bordeaux, viengs me voir à Pessac ! Et si je n'y suis pas, tu verras mes parengts ! Je leur ai beaucoup parlé de toi, ils te connaissent bieng !… »

Au revoir bosco, au revoir père Moullec et merci pour ces éternelles parties de pêche, l'hameçon accroché à mes rêves et à mon vague à l'âme. Au revoir David, incroyable torcheur de rimes, toi dont le souffle de la voix faisait se gonfler comme une voile au fond de mon cœur. Toi le magicien, le créateur d'ambiance, la musique du vent, le tempo de la mer. Toi qui as su libérer en moi cette poésie des flots qui m'effleure encore chaque jour de son écume. Au revoir enfin mon cher Bout de Bois, mon maître d'école ; j'ai tout appris de toi de ce monde étrange, de ce monde de marins qui prenant naissance au creux de la vague vous emporte sur ses épaules comme le fait un grand frère, comme le fait un bateau. J'avais une main à tendre pour retrouver la tienne, j'avais un mot à dire pour retrouver ton cœur toujours prêt à donner. Je te dois le sillage, je te dois l'horizon, et l'odeur de la vague et le bruit de la chaîne. Je te dois avant tout de m'avoir apporté, durant les escales pesantes et les traversées houleuses, une présence immuable et amie, ce murmure profond du livre que l'on ouvre, ce sourire complice et réconfortant comme une boisson chaude aux mains et au cœur, ce clin d'œil stimulant qui voulait dire : « Allez p'tit gars, courage, c'est la vie !… »

Un peu désemparée, Fifi errait dans les coursives, s'accrochant aux pas des uns et des autres avec un petit gémissement interrogateur. Au revoir ma vieille ! Que t'aurais-je dit de plus que cette vraie et longue caresse ?... Toi, qui ne désertas pas comme nous ce cher rafiot, tu semblais nous dire : « Oh les gars ! Le voyage n'est pas fini ! Il reste encore beaucoup à faire !... » Eh oui, je le savais ! Le *Robert Espagne* c'était toute ta vie, ton territoire, ton espace ! Tu en connaissais les moindres recoins, les moindres odeurs, les moindres sons plaintifs du bois et de la tôle ! Et puis, un nouvel équipage devait bientôt arriver qu'il te faudrait adopter et former aux exigences de la vie commune. « Allez, le voyage continue ! Ne gémis plus Fifi, tu t'y feras, et dis-moi plutôt encore : “Wouaf ! et, pourquoi pas, au re-wouaf !...” »

Ce soir-là, nombreux furent ceux qui préférèrent aller épancher leurs larmes, vraies ou fausses, dans quelques corsages ou quelques chopes de bière. Le panier à salade en égoutta même une demi-douzaine surpris en train d'escalader la statue de Jean Bart. Les joyeux drilles s'étaient mis dans la tête de mettre un soutien-gorge, probablement dérobé à l'ennemi, au grand marin et héros local : « Pour lui réchauffer son cœur de pierre ! », disaient-ils. Un des complices de ce forfait me raconta plus tard qu'au commissariat de Dunkerque on regretta bien vite de les avoir embarqués un peu trop précipitamment, car les murs de cette noble bâtisse résonnèrent toute la nuit de l'inépuisable répertoire de qui vous savez :

... Et l'on nous met des chaînes
La nuit au fond du trou !
Les forçats de Cayenne
Sont plus heureux que nous !
— Sont plus heureux que nous !...

Le lendemain, c'était le 19 juillet 1954, un train sombre, une suite de wagons laids et repoussants comme le sont les chenilles processionnaires, un cortège avide de bruits et de cahots, s'ébranla.

Il emportait, un peu hébétés, comme déracinés, oiseaux marins pataudss sur le plancher des vaches, tous les héros de mon odyssée vers un monde absurde et artificiel où poussent et prolifèrent anarchiquement le béton et la fumée. Allez compagnons ! Faisons des rêves audacieux ! les congés seront courts !…

Le nez collé à la vitre de mon compartiment, je dessinais déjà sur des ronds de buée les images de mon prochain embarquement…

Sa lampe se mourait. Il ouvrit la fenêtre.
Le soleil se levait. Il regarda sa lettre,
Rit et la déchira… Les petits morceaux blancs
Dans la brume semblaient un vol de goélands.

Tristan Corbière, *Les Amours Jaunes*
(*Le Poète contumace*)

GLOSSAIRE ARGOTIQUE, MARITIME ET AFRICAIN
(des mots et expressions utilisés)

Arg. (argot et patois français divers)
Mar. (maritime)
Afr. (Africain et pidgin divers)

— A —

Accon : Mar. Sorte d'allège.
Acconier : Mar. À l'origine, ouvrier portuaire dirigeant un accon. Dans les départements d'outre-mer et les anciennes colonies françaises, Européen responsable de la manutention et du travail des dockers indigènes.
Accorage : Mar. Action de caler, fixer, assujettir, des colis en pontée ou dans la cale.
Accotar : Mar. À fond de cale, panneau fixe protégeant une maille.
Albacore : Mar. Thon, dit aussi thon jaune. *Yellowfin.*
Allège : Mar. Embarcation de type divers servant au chargement et déchargement des navires.
Allocation spéciale : Mar. Rémunération consentie sur les navires de commerce pour un travail pénible, salissant ou sortant des attributions ordinaires.
Amognigni : Afr. Injure grave et vulgaire en langage krou, ayant le sens approché de « enfoiré, enculé… »
Antenne : Mar. Vergue longue et mince des voiles latines.
Arc-en-bouche : Afr. Instrument de musique répandu en Afrique.
Ar'morqueur : Mar.Arg. Remorqueur du port de Rouen. « Les ar'morqueurs da Rouen ! »
Assan : Afr. Nom lagunaire (Côte-d'Ivoire) du poisson appelé grand capitaine par les pêcheurs français.
Assaye : Afr. Mar. Pidgin de l'anglais outside. Mât de charge débordant.
Avaler sa chique : Mar. Mourir.

— B —

Babinga : Afr. En Afrique Équatoriale, petit homme, nain, pygmée.
Bajoyer : Mar. Quai d'une écluse.
Balafon : Afr. Instrument de musique en Afrique. Xylophone.
Balance : Mar. Petit filet monté sur un cercle et suspendu.
Balaou : Mar. Poisson assez proche de l'orphie, mais plus petit.
Baleinière : Mar. Nom donné couramment par les marins du commerce à toute embarcation de sauvetage du bord.
Baliste : Mar. Poisson non comestible que les marins appellent aussi poisson-caoutchouc.
Ballant : Mar. Mouvement de balancier d'un câble. Donner du ballant à une palanquée.
Ballon de défense : Mar. Sorte de sac en cordage bourré de liège ou d'étoupe. Suspendu le long du bord, il sert à amortir les chocs lors des accostages.
Bambocheur : Mar. Marin bringueur, noceur.
Banco : Afr. En français d'Afrique, pisé. Matière, argile et paille, dont on fait les murs des cases africaines.
Barbotin : Mar. Partie d'un guindeau. Couronne métallique portant des empreintes dans lesquelles viennent s'engager les mailles de la chaîne d'une ancre que l'on vire.
Barre franche : Mar. Pièce de bois servant à actionner directement (sans drosse) le gouvernail d'une petite embarcation.
Barrot : Mar. Bau. Poutre métallique soutenant le pont d'un navire. Hauteur sous barrots = hauteur utile d'une cale.
Barroter : Mar. Finir un chargement en remplissant la cale jusqu'aux barrots, à toucher les barrots.
Batayole : Mar. Montant d'une rambarde. Les batayoles peuvent être mobiles comme celles d'une échelle de coupée, ou fixe comme celle d'un bastingage.
Bateau-feu : Mar. Bateau-phare, mouillé à un endroit déterminé, à la manière d'une bouée mais aux signaux plus puissants. Outre les signaux lumineux, le bateau-feu émet aussi des signaux sonores et radiogoniométriques.
Battre Mastreck : Arg. Mar. En argot dans les ports du nord de la France, faire un métier dur ou quelque chose de difficile (vieille allusion au siège de Maastricht par les Français au XVIIe siècle).
Bécune : Mar. Afr. Nom africain du barracuda. On dit aussi hécune.
Beg ar pich : Arg. Mar. En breton, surnom donné aux habitants du Pays Bigouden par leurs voisins et aux marins du quartier maritime du Guilvinec par les marins des autres quartiers.
Béligou : Mar. Oiseau marin légendaire.
Bézot : Arg. Jeune, puceau.
Bidel : Mar. Sur les navires de la marine marchande, écrivain, capitaine d'armes.

Bigue : Mar. Gros mât de charge équipé de caliornes et prévu pour soulever les colis très lourds. Un liberty-ship portait deux bigues, une à la cale 2 (force 50 T.), une autre à la cale 4 (force 30 T.).
Biniou : Mar. Avoir son biniou, avoir son sac. Être débarqué plus ou moins disciplinairement.
Binjarets : Mar. Arcs et chaînes supportant la coupée et les plateaux de coupée.
Biture : Mar. Ce mot n'est plus employé qu'au figuré. Prendre une biture signifie donc s'enivrer.
Boat : Mar. Afr. Grande pirogue africaine, utilisée sur certaines rades foraines pour l'embarquement et le débarquement des passagers, des Kroumen et de la marchandise.
Bollard : Mar. Implanté en bordure de quai, le bollard est souvent constitué d'un cylindre d'acier coulé. Il sert à l'amarrage des navires.
Bordé : Mar. Le bordé est l'ensemble des tôles qui constituent la coque d'un navire.
Bordée : Mar. Différentes divisions du service à bord. À la mer, la bordée correspond au quart ; exemple : la bordée du 11 à 3 (de 11 heures à 15 heures et de 23 heures à 3 heures). Pour les manœuvres de départ et d'arrivée, le personnel du pont est divisé en deux bordées : la bordée avant et la bordée arrière.
bosco : Mar. Maître d'équipage.
Bosse : Mar. Cordage servant à saisir momentanément une aussière, un câble, un objet quelconque. Le nœud de bosse doit pouvoir se larguer facilement et rapidement, même sous tension. La bosse d'une embarcation de sauvetage est frappée sur un « martyr » largable depuis l'embarcation.
Bosse cassante : Mar. Bosse de faible dimension, destinée à se rompre sous un poids ou une traction. Elle est utilisée pour freiner le filage d'une chaîne ou pour retenir un câble, un laguis, l'ouverture d'une élingue, d'une saisine, dont l'utilisation ne doit pas être immédiate.
Bosser : Mar. Frapper (établir) une bosse sur quelque chose.
Bossoir : Mar. Il faut distinguer les bossoirs, appareils de levage et de mise à l'eau des embarcations, du bossoir de veille, qui est l'endroit où se place l'homme de quart à la mer. Le quart au bossoir se fait désormais soit sur l'avant du bateau (par mauvaise visibilité) à l'endroit où se trouvait autrefois le bossoir d'ancre, qui n'existe plus, soit plus simplement sur l'aileron de la passerelle. On appelle homme de bossoir le matelot de veille à la mer.
Bouchon gras : Mar. Surnom que les autres marins donnent à tout mécanicien, graisseur, etc.
Boudo : Afr. Mar. En langage krou : doucement, à la demande.
Boulange (la) : Mar. Le boulanger.
Bourbillage : Mar. Lubrification, graissage, avec un badigeon épais.
Bout de bois : Mar. Le charpentier.
Brasse : Mar. Unité de profondeur (= 1,66 mètre) généralement comprise entre les deux bras écartés à l'horizontale.

Brassiage : Mar. Sondage. Profondeur trouvée à l'aide de la sonde ou du sondeur. Hauteur d'eau indiquée sur une carte marine.
Brider : Mar. Lier, ligaturer des objets pour les empêcher de bouger au tangage et au roulis. Brider un rond d'aussière sur le pont, brider un mât de charge (le raidir entre cartahu et fausse garde ou le brider au collier), brider une chaîne de suspente de martinet, etc.
Brigadier : Mar. Dans une embarcation de sauvetage, premier matelot auquel incombe la responsabilité de seconder ou remplacer le cas échéant, le patron. Il y a généralement deux brigadiers par embarcation, le premier brigadier se trouvant à la barre franche et le second brigadier à la gaffe. On dit aussi brigadier arrière et brigadier avant.

— C —

Cabanage (en) : Mar. On met une embarcation en cabanage quand on la transforme en cabane, soit en la renversant sur le rivage, soit en lui faisant un toit à l'aide de sa drome et de ses voiles.
Cabinet : Afr. En français d'Afrique : postérieur, anus.
Cacatois : Afr. Mar. En français d'Afrique, contremaître chez les dockers de certains ports et chez les Kroumen. Un chef cacatois embarqué dirige environ 70 Kroumen, il est secondé par un second, un troisième et un quatrième cacatois.
Cagnard : Mar. Abri de toile ou de bois situé sur les ailerons de passerelle ou occasionnellement sur les passerelles découvertes. Faire la veille aux cagnards.
Caïman : Afr. Mar. En français d'Afrique : fainéant, planqué.
Calfat : Mar. Ouvrier dont le travail consiste à calfater, c'est-à-dire à rendre étanche les coques et les ponts des navires en bois. Le marteau de calfat est un maillet à double heurtoir allongé servant à enfoncer l'étoupe.
Caliorne : Mar. Palan portant des poulies à plusieurs réas et destiné à soulever de lourdes charges. Sur les cargos, les bigues sont équipées de caliornes.
Cambusard : Mar. Vin rouge grossier provenant des cuves de la cambuse.
Caméléon : Mar. Nom que les marins du commerce donnent au coryphène, poisson qui passe par toute une gamme de couleurs en mourant. En Afrique il porte aussi le nom de poisson-machette.
Canneur : Mar. Bateau de pêche. Thonier équipé de cannes et pêchant à l'appât vivant.
Capitaine ('pitaine) : Mar. Second capitaine.
Capitaine : Mar. Afr. Deux espèces de poissons portent ce nom en Afrique : le gros capitaine que les Ivoiriens appellent assan, et le petit capitaine que les marins appellent aussi grogneur.
Carabot : Mar. Arg. Docker du Havre.
Carangue : Mar. Ce nom est porté par une grande variété de poissons, mais le

plus connu en Afrique est la grande carangue, appelée hirondelle par les marins du commerce, et japon en français d'Afrique.
Carayou : Afr. Mar. Pidgin. De l'expression anglaise « (to) care you ». Câble enroulé sur le tambour d'un treuil et servant à déplacer les colis horizontalement sans passer par un mât de charge.
Cargo : Mar. De l'anglais cargo-light. Sorte de projecteur mobile suspendu par un câble comme une baladeuse et servant à éclairer les cales, la coque et toutes les parties sombres du navire.
Carrelet : Mar. Filet de pêche monté sur un cadre ou un cerceau et suspendu par une perche. Le carrelet sert surtout à pêcher les petits poissons des estuaires ou des rivages. Déposé sur le fond, il est relevé de temps à autre à l'aide d'un petit treuil à main.
Cartahu : Mar. Cordage ou câble. Les marins du commerce distinguent le « cartahu de charge », qui est un fil d'acier garni sur un treuil et passant par les poulies de mât de charge pour soulever une charge, et le « cartahu de tête », qui est un cordage très long utilisé pour diverses besognes, notamment le hissage des chaises de gabier en tête de mât.
Castapiane : Arg. Blennorragie, chaude pisse.
Castor : Mar. Mousse, novice.
Caudrette : Mar. Balance. Petit filet conique monté sur un cercle et servant à pêcher crevettes et crabes.
Cauris : Afr. Mar. Variété de porcelaine, cyprée. En français d'Afrique, petit coquillage ayant servi de monnaie dans de nombreuses régions africaines. De nos jours, il n'est plus guère utilisé que pour décorer des objets ou faire des colliers.
Ceinture : Mar. Filin courant le long de la coque d'un navire pour permettre aux chalands, allèges ou boats de s'y amarrer.
Chadburn : Mar. Appareil servant à transmettre les ordres de la passerelle à la machine.
Chaise : Mar. Sorte de nacelle servant au débarquement et à l'embarquement des marins et des passagers dont les bateaux restent au mouillage sur rade foraine. On appelle également chaise ou chaise de gabier une planche suspendue par les quatre coins et qui est utilisée pour hisser un matelot dans la mâture (voir cartahu de tête).
Chantier (d'embarcation) : Mar. Berceau. Support en bois façonné pour recevoir la quille et la carène d'une embarcation que l'on pose sur un pont.
Charognard : Afr. En français d'Afrique ce terme désigne surtout une espèce de rapace (milan) qui fréquente les lieux habités et se nourrit de déchets.
Chasser : Mar. Un navire chasse lorsqu'il entraîne sa chaîne et son ancre sur le fond et qu'il ne peut se maintenir à l'endroit où il a mouillé. Chasser sur ses ancres, chasser à la côte.
Château : Mar. Superstructure sur un navire. Nom le plus souvent réservé aux superstructures ayant plusieurs étages. Les châteaux du milieu sont les plus classiques.

Chatte : Mar. Grappin à quatre bras et sans oreille ni barbe servant à draguer une chaîne ou un câble se trouvant au fond de l'eau.

Chauffe (en) : Mar. On met une chaudière en chauffe en allumant ou en activant son foyer pour augmenter la pression de la vapeur, en vue d'un appareillage.

Chaumard : Mar. Accessoire de coque ou de pont servant à guider les amarres. On distingue les chaumards à galoches, les chaumards à bittard, les chaumards à rouleau, etc.

Chef panneau : Mar. Afr. En français d'Afrique : Docker, Krouman, chargé de guider la manœuvre des treuillistes ou du grutier en faisant des signes.

Chef de nage : Mar. Dans une embarcation, rameur qui se trouve sur le banc le plus rapproché de l'arrière et sur les mouvements duquel doit se régler la « nage » des autres rameurs. Dans une école de mousses, premier de la classe.

Cheval de lavage : Mar. Pompe alimentant les collecteurs de pont en eau de mer et permettant ainsi le lavage des chaînes d'ancre et les ponts.

Chopine : Arg. Verre de vin.

Chouff : Mar. Chauffeur. Sur un bateau à vapeur, marin chargé d'alimenter et de surveiller les chaudières.

Chouïa (un) : Arg. Afr. Un petit peu.

Choule (à la) : Mar. Attendre à la choule : se dit d'un bateau qui se laisse dériver pour aplatir le clapot. Travailler à la choule : étaler une marchandise chargée en vrac en la répartissant vers les quatre côtés de la cale.

Choulé : Mar. Aplati, étalé, égalisé, comme avec un chouleur. Se dit de la marchandise en vrac (grain, charbon) que l'on égalise dans la cale ; se dit aussi de la mer lissée par la coque d'un bateau qui dérive.

Claire-voie : Mar. Panneau portant des hublots ou autres ouvertures et disposé au niveau d'un pont et au-dessus d'un compartiment : la claire-voie de la salle des machines, du carré, etc.

Coin de panneau : Mar. Petit morceau de bois prismatique qui sert à coincer les prélarts qui recouvrent les cales. Les marins nomment également ainsi, par analogie, les rations de fromage en forme de coin.

Col de cygne : Mar. Sur le pont, partie recourbée d'un tuyau d'aération ou d'évacuation à l'air libre d'un compartiment.

Collier (de mât de charge) : Mar. Demi-cercle de métal qui permet de bloquer un mât de charge contre la vergue d'un mât, le mât lui-même ou un support sur le pont.

Coryphène : Mar. Poisson des mers tropicales. Les marins du commerce lui donnent le nom d'hirondelle.

Coupée : Mar. Ouverture faite dans la muraille ou le pavois d'un navire et qui permet l'entrée ou la sortie du bord par l'échelle dite *de coupée*. Un plateau de coupée, un gardien de coupée, etc.

Crabe de cocotier : Afr. Birgue. Crustacé terrestre qui monte dans les arbres. Au sens figuré, personnage mal dégrossi, sauvage.

Crapoteux : Arg. Crado, sale.
Cric... crac : Mar. Pour les vieux marins, cette onomatopée ouvrait la porte d'un conte, d'une histoire de mer. Le conteur criait « Cric ! » pour attirer l'attention. L'auditoire devait répondre « Crac ! » Si ce « Crac ! » était trop timide ou si le silence tardait à venir, le conteur reprenait « Cric ! », jusqu'à ce que tout le monde répondît « Crac ! » et se tût.
Cuisse (la) : Mar. Arg. Cuisinier. Cuistot.
Cuisinier riz (ou Cousinié riz) : Mar. Afr. En français d'Afrique, le cuisinier des Kroumen sur un bateau. Sa cuisine est surtout à base de riz.

— D —

Dalot : Mar. Trou à la base des pavois servant à l'évacuation de l'eau embarquée sur le pont (paquets de mer, pluie, lavage).
Dame : Mar. Ferrure composée d'une fourche en forme de lyre surmontant un pivot que l'on introduit verticalement dans un trou aménagé dans le plat-bord d'une embarcation ; la partie en forme de lyre servant de point d'appui à un aviron.
Deep tank : Mar. Compartiment, ballast à eau de mer ou réservoir à fuel, situé dans la partie la plus basse d'un navire.
Démâter : Mar. Amener les mâts de charge sur leurs supports ou dans une position plus basse (on dit inversement : mâter, remâter...).
Dépigouiller : Mar. Enlever les pigouilles ou lances à boucle des grumes sur un radeau.
Dérader : Mar. Être forcé de quitter une rade par suite d'intempéries ou à cause de la mauvaise tenue des ancres.
Dimanche : Mar. Lacune, endroit oublié par le pinceau du peintre dans une couche de peinture fraîche : « Les dimanches ne sont pas payés ! ».
Diodon : Mar. Poisson que les marins évident pour faire des lampes, d'où son nom plus courant de poisson-lampe. Ce poisson est quelquefois appelé par erreur poisson-lune, qui est le nom vernaculaire du mola.
Dow (ou do) : Afr. Mar. En langage krou : un, unité.
Domino : Mar. Panneau de bois que l'on glisse entre deux galiotes et qui sert à fermer les cales.
Drague à godets : Mar. Engin de dragage portuaire équipé d'une noria de godets creusant la vase.
Drome : Mar. Ensemble des mâts, avirons, gaffes, etc., dont dispose une embarcation de sauvetage. La drome d'un navire marchand c'est aussi l'ensemble de ses engins de sauvetage.
Duc-d'Albe : Mar. Ouvrage portuaire isolé ayant l'aspect d'un faisceau de pieux en bois, d'un pylône en béton, ou de tubes reliés entre eux par un plateau ou bouclier d'accostage. Il sert soit à l'accostage, soit à l'amarrage des navires.

— E —

Écope : Mar. Pelle en bois, creuse, étroite, et servant à vider l'eau d'une embarcation. Par extension, tout récipient pouvant avoir la même utilité.
Écoper : Mar. Vider l'eau avec une écope. Au figuré, recevoir une punition.
Élingue carrée : Mar. Toile carrée, ralinguée et portant un anneau de cordage à chaque coin. L'élingue carrée sert surtout à soulever les charges dont la taille ou la forme ne permet pas un autre élingage.
Élinguée : Mar. Poids ou contenu des marchandises hissées par une élingue. On dit aussi palanquée.
Embouquer : Mar. S'engager dans un détroit, un chenal, un fleuve.
Embraquer : Mar. Prendre le mou, tirer sur un cordage pour le raidir. « Embraquez main sur main ! »
Encablure : Mar. Courte distance. L'encablure vaut 185 mètres environ.
Enquiller : Mar. Arg. Pour un navire : entrer, s'introduire. « Enquiller une écluse. »
Épervier : Mar. Filet de pêche très utilisé en Afrique. Sa forme est circulaire, il est lesté de plombs sur son pourtour. Le pêcheur le lance de façon à développer au maximum le cercle, comme celui d'un lasso. C'est en retombant comme une nappe que ce filet emprisonne le poisson.
Escarbilleur : Mar. Par analogie, les marins du commerce appellent escarbilleur tout récipient servant à collecter les miettes, les déchets. À table, on se sert d'un escarbilleur pour ramasser les feuilles d'artichauts ou les coquilles de moules, par exemple.
Escargot : Arg. Appellation familière pour un appareil portatif servant à souffler ou à aspirer de l'air dans un compartiment ou une cale que l'on veut aérer ou assécher.
Étalingure (jusqu'à l') : Mar. L'étalingure est le point de fixation de l'extrémité d'une chaîne dans un puits à chaîne. Filer jusqu'à l'étalingure signifie filer jusqu'à la fin.
Étarquer : Mar. Raidir le plus possible une voile, un taud, etc.

— F —

Falé ou faler : Mar. Afr. Pidgin, du français affaler : descendre une charge, amener.
Fardage : Mar. Planches de bois servant à isoler la marchandise du pont, des épontilles ou d'une autre marchandise salissante (sacs de ciment, fûts d'huile, etc.). Le fardage sert aussi à égaliser le chargement ou à faire des garages pour recevoir des véhicules sur une autre marchandise.
Fascicule : Mar. Livret de marin délivré par la direction des Affaires maritimes.

Il contient : l'identité du marin et son affiliation à un quartier maritime, son état civil, la nature et la date de ses brevets de qualification, ses mouvements d'embarquement et de débarquement émargés par les autorités maritimes ou consulaires, ses visites médicales d'aptitude, etc.
Faseyer : Mar. Battre, claquer au vent, en parlant d'une voile.
Faubert : Mar. Coton disposé autour d'un erseau formant poignée. Le faubert sert à laver la peinture et à faire de menus travaux de propreté. Contrairement à la vadrouille, le faubert n'a pas de manche.
Fausse garde : Mar. Câble de sécurité servant à renforcer un palan de garde et par conséquent la retenue latérale d'un mât de charge. Les fausses gardes sont raidies pour éviter que la tension soit trop forte sur les palans.
Faux pont : Mar. Entrepont. Pont dans une cale en dessous du pont principal.
Fil à voile : Mar. Fil que les marins utilisent pour coudre la toile ou faire des surliures aux extrémités des cordages.
Fil de caret : Mar. Fil de chanvre grossier dont étaient faits les cordages avant l'utilisation des matières synthétiques. Le fil de caret est aussi utilisé en matelotage pour les travaux courants : ligatures, attaches diverses et provisoires, surliures, etc.
Filet de chargement : Mar. Sorte d'élingue carrée composée de mailles en cordage et qui sert à soulever les colis et caisses de petite taille.
Filet de coupée : Mar. Filet de sécurité que l'on dispose sous l'échelle de coupée.
Fleurette : Mar. Languette de peau prélevée sur le dos ou le flanc d'un poisson et servant d'appât frais.
Foc ballon : Mar. Voile. Spinnaker ou « spi ». Foc qu'on établit par beau temps et vents portants. Le foc ballon, gonflé par le vent, a une allure de parachute à l'horizontale.
Foutou : Afr. En français d'Afrique : cuisine africaine composée d'aliments divers bouillis ensemble.
Frapper : Mar. Amarrer. « Frapper une aussière, un cordage, etc. ».

— G —

Gabare : Mar. Navire de servitude. Gros chaland longtemps à voile (parfois à rames) naviguant sur les cours d'eau et servant à divers transports, comme au chargement et déchargement des cargos. « Gabares de la Tamise, du Tage, etc ». On donne également le nom de gabare aux navires auxiliaires chargés du balisage.
Gabelou : Arg. Mar. Douanier. Ce terme semble vieilli dans le langage courant mais est toujours utilisé par les marins, surtout quand il s'agit de désigner les douaniers portuaires.
Gagou : Afr. En Côte-d'Ivoire, homme des forêts.

Galiote : Mar. Traverse métallique qui soutient les panneaux en bois (cf. domino) des écoutilles des cales et faux ponts.
Galipétan : Mar. Grand bateau légendaire des contes et histoires de marins.
Gambas : Mar. Grosses crevettes (plusieurs variétés). Celles d'Afrique sont très nombreuses sur les bancs vaseux, alluvionnaires et de faible profondeur qui se trouvent au large des deltas et grands estuaires (Guinée, Nigeria, Cameroun).
Garcette : Mar. Cordage tressé qui sert à carguer une voile et prendre des ris. Autrefois on se servait des garcettes pour fustiger les marins punis. « Coups de garcette. »
Garde (garde montante) : Mar. Amarre qui a pour objet d'empêcher le déplacement longitudinal du navire le long d'un quai, sa direction s'oppose à celles des amarres de « bout » ou de pointe. La garde de l'avant empêche le bateau d'avancer, celle de l'arrière l'empêche de reculer.
Garde-rats : Mar. Disque de métal dont on garnit les amarres pour empêcher les rats de monter à bord.
Gargouillou (x) : Arg. Mar. Sur un bateau de commerce, surnom donné au personnel travaillant à la cuisine (cuisinier, aide de cuisine, boulanger).
Gaspard : Arg. Mar. Rat de navire. Un gaspard tué donnait droit à un quart de vin qu'on appelait la double. « La chasse au gaspard dans les cales. »
Goutte coloniale : Mar. Afr. En français d'Afrique : blennorragie chronique.
Gratter : Arg. Mar. Travailler. Cette expression est surtout en usage chez les dockers du Havre. « Les Carabots qui grattent dans la cale 4. »
Gros yeux : Mar. Nom que les marins donnent à deux espèces de poissons : le thon obèse (ou patudo) et le maquereau espagnol.
Guernouille : Arg. En patois, grenouille.
Guifette : Mar. Oiseau maritime et fluvial. Espèce de sterne qui fréquente les estuaires et les marais.
Guipon : Mar. Brosse à manche très long dont se servent les matelots pour peindre la coque, les étais et haubans, les endroits de la mâture difficiles à atteindre. « Passer du coaltar ou un badigeon de céruse au guipon. »

— H —

Hac (Le) : Arg. Le Havre en patois cauchois (peut-être par analogie avec le sigle de l'équipe locale de football : « Le Havre Athlétique Club »).
Hanhan : Afr. Chez les Kroumen, interjection dont les nuances balancent entre l'appréciation et l'approbation.
Harriste : Afr. En Côte-d'Ivoire, adepte d'une religion prophétique.
Hiloire : Mar. Bordure verticale qui entoure l'ouverture d'un panneau de cale, d'une écoutille.
Hirondelle : Mar. Nom que les marins du commerce donnent à la grande

carangue à cause de sa nageoire caudale en queue d'aronde. Les marins-pêcheurs préfèrent donner ce nom à la liche qui rase l'eau (comme une hirondelle) pour échapper aux filets tournants. Les carangues sont souvent appelées japons par les pêcheurs et les mareyeurs.
Hivernage : Afr. Mar. En français d'Afrique : saison des pluies et des tornades.

— I —

Iboga : Afr. Plante vénéneuse d'Afrique Équatoriale dont les indigènes extraient une drogue qui, à très petite dose, est aphrodisiaque, tonique, stimulante.
Instructions nautiques : Mar. Recueils, guides, édités par le Service hydrographique et océanographique de la marine. Ils apportent aux marins divers renseignements sur les côtes, ports, courants marins, etc., des régions abordées. Des « Avis aux Navigateurs » hebdomadaires permettent de les tenir à jour.

— J —

Jambe d'ajut : Mar. L'ajut est un nœud qui sert à réparer un cordage rompu. Jambe d'ajut est, par allusion, le surnom que les marins donnent à quelqu'un qui boite, quelqu'un dont la jambe a été réparée.
Jambette : Mar. Renfort vertical de pavois ou d'hiloire.
Jaumière (trou de) : Mar. À l'arrière d'un navire, le trou de jaumière est l'ouverture dans la coque par où passe la mèche du gouvernail.
Jean Gouin : Mar. Un des surnoms que se donne le simple marin, matelot, mateluche, mathurin.
Jean-Louis : Mar. Surnom que les marins donnent au requin.

— K —

Kahoua : Mar. Arg. Café noir, jus.
Kapo (ou capo) : Arg. Dans un camp, une prison, un détenu chargé de surveiller ou commander les autres détenus. « Les kapos des camps de concentration. »
Klané : Afr. En langage krou : malade, fêlé. « Nalou klané = tête dérangée. »
Kora (ou cora) : Afr. Sorte de luth africain, la kora est un instrument de musique à 21 cordes montées sur un manche et à grande calebasse faisant caisse de résonance.
Krouman (au pluriel : Kroumen ou Krous) : Afr. Mar. Marin-docker en Afrique de l'ouest. Les Krous sont des peuples noirs de l'ouest de la Côte-d'Ivoire et du Liberia. Les cargos embarquaient de 60 à 70 Kroumen sur les rades foraines de Tabou ou de Sassandra, pour les utiliser comme dockers. Les autorités maritimes

locales et les douanes leur donnaient le nom de « navigateurs ». À partir de 1960 (année où la plupart des anciennes colonies françaises d'Afrique Noire obtinrent leur indépendance et privilégièrent leurs propres ressortissants pour les opérations portuaires), les Kroumen furent moins sollicités. Seul le Gabon, moins peuplé, continua à accepter leur travail spécialisé pour le chargement des grumes.

— L —

Lago : Mar. Afr. Pidgin, de l'anglais « Let go » : amener en vrac, laisser tomber, larguer. C'est une expression presque universelle employée par la plupart des marins français ou étrangers et aussi par les Kroumen.
Laguis : Mar. Nœud coulant. Le laguis est composé d'un nœud de chaise dans l'œil duquel passe le brin libre qui doit enserrer l'objet ou la charge par effet de poids ou de traction.
Lama : Mar. Lamaneur. Les marins et l'ensemble des professions portuaires surnomment ainsi les lamaneurs qui sont des marins chargés de l'amarrage et du largage des navires dans les ports.
Lance-amarres : Mar. Touline. Cordage léger que l'on lance depuis le bord. Il est muni d'une pomme de touline ou d'un petit sac de sable et sert à tirer les amarres depuis le bateau vers un autre point, quai, remorqueur, etc.
Larmichette : Arg. Petite goutte, petite quantité de quelque chose.
Liberty-ship : Mar. Cargo à vapeur, d'un modèle construit durant la Seconde Guerre mondiale par les États-Unis d'Amérique. Près de 3 000 liberty-ships furent construits entre 1941 et 1945. À la fin de la guerre, ils furent réutilisés par les marines marchandes de nombreux pays.
Liche : Mar. Poisson vorace et à chair estimée. Les marins-pêcheurs l'appellent aussi hirondelle. Certains poissonniers la vendent sous le nom de liriot.
Ligne (la) : Mar. L'équateur océanique. Le « baptême de la ligne » est une cérémonie burlesque et traditionnelle préparée par l'équipage d'un navire qui passe l'équateur. Tout membre de l'équipage ou passager qui passe l'équateur pour la première fois est alors présenté à un tribunal présidé par Neptune (ou le « père La Ligne ») avant d'être baptisé à l'eau de mer. Au terme de la cérémonie, il reçoit un certificat de baptême.
Listao : Mar. Nom que les marins donnent à la bonite à ventre rayé. Ce nom de listao a remplacé celui de bonite qui semble désormais réservé aux petits germons et autres petits thonidés.
Lofer : Mar. Le lof est le côté du navire frappé par le vent. Lofer signifie donc faire venir le navire vers l'endroit d'où vient le vent. « Lofer au plus près ! »
Louvoyer : Mar. Naviguer en zigzag, courir des bordées, suivre un chemin sinueux.
Lovage : Mar. Action de lover, de disposer un cordage en cercles.

Lunette à piquer : Mar. Lunette de protection dont s'équipe un marin qui pique ou gratte la rouille.
Lusin : Mar. Petit cordage à deux torons en fil de caret ayant subi un bain d'huile de lin ou de goudron végétal et servant à faire des fourrages. S'il y a plus de deux torons ou si les torons sont commis très serrés, on emploie le mot bitord (tordu deux fois).

— M —

Mâchoiron : Mar. Silure, poisson chat, arius. La première nageoire dorsale porte une forte épine qui peut infliger des blessures douloureuses, voire dangereuses. Ce poisson vit de préférence sur les fonds vaseux des rivages, des estuaires et des lagunes.
« **Magasin 17** » : Mar. Un des noms que les marins du commerce donnent à la mer quand elle leur sert de poubelle.
Maille : Mar. Élément d'une chaîne. Maille à étai, maille franche, maille allemande, maille à renfort, etc. (cf. maillon). Maille est aussi le nom que l'on donne à l'espace entre deux goussets et servant à recueillir l'eau qui pourrait s'écouler au fond d'une cale. Les mailles de cale sont fermées par les accotars et les paracloses.
Mailloche : Mar. Gros maillet de bois dont se sert le charpentier pour différents travaux, notamment pour desserrer le frein du guindeau et libérer la chaîne d'ancre. Pour cette raison, la mailloche de mouillage doit toujours rester à proximité du guindeau. La mailloche (ou maillet) à fourrer est un outil plus petit qui porte une engoujure longitudinale lui permettant d'être appliqué sur le cordage à fourrer.
Maillon : Mar. Portion d'une chaîne d'ancre ayant une longueur de 27,50 mètres (15 brasses). Chaque maillon est composé de mailles à étai. Une maille franche et une maille à renfort permettent de rassembler les maillons entre eux à l'aide d'une manille d'assemblage. Une chaîne d'ancre peut être composée d'environ vingt maillons, le diamètre et la longueur étant déterminés par l'organisme de classification (Bureau Veritas) en fonction de l'importance des œuvres mortes du navire.
Malamok : Mar. Type de navire de pêche à moteur et à coque de bois fréquent dans le sud de la Bretagne. Nom que les marins-pêcheurs bretons donnent également au pétrel fulmar, et que les cap-horniers donnent au pétrel géant (ossifrage).
Maison-mât : Mar. Construction entourant un mât sur le pont d'un navire. La maison-mât sert généralement de magasin.
Manche à air : Mar. Conduit en métal servant à aérer l'intérieur du navire, les cales, la machine, etc. Sa partie supérieure en forme de conque peut-être orientée dans la direction du vent. Il existe aussi des manches à air en toile appelées « bonnes sœurs » à cause de leur forme.

Manille : Mar. Anneau de métal servant à fixer ou relier des chaînes, des câbles, des élingues, des crocs de chargement, des poulies, etc. Manille d'assemblage, d'étalingure, à vis, à clavette et goupille. Manille simple, manille lyre, etc. Ce nom est également donné à une variété de cordage en chanvre (... de Manille !). « Filin, paillet en manille. »

Manoque : Mar. Pelote de lusin, de bitord, etc.

Maquereau-bonite : Mar. Afr. Nom que les marins du commerce donnent à une variété de thazard (ou tazard). Ce poisson est aussi appelé maquereau tacheté et sanfou. Taille = 1 mètre environ.

Marabout : Afr. En français d'Afrique : sage de l'islam dans certaines régions ; magicien, sorcier dans d'autres. « Marabout cognac » est une insulte adressée à un mauvais musulman qui boit de l'alcool. En Afrique du Nord, les Français appellent marabout le tombeau, le mausolée, d'un saint homme musulman.

Marchand de soupe : Mar. Surnom que les marins du commerce donnent au commandant qui nourrit mal son équipage en faisant des bénéfices sur les vivres.

Margat : Mar. Oiseau de mer porte-poisse (puffin, pétrel). Surnom donné au marin traîne-quai et traîne-café, au retraité ou marin des dépôts de la Marine nationale.

Marie-salope : Mar. Chaland à fond mobile, destiné à recevoir, transporter et vider les produits (vase, etc.) d'un dragage.

Martinet : Mar. Câble, fil d'acier maillé à la tête d'un mât de charge et servant à régler son inclinaison. Sur les liberty-ships, le réglage du martinet se faisait à l'aide d'une « queue de martinet » (câble de petite dimension) et d'une « chaîne de suspente » fixées ensemble à l'aide d'un trèfle à la partie inférieure du martinet.

Martyr : Mar. Petite pièce de bois, cabillot, cheville, supportant un poids, une contrainte. Le martyr d'une bosse d'embarcation est enserré dans l'œil ou le nœud coulant de cette bosse qu'il permet de larguer instantanément.

Matadi : Mar. Nom que les marins du commerce donnent à une espèce de gros cancrelats des régions chaudes.

Matelot léger : Mar. Jeune matelot ayant entre 18 et 20 ans.

Mathurin : Mar. Arg. Matelot, marin, Jean Gouin, mateluche. Le « parlé mathurin » est le vocabulaire professionnel des marins.

Matte : Mar. Banc de poissons. On dit une matte de thons et un banc de sardines.

Mauritanien : Mar. Se disait d'un bateau de pêche breton équipé pour la pêche à la langouste sur les côtes de la Mauritanie.

Médaille : Mar. Plat-plat, bumper. Nom que les marins français donnent à un petit poisson très brillant et aplati comme une médaille.

Métro : Afr. En français d'Afrique : Français établi dans les colonies ou anciennes colonies. Argent français pour les Africains.

Miké : Mar. Afr. Pidgin, de l'anglais « midship » : mât de charge travaillant à l'aplomb de la cale. On dit parfois « miship » (au Cameroun).

Ministre : Mar. Marin nettoyeur, travaillant à la machine.
Moque : Mar. Tout récipient de petite taille. Gobelet à boire, boîte de conserve, pot de peinture, etc.
Morbaque : Arg. Morpion, pou du pubis.
Mordre : Mar. Serrer un tour de filin ou de câble sur un autre de façon à assurer la prise comme dans un nœud de croc ou un tour du cartahu sur un tambour de treuil. On emploie également cette expression lorsque l'enroulement du cartahu, de l'aussière ou du filin, fait passer involontairement un tour inférieur par dessus un tour supérieur, empêchant par le fait le déroulement correct du fil d'acier ou le ripage du filin ainsi coincé.
Morpion : Mar. Serre-câble(s). Sorte de petite manille utilisée pour réunir deux câbles l'un à l'autre sans épissure.
Mouillé : Mar. Afr. Krouman ou tout docker africain chargé de dépigouiller et d'élinguer les bois flottés.
Mucilage : Mar. Supplément de ration (surtout boissons tonifiantes et stimulantes, telles que le quinquina) accordé à l'équipage dans les zones tropicales.
Musoir : Mar. Extrémité d'un môle, d'une jetée, de l'entrée d'une écluse.
Mussolini (ou musso) : Mar. Nom donné par les marins français à un petit poisson, appelé aussi sélène ou vomer.

— N —

Nable (ou bouchon de nable) : Mar. cheville servant à boucher le trou d'écoulement de l'eau dans une embarcation. Le « trou de nable » est le trou où l'on enfonce le nable. Il peut y avoir plusieurs trous de nable suivant la taille de l'embarcation. Le nable est généralement fixé par une estrope sous un des bancs de nage. Certains nables se vissent dans le trou de nable.
Nabouéo : Afr. Mar. En langage krou, juron ayant à peu près le sens de « Fais chier ! », « Merde ! ».
Naprouo : Afr. En langage krou, sorte d'adjectif qui grossit une insulte ou un juron déjà salé.
Nautonier (naute) : Mar. Timonier d'eau douce, marinier, gabarier.
Ndoki : Afr. En Afrique Équatoriale, sorcier, jeteur de sort.
Nganga : Afr. En Afrique Équatoriale, féticheur, guérisseur (le contraire du précédent).
Noddi : Mar. Oiseau de mer des Antilles.
Nono : Mar. Novice.
Nordet : Mar. Nord-est.

— O —

Okoumé : Afr. Mar. Bois du Gabon dont on fait le contreplaqué.
Ouin (a) : Afr. Mar. En langage krou, « a ouin » veut dire « les deux ». Ordre donné pour que les deux mâts de charge travaillent ensemble, à amener ou à virer.

— P —

Pacha : Mar. Commandant.
Pacotille : Mar. Achats divers (tabac, alcool, etc.) que l'équipage est tenu de déclarer à l'arrivée au port sur une « liste de pacotille » soumise à la réglementation douanière, sous peine d'amende.
Pahouin : Afr. Indigène du Gabon. Pour un Krouman, ce nom équivaut à une insulte telle que « sauvage », « homme de brousse »...
Paille-en-queue : Mar. Nom que les marins donnent à l'oiseau marin appelé phaéton.
Palan de garde : Mar. Palan servant à manœuvrer un mât de charge en le brassant sur tribord ou sur bâbord.
Palanquée : Mar. Élinguée. Ensemble des colis contenus dans une élingue.
Palu : Arg. Afr. Mar. Paludisme.
Panka : Afr. Sorte de ventilateur à grand panneau accroché au plafond.
Paraclose : Mar. Au fond d'une cale de navire, panneau en bois refermant ou protégeant une maille (cf. maille).
Parc à bois : Mar. Afr. Endroit où les acconiers rassemblent et forment les trains de grumes avant de les faire remorquer jusqu'aux cargos en chargement.
Parc à treuils : Mar. Espace compris entre les treuils de charge.
Patache : Mar. Douane maritime. Les douaniers de la patache sont chargés du contrôle et de la fouille à bord des navires.
Pataras : Mar. Hauban ou étai mobile destiné à renforcer un mât dans le cas d'un effort exceptionnel. Exemple : si une bigue doit soulever un lourd colis sur tribord, on installera un ou des pataras pour renforcer le mât du côté bâbord.
Patron boat : Mar. Afr. En français d'Afrique : docker africain responsable d'une allège, d'une cale, d'un boat. Contremaître dirigeant une équipe de dockers.
Paumelle : Mar. Manicle. Gant de voilier. Sorte de bande de cuir portant un petit disque de métal à surface grêlée que les matelots adaptent à la paume de leur main pour coudre la toile.
Payol : Mar. Sur un cargo, plancher du fond de cale.
Pelle : Mar. Aviron. Plat de l'aviron.
Péqueu : Mar. Arg. En patois, marin-pêcheur.
Perroquet : Mar. Nom que les marins du commerce donnent à tout poisson du type tétrodon.

Perroquet gros bec : Afr. En français d'Afrique : calao.
Petit-sous : Arg. Boisson. Mélange de rhum et de café que l'on sert dans les bistrots du port du Havre.
Phaéton éthéré : Mar. Oiseau océanique des mers tropicales appelé aussi paille-en-queue.
Pigouille : Mar. Les marins du commerce et les dockers appellent pigouille un coin de fer muni d'une boucle et qui sert à réunir les billes de bois flotté en radeau. On l'appelle aussi, mais plus rarement, « lance à boucle ».
Pilot : Mar. Pilotin (prononciation : « pilo »).
Pilote (poisson) : Mar. Petit poisson qui accompagne certains gros poissons, requins, raies, et quelques cétacés (parfois confondu avec le rémora).
Pine à la voile : Mar. Les marins français nomment ainsi la physalie ou « galère portugaise ».
Pioche (la) : Mar. Ancre. « Virer la pioche ! ».
Pipe (à la) : Arg. Mar. Pour les dockers du Havre, le travail se fait à la pipe lorsque l'équipe est divisée en deux, c'est-à-dire qu'une moitié de l'équipe se repose, à tour de rôle.
Piquer les heures (ou les maillons) : Mar. Quand le cargo est à la mer, le matelot de quart à la passerelle pique les heures, c'est-à-dire qu'il fait teinter une cloche aux heures rondes de la journée, et suivant une règle établie. On pique aussi les maillons de la chaîne quand elle défile.
'Pitaine : Mar. Arg. Second capitaine.
Plantain : Afr. En français d'Afrique : banane sauvage. Grosse banane à cuir.
Plat-bord : Mar. Lisse. Tôle plate recouvrant le haut des pavois.
Plat-plat : Mar. Petit poisson des mers chaudes et des lagunes d'Afrique. Poisson-médaille.
Plioir : Mar. Planchette échancrée à ses extrémités et servant à enrouler une ligne de pêche.
Plume : Mar. Leurre en plume ou en crin que l'on met autour d'un hameçon de traîne.
Pointe (amarre de) : Mar. Amarre de bout. Amarre opposée à la garde montante. La pointe de l'avant empêche le navire de reculer, celle de l'arrière l'empêche d'avancer.
Poisson-caoutchouc : Mar. Les marins français nomment ainsi tous les poissons du type « baliste » à cause de leur aspect mou, élastique.
Poisson-banane : Mar. Nom donné par les marins-pêcheurs français à la carangue arc-en-ciel qu'ils échangeaient contre des régimes de bananes. Ce poisson est aussi appelé élagatis.
Poloche : Arg. Désordre. Bataille de polochon.
Pomme de touline : Mar. Boule de cordage en bonnet de Turc, parfois lestée ou « miniumée », elle est fixée à l'extrémité d'un lance-amarres pour lui donner du poids.

Poquer : Arg. En patois, enlever de..., vider comme une poche, décharger.
Portemanteau : Mar. Bossoir d'embarcation.
Porter (laisser) : Mar. Laisser dériver sous le vent.
Portes ouvertes : Mar. Une écluse est dite « portes ouvertes » quand les navires peuvent la franchir sans s'arrêter. À l'étale de pleine mer de vive eau, les portes « aval » et « amont » du sas sont ouvertes et permettent à l'avant-port de communiquer directement avec le bassin où le niveau d'eau est ainsi refait. Les navires peuvent alors entrer ou sortir « portes ouvertes ».
Pot au noir : Mar. Zone intertropicale de convergence des alizés de l'hémisphère nord et de ceux de l'hémisphère sud. Le pot au noir est un front pluvieux et orageux très intense, précédé de fortes tornades. Tributaire de la progression des saisons des deux hémisphères, il se déplace sur l'Océan Atlantique entre l'équateur et le parallèle 15 nord. Quand il aborde le continent africain, il y apporte la saison des pluies.
Poto-poto : Afr. En français d'Afrique : zone marécageuse.
Poulaine : Mar. W.-C. sur un bateau.
Poulie coupée : Mar. Poulie fendue, ou ouverte sur l'un de ses côtés, pour permettre d'y introduire un cordage. Au sens figuré : surnom que les marins donnent aux personnes du sexe féminin en général.
Poulie de retour : Mar. Poulie placée sur le parcours d'un câble en traction et permettant un changement de direction de l'effort à produire. Le câble qui passe par la poulie dite de « carayou » est destiné à rejoindre l'une ou l'autre des poulies de retour fixées à un angle quelconque de la cale.
Poupée : Mar. Partie d'un treuil servant à enrouler une amarre ou un câble que l'on vire.
Prélart : Mar. Toile, bâche, servant à recouvrir un panneau de cale. Pour une bonne étanchéité, on pouvait étendre de trois à quatre prélarts sur un panneau, en mettant les plus usés sur le dessus (prononciation : « préla »).
Puits aux chaînes : Mar. Compartiments destinés à recevoir les chaînes virées par le guindeau. Il y a généralement deux puits aux chaînes par bateau.

— Q —

Queue de palan : Mar. Câble servant à fixer la partie inférieure d'un palan de garde à une main de fer du pavois ou du pont.

— R —

Rade foraine : Mar. Rade largement ouverte et exposée au vent et à la houle. En Afrique, beaucoup de mouillages destinés au chargement ne sont que de simples rades foraines.

Radio-coursive : Mar. Rumeurs, « téléphone arabe » des navires.

Ralingue : Mar. Cordage cousu sur une toile, une voile, un taud et servant à les renforcer.

Ravil : Mar. Nom que les marins français donnent à la thonine.

Rencontrez ! : Mar. Ordre donné à l'homme de barre. Rencontrer veut dire contrer l'abattée, la giration du navire en mouvement. Quand après avoir mis la barre à droite, le navire infléchit sa route dans cette direction, on rencontre en mettant de la barre à gauche pour freiner cette évolution.

Riper : Mar. Faire glisser un cordage sur un taquet, une bitte d'amarrage, une poupée de treuil, etc.

Roulante : Mar. Se dit de la partie de l'équipage qui ne fait pas de quart à la mer.

Roussette : Afr. En français d'Afrique : grande chauve-souris frugivore des régions tropicales. On l'appelle aussi renard volant.

— S —

Sac (avoir son) : Mar. L'expression « avoir son sac » signifie être débarqué plus ou moins disciplinairement (cf. biniou).

Safran : Mar. Pièce principale du gouvernail.

Saisine : Mar. Cordage ou câble servant à saisir une embarcation, un colis en pontée, etc.

Salam : Afr. En français d'Afrique, dans les pays à dominante musulmane : salutation. Abréviation de salamalekoum.

Samara : Afr. Mar. Sandale nu-pieds formée d'une semelle plate et d'une lanière.

Samba : Afr. Mar. Bois africain dans lequel les indigènes taillent leurs pirogues.

Sanza : Afr. Instrument de musique africain. La sanza est formée d'une caisse de résonance sur laquelle sont fixées de petites lamelles de bambou ou de métal. En français d'Afrique, on dit aussi : piano de brousse.

Saper : Arg. Mar. Diriger la flèche de la grue (terme des dockers bordelais). « Saper vers l'amont, vers l'aval ! »

Saurel : Mar. Poisson portant aussi le nom de chinchard.

Secco : Afr. Au Sénégal, grand tas de graines d'arachide, en forme de terril. La fermentation de ces tas d'arachide donne au port de Dakar son odeur spécifique.

Sélène (ou face de lune) : Mar. Nom commun aux petits poissons côtiers et lagunaires d'Afrique (plat-plat, musso, médaille, etc.).

Serroual : Afr. Vêtement africain. Sorte de pantalon ample fait d'une seule pièce de tissu réunie entre les jambes.

Service général : Mar. Administration dont dépendaient les marins S.D.S.G. qui n'étaient pas inscrits maritimes ; autrement dit, le personnel du service restaurant (intendant, cuisinier, maître d'hôtel, boulanger, etc.).

Shanghaïage : Mar. Embarquement un peu forcé des marins que l'on soûlait avant de les entraîner à bord.
Shift : Mar. Temps de travail d'une équipe de dockers. La journée est divisée en shifts.
Shifting : Mar. Ce mot désigne deux opérations différentes : le déplacement d'un navire à quai (d'un poste vers un autre) et le déplacement occasionnel d'une partie de la marchandise déjà embarquée pour procéder à un autre arrimage.
Shipchlander : Mar. Avitailleur, fournisseur de navires (vivres, matériel).
Sifflet : Mar. Assemblage de planches taillé en biseau, ou toile en forme de demi-sac, destiné à être suspendu devant une évacuation de coque pour casser la pression de l'eau qui s'en échappe.
Souquer : Mar. Tirer avec force sur une amarre, un aviron, etc.
Stevedore : Mar. Dans les pays industrialisés, chef de la manutention, responsable des équipes de dockers.
Suet : Mar. Sud-est.
Surbau : Mar. Rebord de protection dressé au bas d'une porte étanche, à l'entrée d'une coursive ou d'un magasin donnant sur le pont principal ou l'extérieur. Les surbaux, dont le rôle principal est d'empêcher que l'eau de mer ne s'introduise dans les compartiments, sont très élevés sur les petits bateaux.

— T —

Tangon : Mar. Espar ou perche débordant du bord à l'horizontale. Le tangon de pêche sert à écarter les lignes du remous du sillage.
Taquet : Mar. Pièce en métal ou en bois, en forme de T, fixée en différents endroits du navire pour y tourner des cordages.
Tartisses : Arg. W.-C., chiottes.
Tassergal : Mar. Poisson vorace qui harcèle les bancs de petits poissons. C'est le « bluefish » des marins-pêcheurs.
Tâter une bielle : Mar. Geste que faisait le graisseur de quart d'un liberty-ship pour vérifier la température et la bonne lubrification des coussinets de bielle.
Taud : Mar. Ce mot désigne l'abri de toile d'une embarcation, mais aussi une sorte de tente-abri que l'on dresse à l'aide d'un cartahu au-dessus d'une ouverture de cale.
Taximètre : Mar. Couronne graduée servant à mesurer les angles. Le taximètre, placé sur l'aileron de la passerelle, est équipé d'une alidade qui permet de relever les gisements des amers.
Tazard (ou thazard) : Mar. Autre nom que les marins du commerce donnent au maquereau-bonite ou à des variétés de poissons lui ressemblant.
Tente : Mar. Toile que l'on tend au-dessus d'un pont pour le protéger du soleil. « Les tentes du pont des embarcations. » Dans une autre expression, on donne le

nom de « marchandises sous tente » aux colis entreposés dans les hangars d'un port avant d'être pris en charge.
Tétrodon : Mar. Poisson non comestible que les marins du commerce appellent « perroquet » à cause de ses dents coupantes ressemblant à un gros bec.
Tézure : Mar. Sorte de train de pêche comprenant plusieurs filets de dérive amarrés bout à bout.
Thonine : Mar. Petit thon à chair brune que les marins français appellent ravil.
Tibotte (ou tibou) : Afr. En français d'Afrique : repas, manger, etc.
Tipoye : Afr. En Afrique Équatoriale, chaise à porteurs.
Tire-veille : Mar. Filin à nœuds suspendu au-dessus d'une embarcation que l'on met à l'eau depuis le bord. Filin bordant une échelle de pilote. Tout filin ayant plus ou moins un rôle de sécurité.
Tonton (le) : Mar. Le commandant, le pacha, le vieux.
Toubab : Afr. En français d'Afrique : l'Européen, le Blanc.
Touline : Mar. Ligne, lance-amarres.
Traîne (la) : Mar. Ligne de pêche que l'on traîne derrière le navire.
Traversière : Mar. Amarre courte et perpendiculaire à la coque du navire. Elle est utilisée pour un amarrage serré.
Trèfle : Mar. Pièce de métal triangulaire servant à réunir trois câbles ou chaînes. Le trèfle de pied de mât de charge réunit le martinet, la chaîne de suspente et la queue de martinet. Il permet de régler l'angle d'inclinaison du mât de charge.
Treuilli : Mar. Afr. En français d'Afrique : treuilliste.
Tug : Mar. Mot anglais (de « tug-boat ») signifiant remorqueur. Très employé par les marins du commerce.
Turlutte : Mar. Ligne garnie de nombreux petits hameçons ou de grappins que l'on tire par secousses dans les bancs de petits poissons pour les accrocher.

— V —

Vadrouille : Mar. Gros faubert emmanché, utilisé pour laver et nettoyer les parquets.
Vaigrage : Mar. Planches, madriers de protection, fixés aux membrures à l'intérieur des cales. Le vaigrage sert à isoler les marchandises des tôles qui forment la coque.
Vieux (le) : Mar. Le commandant, le tonton, le pacha.
Voyage triangulaire : Mar. À la compagnie des « Chargeurs Réunis », voyage qui comprenait quatre grandes traversées se succédant : Europe/Afrique, Afrique/Amérique du Nord, Amérique du Nord/Afrique, Afrique/Europe.

— W —

Waho : Mar. Grand poisson parfois appelé thon-brochet par les marins français. Le nom de tazard lui est également attribué par erreur.
Wharf : Mar. Appontement sur pilotis qui s'avance dans la mer perpendiculairement au rivage. « Wharf minéralier, pétrolier, etc. »
Weir : Mar. Sur les liberty-ships, nom que l'on donne à une pompe d'alimentation à régime lent.
Wère : Mar. Pidgin, de l'anglais « wire ». Câble reliant entre eux les rondins d'un train de grumes. Nom que l'on donne aussi à la ceinture servant à amarrer les boats et allèges le long du bord. Câble en général.

PHOTOS DE VOYAGE

1. Le Robert Espagne *des Chargeurs Réunis, avec un chargement de billes de bois.*

2. La mère de l'auteur sur la dunette d'un liberty-ship.

3. Boat pour l'embarquement et le débarquement des Kroumen.

4. Un patron-boat et un cacatois.

CERTIFICAT DE PASSAGE DE LA LIGNE

NOUS, NEPTUNE,

Fils de Chronos et de Rhéa, Roi de la Ligne, Maître des mers, des vents et des tempêtes,
Certifions que M Tonneau Georges
a été admis par faveur exceptionnelle à traverser notre royaume,
et requérons Tritons, Sirènes, Naïades et Néréïdes et toutes autorités ou attractions de nos Etats, de veiller sur ses jours et de lui prêter main-forte en cas de besoin.

POUR S. M. NEPTUNE

S/S ROBERT ESPAGNE
DÉLIVRÉ A BORD DU
~~DE LA Cie DES CHARGEURS RÉUNIS~~

Ce 7 Janvier 1954

COMPAGNIE DE TRANSPORTS OCEANIQUES

5

6. Le baptême de la ligne : l'auteur face à Neptune le 7 janvier 1954.

7. Les tribulations de la chaise à Cotonou.

8. Pirogue fanti.

9. Boats de chargement à Lomé.

10. Pêcheur fanti avec sa pagaie.

11. Graissage des têtes de bielle.

12. Embarquement des zébus.

13. Chargement de billes de bois en rade foraine.

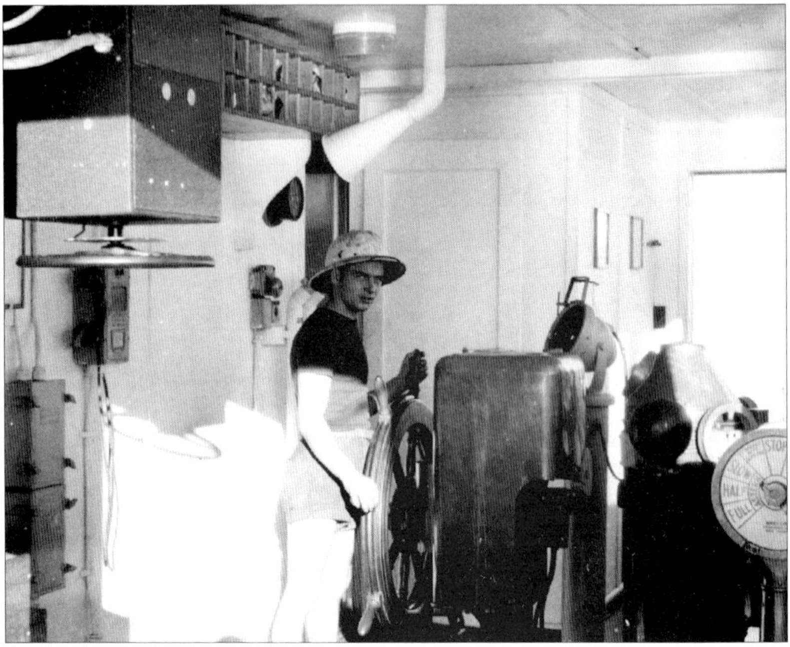

14. L'homme de barre. Retour vers la France.

15. Sur le dock flottant à Dunkerque.

ÉQUIPAGE

Équipage du Robert Espagne

Spécialité	Nom/Prénom	Appellation	Surnom
Capitaine	FOUILLENSAC	Commandant, le vieux, le tonton, le pacha	Crâne fêlé
2e capitaine	TRITON	Capitaine, 'pitaine	Bonjour
1er lieutenant		Lieutenant	
2e lieutenant	VANDAEGER	Lieutenant	Vent léger
Officier radio		Radio, sans-fil	
Élève-officier		Élève	
Chef mécanicien		Chef, patron	Gros caïman
2e mécanicien		Second	
3e mécanicien		Troisième	
4e mécanicien		Quatrième	
Maître d'équipage		bosco, le boss	
Écrivain		Bidel, le scri-bouillard	
Charpentier		Bout de bois	
9 matelots, dont :		Le magasinier	
	MONTFORT		Monsieur le comte
	LOISEAU		
	DÉDÉ		Le grand Dédé
	LAMBERT		
	ARTHUR	Matelot léger	
Graisseur extérieur	DAVID	L'extérieur	

3 graisseurs			Les bouchons gras
3 chauffeurs, dont	MOULLEC	Chouff	Le père Moullec
3 nettoyeurs, dont	MAMADOU	Ministre	
	GOMIS	Ministre	
Intendant		Cambusier	
Cuisinier		Cuistot, chef, la cuisse	Gargouillou
Boulanger		la Boulange	
Maître d'hôtel		garçon, maître-d'hôtel	Ping-Pong, Louffiat
Garçon de carré		Garçon	Louffiat
Garçon de cuisine ou aide de cuisine			Jambe d'ajut Gargouillou
Novice pont	TANNEAU G.	Novice, castor,	
		nono	
Novice machine	AUGUSTE	Novice, castor,	Pessac
		nono	
Pilotin		Pilot	Tête d'étoupe
La mascotte	FIFI		

Quelques Kroumen du *Robert Espagne*

Spécialité	Nom/Prénom	Appellation	Surnom
1er cacatois	GNEPA GABRIEL	Chef cacatois	
2e cacatois	TIBÈRE	Cacatois	
3e et 4e cacatois		Cacatois	
5 patrons-cale (ou patron-boat) dont :	KAMBO KOUBÉ	Patron cale 4	
5 chef-panneaux		Chef(s)-panneau (x)	
Cuisinier		Cousinié-riz	
10 treuillistes dont	TAFA BLAGNON	Treuilli cale 5	
Entre 20 et 25 manœuvres		Manœuvres	
10 mouillés dont :	KOUYA DIABATÉ	Mouillé cale 1	
7 à 8 boys dont :	POULY	Boy-cuisine	« Pollux », poulie de retour

TABLE DES MATIÈRES

Crédit photographique

1. Collection R.-P. Cogan (archives J.-Y. Brouard) ; 2, 3, 4, 5, 6, Collection G. Tanneau ; 7. Collection A. Arbeille ; 8 Collection R. Briet ; 9. Collection G. Tanneau ; 10. Collection R. Briet ; 11. Collection Gaz de France (archives J.-Y. Brouard) ; 12. Collection B. Jégo ; 13. Collection Y. Ségur ; 14. Collection A. Arbeille ; 15. J.-C. Embry (archives J.-Y. Brouard).

ACHEVÉ D'IMPRIMER
SUR LES PRESSES DE
L'IMPRIMERIE KELTIA GRAPHIC
29540 SPÉZET
POUR LE COMPTE
DES ÉDITIONS COOP BREIZH
29540 SPÉZET

LE 5 JUILLET 1997

—

DÉPÔT LÉGAL : 3e TRIMESTRE 1997